기묘하고 아름다운

청소년문학의 세계

오세란 평론집

사□계절

차례

내가 가장 잘한 일

올해 내가 가장 잘한 일은 지리산 둘레길을 걸은 일이다. 운동도 싫어하고, 걷기도 서툴던 내가 지리산과 섬진강의 아름다움에 반해 원고 집필이나 강의 등 바쁜 일정을 내려놓고, 주말이면 등산화 끈을 묶고 감나무와 대나무가 어우러진 숲과 천연기념물 수달이 사는 섬진강을 찾았다. 그리고 남원, 산청, 하동, 구례로 이어지는 길을 걸으며 산길을 걷는 것과 문학의 길을 걷는 것에 대해 생각했다.

지리산 둘레길을 걸으며 나는 왜 옛이야기에 길이 자주 등장하는지 알게 되었다. 옛사람들에게 길을 걷는 것은 그야말로 삶이었을 것이다. 그들은 바로 옆 마을을 가기 위해 고개를 오르고 계곡을 건너야 했다. 옛 이야기 속에서 주인공은 매번 집을 떠나 길을 걷는다. 그들은 길에서 많은 인물을 만나는데, 그게 사람일 수도, 호랑이나 도깨비일 수도 있다. 그들은 때로 조력자나 적대자가 되어 주인공의 삶을 변화시킨다. 그리고 그 일은 모두 길 위에서 이루어진다. 문학을 한다는 것도 마찬가지 아닐까? 문학의 길도 굽이굽이 펼쳐진 길을 오르내리며 숲에서 길을 잃기도 하고 동행을 만나기도 하며 함께 보물을 찾기도 한다. 내가 청소년문학을 읽으며 걸었던 루트가 고스란히 이번 평론집에 담겨 있다.

나는 강의에서 옛이야기나 판타지의 상징을 이야기할 때 수강생들에게 종종 "여러분의 어깨에 달린 날개가 보이시나요?"라고 묻는다. 내 질문에 수강생들은 대부분 자신은 날개가 없다고 말한다. 하지만 판타지 속 각종 에피소드는 자유나 용기 같은 추상명사를 가시화한 은유다. 이른바 '머글'로 남지 않고 판타지의 주인공이 되어 신나게 모험을 떠나려면 누군가에 의해 절단된, 보이지 않는 날개가 보여야 한다. 나는 인간은 태어날 때 모두 소중한 날개가 있고, 그 날개를 지킬 권리가 있다고 믿는다. 그 날개가 사라지는 시기는 안타깝게도 대부분 청소년기를 통과하면서다. 청소년기는 날개를 지킬 마지막 기회이며, 청소년문학은 날개 잃은 성인이 돌아보는 결과론적 과거의 성장담이 아니라 청소년이 펼칠, 아름답고 다양한 빛깔의 날개를 지켜주려는 전위의 문학이 되어야 한다. 청소년문학은 정체성의 정체, 정상의 비정상을 의심하며 날개 달린 괴물을 전유하여 인간 너머의 존재가 되기를 꿈꾸는 문학이다.

몇 년 전 출간한 첫 평론집은 청소년문학이라는 큰길, 공식 루트를 닦으려는 시도였다. '청소년문학의 정체성을 묻다'라는 제목이 말해주듯이 청소년문화에 대한 관심이 높지 않던 한국 사회에서 청소년을 위한 문화, 문학의 지형도를 세우려는 의도가 담겨 있었다. 그것과 비교하자면 이번 평론집은 청소년문학을 탐험하기 위해 아기자기한 여러 샛길에서 출발한다. 어쩌면 그것은 초보 산행자로 지리산 둘레길의 공식 루트만 걷던 내게 산을 잘 아는 분이 소개해준, 잘 알려져 있지 않지만 참으로 어여뻤던 오솔길과 같다.

이번 평론집의 1부는 소수자성을 테마로 삼은 원고가 적지 않고, 장르문학에도 많은 지면을 할애하였다. 그 이유는 지난 몇 년간 한국 사회에서 일어났던 다양성을 지향하려는 변화와 무관하지 않다. 문학 내부와 외부에서 발견할 수 있었던 여러 실천 행위들을 청소년문학에서도 나름대로 찾아보려 했다. 그러나 그보다 근본적인 이유는 어린이나 청소년 시기의 다양한 정체성을 품어주어야 비로소 미래의 우리 사회가 변화할 것임을 깨달았기 때문이다. 어른이 청소년에게 인권을 강조할 것이 아니라 반대로 어린이나 청소년들이 가진 다양한 모습을 그대로 존중하고 수용해줄 때 세상은 달라진다. 이번 책에 소개한 여러 청소년소설 텍스트들은 어린이와 청소년을 좀 더 자유로운 존재로 자리매김하는 작품들이다.

2부에 실은 김건형, 김영희, 김은하 선생님과 나눈 좌담 역시 소수자를 주목하려는 평론집의 전략과 궤를 같이한다. 우리 사회에서 이제야 활발하게 제기되는 페미니즘의 문제를 청소년문학과 독자의 입장에서 살펴본 유의미한 만남이었기에 좌담에 참여한 선생님들에게 허락을 구하고 독자들께 전하게 되었다. 선뜻 게재를 허락해주신 세 분과 계간 『문학동네』에 감사드리며 청소년문학을 열심히 읽고 연구하여 나누는 것으로 보답하겠다.

특히 3부에 실린 원고의 주인공인 고 박지리 작가와 고 김이구 평론가는 내게 너무나 각별하다. 그들은 이제 이 세상에서는 만날 수 없지만, 나는 단순히 추모의 마음으로만 3부의 글을 쓴 것은 아니다. 그들과 책을 통해 나누었던 대화는 아직 끝나지 않았고 그 대화는 아동청소년문학에 관심이 있는 오늘날의 독자에게 여전히 유의미하다. 문학 안에서 영원한 동행자인 그들이 남긴 유산을 계속 돌아보는 것이 필요하다고 판단하여 지면에 수록하였다.

길을 걷는 또 하나의 즐거움은 혼자 걷다 지칠 때쯤 우연히 만난 동행자와 의외로 말이 썩 잘 통할 때이다. 이 책도 동행이 없었다면 출간되기 어려웠을 것이다. 무엇보다도 중요한 나의 첫 번째 동행자는 청소년들이다. 가깝고 먼 자리에서 청소년을 지켜보면서 내가 쓰는 청소년문학 평론을 점검하였다. 앞으로도 부족하지만 청소년의 자유와 권리를 지켜주는 어른으로 남고자 노력하겠다. 두 번째 동행은 청소년문학을 창작하는 작가들이다. 그들이 만든 흥미로운 작품에 빠져서 여기까지 걷게 되었다. 때로는 나의 원고를 읽으며 마음이 상했을지도 모를 창작자들에게 이 자리를 빌려, 다소 까칠한 평론을 쓰지만 여러분의 책을 가장 깊게 읽었을 나와 계속 동행이 되어주기를 부탁드린다. 세 번째 동행은 나와 가까운 자리에서 아동청소년문학을 함께 읽는 분들이다. 이들과 나눈 유익한 대화가 이 책에 전부 녹아들어 있다. 또 그들은 내게 새 평론집을 내야한다고 강권한 분들이기도 하다. 나에게 좋은 의견을 들려준 교사, 양육자 등의 어른 독자와 그간 책 속의 원고를 게재해준 잡지사의 편집자들도 아동청소년문학의 길을 걸으며 만난 귀하고 고마운 동행자들이다.

처음으로 이 자리에서 고백하자면 이십여 년 전 나는 사계절출판사에서 주최하는 '1318문고 독후감 대회'에 응모한 적이 있다. 1318문고 중 한 권을 선택해 독후감을 쓰는 거였는데, 일반부에 응모했던 내 글은 그때 가장 작은 상조차 받지 못했다. 심사평에는 독후감을 써야 할 대회에서 진솔한 감상문이 아닌 평론 같은 글이 있어 제외했다고 쓰여 있었다. 제외된 글이 나의 글인지 확인할 길은 없으나 그때 나의 글은 확실히 진솔한 감상문이라기에는 이런저런 잣대를 들이댄 섣부른 문학 분석이었다. 이번 책을 내면서 원고를 돌아보니 객관적이고 논리적이고자 노력하였으나 섣부른 문학적 잣대를 들이미는 습관은 여전하구나 싶었다. 나도 가장 좋은 독후감은 조금 투박하여도 진솔하게 쓴, 쉽지만 담백한 글임을 안다. 그럴 능력이 없는 나는 최선을 다해 공부하는 방법으로 문학에 대한 나의 사랑을 표현할 따름이다.

마지막으로 제한적인 독자와 만날 것이 분명함에도 선뜻 이 책의 출간을 제안해준 사계절출판사에 감사드린다. 사계절1318문고는 나에게 매우 의미 있는 책이다. 어릴 때부터 책읽기를 좋아하여 책벌레라는 별명이 붙었던 내가 성인이 되어 길을 잃고 헤매다가, 1318문고를 만나 다시 문학의 길로 돌아올 수 있었기 때문이다. 그리고 이십여 년 동안 청소년문학은 나를 재미없는 어른이 아닌 영원한 세븐틴의 마음으로, 중심이 아닌 경계인의 자세로 씩씩하게 살 수 있도록 도와주었다. 소중한 작품들을 만나게 해주었던, 그리고 이십 년 전 독후감 대회에서 탈락했던 사계절출판사에서 평론집을 내게 되어 정말 기쁘다. 그러니까 이번 책 출간은 지리산 둘레길을 걸은 일에 이어 올해 내가 두 번째로 잘한 일이다.

2021년 겨울
오세란

1부

새로운
청소년문학이 온다

관계의 정동과 고백의 의미, 퀴어[1] 청소년소설

1 "퀴어Queer는 '이상한', '기묘한', '수상한' 등의 뜻을 지닌 영어 단어로서, 성적 소수자에 대한 모욕과 경멸을 담은 표현으로 활용되곤 했다. 이후 1980년대 미국의 성적 소수자 활동가, 연구자, 예술가들은 퀴어라는 용어를 적극적으로 전유하기 시작했다. 이들은 성적 소수자를 시스젠더 이성애자와 다를 바 없는 존재로 묘사하는 방식을 거부하면서, 지배규범에 저항하고 도전하는 미학적, 윤리적, 정치적 실천을 가리키는 표현으로 퀴어에 주목했다. 또한 정체성은 본질적이고 안정적이며 변하지 않는 고유한 것이 아니라 우연적이고 유동적이며 다층적인 사회적 구성물이라는 점을 강조했다. 한편, 퀴어가 비순응적이고 비규범적이라고 여겨지는 성별 정체성 또는 성적 지향을 지닌 이들을 아우르는 방식으로 쓰이는 경향도 존재한다. 여기서 퀴어는 레즈비언, 게이, 바이섹슈얼, 트랜스젠더, 간성, 무성애자, 정체성을 탐색하는 이들 등 성적 소수자 전체 또는 당사자 개인을 지칭하는 용어로 활용되기도 한다. 현재 한국에서는 두 가지 의미가 모두 통용되고 있다." 이 부분은 한국성적소수자문화인권센터, 「한국성적소수자사전」(http://kscrc.org)에서 인용하였다. 이 글 또한 '퀴어'를 비규범적이라고 여겨지는 성별 정체성 또는 성적 지향을 지닌 개인으로 정의함과 동시에 '퀴어'의 의미를 지배규범에 대항하여 미학적, 윤리적, 정치적 삶의 양식으로 확장하여 사용하고자 한다.

타자의 귀환 이후

방탄소년단의 신곡 'Permission to dance'의 가사에서 '허락'이라
는 단어가 눈에 들어왔다. 'dance'는 종종 살아가는 모습에 관한 문학적
비유로 사용된다. 그렇다면 춤을 추는 데에, 각자의 모습으로 살아가는
데에 허락이 필요한가? 노래 가사, "'Cause we don't need permission to
dance"는 그렇지 않다고 말한다. 그러나 이 문장은 역설적으로 춤추는 데
에 허락이 필요한 경우가 있음을 보여준다. 어떤 이의 삶은 여전히 타인
의 허락이 필요하고 이제 그 허락의 실체를 응시할 필요가 있다.

소설은 등장인물 사이에서 벌어지는 오해, 갈등, 화해 등을 다룬다.
그것들을 요약하면 '관계의 문제'다. 특히 퀴어 서사에는 당사자 간의 내
밀한 스토리부터 타인과의 갈등까지 다양한 관계의 문제가 집약되어 있
다. 그럼에도 '퀴어 서사'는 지금까지 주로 인권 담론의 시각에서 다루어
왔다. 비단 퀴어뿐 아니라 여성, 동물, 다양한 사회적 약자 등 지난 몇 년
간 문학에서 타자의 귀환이 이어졌고 초기에는 정치적 올바름에 경도된
면이 있다. 그러나 이제는 단지 타자의 등장 자체를 주목할 것이 아니라
주체와 타자를 가르는 이분법을 의심하며 새로운 방향을 제시해야 한다.
중요한 것은 다수자성/소수자성이라는 대립적 이원론을 해체하고 모든
정체성을 불안정하게 변형하는 흐름에 대한 긍정적인 열정과 욕망을 불
러일으키는[2] 것이다. 즉 "어떠한 특수한 성 정체성에 대한 주장도 불안정

---

2   로지 브라이도티, 김은주 옮김, 『변신: 되기의 유물론을 향해』, 꿈꾼문고, 2020, 165쪽.

하게"[3] 만드는, 퀴어한 질문으로 중심 서사를 관통할 때 의미 있는 작품
이 될 것이다.

　인권 담론을 넘어 이 주제에 좀 더 문학적으로 다가가기에 맞춤한
틀은 정동情動, affect 이론이다. 정동은 흔히 '느낌'과 혼동되지만 '느낌'을
포함한 몸이 가진 힘이다. 정동은 존재의 내부와 표면에서 일어나는 비-
의식적인 '진동' 또는 '이행'이며 존재의 내-외적 관계들로부터 발생하
는 효과이다.[4] 이는 사랑의 감정이 기초가 되는 퀴어 서사에서 존재와 관
계의 문제를 묻기에 적절한 도구다. 또한 퀴어 서사의 경우 인물의 사연
이 '감추어짐과 드러남'의 구도로 배치되면서 다양한 '고백'의 과정이
개입한다. "고백은 제도"[5]라는, 가라타니 고진의 주장처럼 고백은 인물
의 내면을 드러내고 타자와 소통하는 문학의 핵심이기에 퀴어 서사에서
서로에게 감응을 촉발하는 다양한 고백도 함께 읽어가기로 한다.

3　　앞의 책, 341쪽.

4　　브라이언 마수미, 조성훈 옮김, 『정동정치』, 갈무리, 2018, 304쪽 참조. 브라이언 마수미는 정
동의 기본 개념을 '정동하고 정동되는 힘'이라는 스피노자의 말에서 가져왔다. 정동하고 정동되는
힘은 움직이고, 행동하고, 지각하고 생각하는 일종의 잠재력이며, 한마디로 말해, 존재의 역량(존재
력)이다. 이 정의에서 '정동되는'이라는 반쪽은 몸체의 존재력들이 반드시 관계적이라는 것을 내포
한다. 그것들은 다른 몸체들이나 다른 환경 요인과의 역동적인 관계 속에서만 자신을 표현할 수 있
다. 같은 책, 6~7쪽.

5　　"고백이라는 형식 또는 고백이라는 제도가 고백해야 할 내면 또는 '진정한 자기'라는 것을 만
들어낸 것이다. 문제는 무엇을 어떻게 고백할 것인가가 아니라 이 고백이라는 제도 자체에 있다. 감
추어야 할 것이 있어서 고백하는 것이 아니다. 고백한다는 의무가 감추어야 할 것 또는 내면을 만
들어내는 것이다." 가라타니 고진, 박유하 옮김, 『일본근대문학의 기원』, 민음사, 1997, 104쪽.

퀴어 청소년소설들은 성소수자의 커밍아웃 과정에서 발생하는 갈등을 재현해왔다. 『나는 즐겁다』(김이연, 사계절, 2011)는 그러한 경향이 잘 드러난 대표작이다. 성소수자 인물이 자존감을 갖기 위해서는 가족의 사랑과 신뢰가 필요하지만 도리어 저항을 받는 경우가 많기에 그들은 부모에 맞서 자신감 회복을 위해 인정 투쟁을 벌인다. 또한 학교 공간에서는 성소수자 청소년의 학습권과 등교권이 박탈되는 방식으로 나타나기에 자신의 학습권을 지키기 위해 노력한다. 이들의 커밍아웃은 주로 인권 담론에 머물러 있었다.[6]

인권 담론을 확장하기 위해 주로 사용하는 전략은 관찰자 시점이다. 젠더 문제에 큰 관심이 없던 인물이 가족이나 친구들의 문제로 인해 사건을 관찰하고, 갈등에 개입되며 퀴어 인물을 대변하는 역할을 맡기도 한다. 이는 젠더 규범 내에서 살고 있다고 짐작되는 독자를 의식하여 서사를 풀어나가려는 의도일 것이다. 그러나 이러한 관찰자 역시 사건을 만나는 순간 관계자가 된다. 사건은 곧 관계의 형성이기 때문이다.

『조슈아 트리』(장미, 서유재, 2020)는 청소년 '나'의 입장에서 관찰되는 트랜스젠더 책방 이모의 상황을 그리면서, '책방일기'라는 글을 통해 책방 이모의 내면과 상황을 전달하기도 한다. 트랜스젠더인 연우는 자신의 정체성을 찾아 나선 용기 있는 여성임에도 행복하기보다는 자신에게

---

6   오세란, 「LGBT 청소년소설에 나타난 성소수자 인물의 정체성 구현 방식 연구」, 『아동청소년문학연구』 25호, 한국아동청소년문학학회, 2019년 12월, 187~214쪽 참조.

닥친 역경을 조용히 감내하는, 다소 정형적인 인물로 그려진다.

이 작품에서 '나'는 단순한 관찰자를 넘어 사건의 전환점에서 주요 역할을 맡는다. 이모를 좋아하던 '나'는 평소에 자신이 좋아하던 선생님이 책방 이모에게 호감을 가지고 있다는 사실에 경쟁심과 질투가 생기고, 결국 친구에게 이모의 정체성을 알리게 된다. 이때 '나'는 "게다가 이모는, 이모는 진짜 여자도 아니잖아!"(139쪽)라는 속내를 드러낸다.

> 그런데 이제 이모에 대한 일을, 그러니까 남자가 어쩌구 여자가 어쩌구 하는 얘기를 입 밖으로 꺼내 다른 사람과 대화를 하고 있다. 내가 이 주제에 대해 누군가에게 떠벌리게 될 줄은 몰랐다. 나는 그러지 않을 줄 알았다. 난 그렇게 저질이 아니라고, 그 정도 인격은 갖춘 사람이라 생각했다. 그러고 보면 차라리 엄마가 나보다 훨씬 교양 있고 품위 있는 사람이었다. 엄마는 이모에 대해서 처음부터 모든 걸 알고 있었으면서도 그대로 받아들이고 넘어갔다.
>
> 문제는 또 있었다. 이렇게 입으로, 목소리를 내어, 그걸 또 내 귀로 들으며 다른 사람과 얘기를 하고 있으니 이모의 존재가 갑자기 매우 객관적으로 보인다고 할까? 이모에 대해 '좀 이상한 어떤 사람'이라는 느낌이 든 건 처음이다. 이런 내가 무섭다. (147~148쪽)

'나'는 평소 스스로 열린 시각을 가졌다고 생각했으나 이 사건을 통해 분열된 자아를 발견한다. 자기 자신을 발견하는 솔직한 내면 고백은 이 작품에서 매우 의미심장한 대목이다. 자신의 젠더 규범을 돌아볼 수 있는 기회이기 때문이다. 그러나 '나'는 자신의 숙제를 풀어나가기보다는 다시 관찰자의 자리로 돌아온다. 이모에 대해 부정적 견해를 가진 이웃의 생각을 전달하거나, 어느덧 이모의 입장을 대신하고, 동네 미용실 원장 역시 성소수자였다는 주변 서사가 결말을 채운다. 책방 이모와의 조용하고 다정한 우정이 다시 이어지지만 그것이 주인공의 젠더 이분법에 대한 고민의 결과라고 보기는 어렵다. 특히 책방 이모가 주인공에게 가까이 있어 주어 고마워하는 대목은 트랜스젠더로 살아가는 인물을 수동적으로 만들고, 이웃 노인의 전화 내용은 기존 사회의 문을 열어 소수자의 존재를 위로하고 포용하는 서술이지만 동시에 문을 여는 허가의 모양새로 보이기도 한다.

이러한 '허가의 관계'는 『보통의 노을』(이희영, 자음과모음, 2021)에서도 나타난다. 이 작품은 우리 사회에서 '보통' 혹은 '정상'은 무엇인가를 반문하는 작품이다. 미혼모 가정의 풍경, 노을의 엄마와 친구 성하의 오빠인 성준이 사귀는 모습 그리고 퀴어 인물의 등장 등을 통해 사회가 가진 보수적 규범에 문제를 제기한다. 주인공 노을은 이러한 문제의 중심축에 놓여 있으며, 동성 친구인 동우에게 고백을 받는 인물이기도 하다.

그러나 동우에게 뜻밖의 속내를 들은 주인공의 대응은 젠더 이분법에서 벗어나지 못한다. 자신을 이성애자로 규정한 주인공은 친구의 고백에 자신이 얼마나 진보적인 존재인지를 과시하는 자의식을 보여준다. 주인공의 "또 다른 사랑이 잘못되었다 생각지 않는다"(192쪽)와 같은 발언은 퀴어에 관한 당위적 설명에 머물기에 이러한 노을의 태도로는 퀴어 친구의 고민과 접점이 발생하지 못한다. 이런 방식의 접근법은 이분법을 해체하기보다는 그 경계를 확인시켜줄 뿐이다. 브라이언 마수미Brian Massumi는 사회적으로 가치화되지 않은 범주에 속한 사람에게 동정심을 가지거나 그들을 대신해서 도덕적 분노감을 표현하는 것은 장기적으로 보면 도움이 되지 않는다고 말한다. "동정이나 도덕적 분노의 범주는 그대로 유지하면서 단지 그 가치 기호를 부정에서 긍정으로 전환시킬 뿐"[7]이기 때문이다. 서사 속 관찰자들은 성소수자를 대변해주는 응원자로만 남을 것이 아니라 사건의 개입자로 자신의 발밑이 흔들리는 자기 서사를 겪어나가야 한다.

「곰의 부탁」(『곰의 부탁』, 진형민, 문학동네, 2020)은 여성 청소년의 눈으로 퀴어 정체성을 가진 남자 친구를 관찰하는 이야기다. 이 작품에서 주목해야 할 부분은 퀴어 커플인 곰과 양의 상황뿐만 아니라 관찰자 '나'의 변화가 감지되는 대목이다.

　　어릴 때 나는 아무 의심 없이 해를 빨간 색으로 칠하곤 했다. 해를 한 번도 자세히 본 적 없었기 때문에 자신 있게 그릴 수 있었다. 하늘이 온통 붉은색으로 물들고 그 아래로 불긋불긋한 물결들이 울렁대며 퍼져나갔다. 낮게 깔린 구름 위로 해가 서서히 모습을 드러냈다. 해는 눈부신 노란색이었다. (30쪽)

이 장면에서 '나'는 독자에게 곰과 양의 사랑을 설명하는 전달자에

7　　브라이언 마수미, 앞의 책, 74쪽.

서 자신의 눈으로 떠오르는 해의 색깔을 확인하는 주체자가 된다.

작품 내내 곰과 양의 사랑에 집중하던 나는 곰과 양의 모습이 아닌 곳에 시선을 돌린다. 해의 색깔은 작품의 주제를 암시하는 장면이지만 미약하나마 '나'가 사건에 영향을 받기 시작하는 순간이기도 하다. 작품은 인물이 사건 내부로 정동되고 있음을 보여준다.[8]

「사랑을 말할 때 우리는」(『사랑을 말할 때 우리는』, 김한아, 알마, 2020)은 전학생 한나와 그의 적응을 도와주던 여름의 러브 스토리다. 두 인물의 풋풋한 사랑은 모든 사랑이 그렇듯 평범하면서도 특별하고, 이 관계를 눈치챈 학급 친구들의 웅성거림에 대응하는 한나의 태도는 의연하다. 친구들이 있는 단체 카톡방에서 여름에게 고백하는 한나의 글은 여름을 향한 고백이면서 같은 반 친구들을 향한 커밍아웃이다. 학급 친구들은 단순한 관찰자가 아니라 두 사람의 행동에 영향을 받을 수밖에 없는 관계자들이다.[9]

---

8   오세란, 「해시태그로 문학을 이야기할 수 있을까?」, 『창비어린이』, 2021년 봄호, 39쪽.

9   "네가 좋아. 처음 본 순간부터. 너만의 향기가 좋았고 너만의 온도가 좋았어. 너만의 몸짓이 좋았고 너만의 웃음이 좋았어. 너만이 줄 수 있는 마음이 좋아."
여름은 한나의 글씨를 금방 알아볼 수 있었다.
"제대로 알아보려 하지 않는 불성실함이 때론 어떤 사람의 뿌리를 흔들 수 있음을 알자. 수연."
"동성애는 찬성과 반대를 할 수 있는 것이 아니다. 은수."
"동성애는 피부색처럼 타고난 것이래요. 가은."
"동성애나 이성애나 무성애나 자신의 선택이 아니다. 내가 누군 줄 모르고 있었어. 오여름."
"널 만나지 않았다면 난 지금도 모르고 있었겠지? 양틸."
"오, 여름! 네가 동성애자라고? 그래서 뭐? No problem. 주현."
"동성애는 조장되는 것이 아니다. 유경."
"알아보도록 할게. 5반 유경."

퀴어 서사의 모든 인물은 필연적으로 사건에 개입된다. 주변 인물의 생각이 모두 동일하거나 바람직할 필요는 없다. 서로에게 충돌하며 스며들어서 틈이 발생하는 순간을 포착하여 공존의 장으로 보여주는 것이 중요하다.

한스 블루멘베르크의 『난파선과 구경꾼』은 서양문학, 역사학, 철학에 등장하는 난파선/구경꾼 서사에 관한 은유학과 수사법을 모아, 난파선에 승선한 사람과 그것을 지켜보는 관찰자의 관계를 담론화한다. 이 책에 따르면 일찍이 파스칼은 "우리는 항상 이미 승선해 거친 바다 위에 있을 뿐 아니라 마치 필연적인 듯 난파당한다"[10]고 하였다. 이것이 바로 퀴어의 서사이며, 모든 소설의 구성이기도 하다. 또 이 책은 왜 우리가 궁극적으로 구경꾼이 되는 것은 불가능한가를 이야기한다.[11] 난파선/구경꾼 프레임, 즉 관찰자 시점은 우리에게 다양한 성찰을 보여줄 수 있는 유용한 방법임이 분명하지만 더 큰 차원에서 볼 때 우리는 모두 난파당할 운명의 배, 그러나 구조해야 할 배의 승선자다.

"나는 좋은 사람은 아니었나 봅니다. 내 주변에 동성애자는 없다고 생각하고 살았거든요. 그런데 친한 친구조차도 나에게 말을 못했던 건, 내가 좋은 사람이 아니었기 때문이었던 것 같습니다. 오여름 미안해. 너는 나에게 참 좋은 친구야. 나도 노력할게. 희주." (106~107쪽)

10 한스 블루멘베르크, 조형준 옮김, 『난파선과 구경꾼』, 새물결, 2021, 68쪽.

11 같은 책, 152쪽.

사건, 사이를 횡단하는 고백의 의미

퀴어 인물이 사회의 젠더 규범에서 벗어난 자신을 발견하는 순간을 좀 더 섬세하게 포착해보자. 캐서린 본드 스톡턴은 영화와 소설에 등장하는 '퀴어 아이'들의 모습이 이성애자나 동성애자 등의 확고한 성 정체성으로 안착하기에 앞서 거치는 과도기적 상태, 그러니까 회고적으로 특정한 정체성을 정향한 전조로 독해하지 않고 그 과정 자체로 얼마나 퀴어한지에 주목한다.[12]

몇 년 전까지 퀴어 서사는 정체성의 과정보다는 정체성을 밝히면서 빚어지는 문제에 집중해왔다. 『누나가 사랑했든 내가 사랑했든』(송경아, 창비, 2013)에서 주인공 성준은 누나의 남자 친구 희서를 좋아하는데 이 사실을 알게 된 누나가 성준한테 희서에게 고백해보라고 조언한다. 성준은 희서가 성소수자에 대한 편견이 있음을 알면서도 고백을 한 후 상처를 받는다. 이때 고백은 상대방을 향하기 이전에 자기 정체성 확인의 의미가 크다. 그러나 이제는 정체성 확인 이전에 다양한 '사이'를 횡단하는 작품이 늘었다. 정체성의 문제는 '나는 누구인가?' 혹은 '무엇이 되는가?'가 아니라 '어떤 과정에 있는가?'를 주목하고 있다. 정주자가 아닌 탈주자로서 유목적 주체는 '유목민'이라는 또 하나의 정체성으로 남는 것이 아니라 유목민 되기를 반복하며 수행하는 것이다.[13]

---

12   Kathryn Bond Stockton, *The Queer Child, Or Growing Sideways In The Twenties Century*, Duke University Press, 2009, pp. 1~60 참조; 김경태, 「동시대 한국 퀴어 영화의 정동적 수행과 퀴어 시간성」, 『횡단인문학』 6호, 2020년 8월, 6쪽 재인용.

13   로지 브라이도티, 앞의 책, 169쪽 참조.

「고-백-루-프」(『그래서 우리는 사랑을 하지』, 박서련 외, 돌베개, 2021)는 주인공 '나'가 밴드부 우지현의 노래 고백을 받을 때까지 동일한 날이 반복되는, 타임 루프를 활용한 재치 있는 이야기다. 주인공 '나'는 우지현의 음악 공연에 참석해달라는 부탁을 받지만 공연에서 어떤 사건이 벌어질지 예상되어 공연에 가지 않는데, 그때부터 동일한 날이 반복된다. 이 흥미로운 타임 루프는 주인공이 공연에 가서 고백을 듣는 순간에야 끝난다. 사랑의 고백은 되도록 빨리 듣고 싶기 마련인데, 주인공은 왜 고백받기를 미룬 것일까? 그것은 사건의 결과가 이미 결정되어 있을지라도 그 특별한 고백을 받을 준비가 될 때까지 사이를 왕래하는 주인공의 내면을 가시화한 것이기 때문이다.[14]

최진영의 작품 속 인물들은 사랑하며 느끼는 모호한 감정의 동요를 정직하게 응시한다. 「나의 미래」(『그래서 우리는 사랑을 하지』에 수록)에서 주인공 '나'는 친구 미래를 사랑하게 되지만 자신의 감정에 확신을 갖기 힘들다.

나는 미래가 보고 싶었어. 미래가 너무 좋았지. 그래서 미래를 생각하면 미칠 것 같았어. 좋아하는데 왜 괴롭지? 이게 정말 좋아하는 거 맞나? 한

14　『오, 사랑』(조우리, 사계절, 2020)이 퀴어 서사이면서도 두 사람의 관계의 핍진성이 드러나지 않는 것은 '고백'의 과정이 생략되어 있기 때문이 아닐까? 이 작품에서 이솔에게 빠져드는 오사랑의 마음은 상대방에게 직접 고백이 아닌 페이스북의 일상사를 통해 이솔에게 전달된다. 소설에서 '고백'을 단순히 인물의 생각을 전달하는 내용 차원이 아닌 고백에 이르는 과정, 형식으로 접근할 때 '고백'의 부재는 분명 서사의 왜소화로 작용한다.

사람을 좋아하는 마음이 커질수록 다른 사람에게는 화가 나고 짜증이 났어. 내가 나인 게 못마땅했고 내가 나보다 더 나은 나였다면 전미래가 나를 먼저 좋아했을 것만 같았지. 맞아. 나는 전미래가 나를 먼저 좋아해주기를 바랐던 거야. (181쪽)

주인공은 사랑이라는 감정이 주는 다양한 파고를 느끼고 의심하지만 독자의 눈에는 주인공이 분명하게 전미래를 사랑하고 있음이 보인다. 또 다른 단편 「첫눈」(『장래 희망은 함박눈』, 최진영 외, 다림, 2021)에서 주인공 '나'는 경이라는 친구와 도서관에서 첫 키스를 하게 된다. 그리고 첫눈이 종종 그해의 첫눈인지 판단하기 어려울 정도로 가볍게 내리는 상황과 갑작스러운 첫 키스를 연결한다. '나'는 키스와 사랑에 대해 질문을 던진다.

키스였다면, 그건 나의 첫 키스가 될 텐데, 나는 그런 식으로 첫 키스를 하고 싶지 않았다. 구체적으로 상상해본 적은 없지만 아무튼 그런 식은 아니다. 나는 내가 아주 많이 좋아해서 사랑한다고 말하지 않으면 미칠 것만 같은 사람과 첫 키스를 하고 싶었다. 내가 경이를 그만큼 좋아하나? 경은 나를 그만큼 좋아하나? 경이 말갛게 웃을 때면 자꾸 바라보게 된다. 하지만 경이와 나와 사랑이란 단어를 나란히 두고 생각하면… 뭔가 부족하다는, 혹은 어긋난다는 느낌을 지울 수가 없다. 그런데 우리는 왜 키스했지? 어쩌다 그랬을까? (168~169쪽)

주인공에게 일어난 갑작스러운 첫 키스 사건과 과연 이것이 사랑인지 되새기는 과정은 '사랑'에 대한 일반적 관념과 개별적 사랑의 차이를 보여준다. 사랑은 사실상 모호한 감정이다. 모든 사랑은 개별적이고 구체적이며 귀납적이다. 특히 말이나 글로 된 고백 이전에 발생한 갑작스러운 '몸의 고백'은 사랑이 몸과 이성과 감정이 모두 제각각 반응하면서 서로 교차하는 정동의 핵심임을 알려준다.

이 작품은 주인공과 키스를 나눈 경이 여성인지 남성인지 단서를 주지 않는다. 경이라는 이름만으로는 성별을 알 수 없다. 이는 두 가지 전략일 수 있다. 하나는 '사랑'에는 성별과 무관한 공통의 정서가 있으며 동시에 매우 개인적이고 개별적인 감정임을 알리려는 의도일 수 있다. 이는 이성애나 동성애를 구별하기보다 사랑이라는 감정 자체에 의미를 두어 사랑의 보편성을 전달하는 효과를 얻는다. 즉, 사랑 자체가 얼마나 퀴어하고 열린 감정인지 이야기한다. 둘째, 인물의 성별을 모호하게 하여 인물들의 성별을 궁금해하며 이야기를 읽던 독자들이 자신이 견고한 젠더 이분법에 노출되어 있었음을 깨닫게 한다. 최근 이러한 인물 설정이 아동청소년문학 전반에 종종 등장하고 있다.

이종산의 작품 「볕과 그림자」(『사랑을 멈추지 말아요』, 이종산 외, 큐큐, 2018)는 초등학교 때부터 친구 사이인 주인공 경과 친구 하트(영)와의 관계를 그린다. 서사는 친한 단짝 친구로 두 사람의 관계를 전개해간다. 경은 자신의 생일날 영이 연락이 없자 초조하게 기다리는데, 모호한 기다림의 시간 뒤에 도착한 영과 경이 나누는 첫 키스로 둘의 퀴어한 관계가 시작되며, 이야기는 마무리된다. 작품은 둘의 감정의 실체에 관한 구체적 정보를 의도적으로 생략하여 퀴어 정체성을 고정하는 것에서 벗어난다. 경과 영이 있는 풍경은 아직 채색되지 않은 스케치 혹은 옅은 빛깔의 수채화처럼 보여서 그들이 어떤 명도와 채도의 그림을 그려나갈지 아직은 알 수 없다.

이종산의 또 다른 작품 「사랑보다 대단한 너」(『그래서 우리는 사랑을 하지』에 수록)는 친구 수이를 사랑하는 주인공 '나'가 수이가 남자 친구를 사귀는 모습을 지켜보는 이야기다. 수이의 첫 키스, 첫사랑 그리고 첫 이별까지 옆에서 봐야 하는 '나'는 수이를 괴롭게 만든 남학생을 미워하며 수이를 위로하지만 수이에게 고백은 하지 않고 친구로 머문다.

> 벌써 우리 사이가 예전으로 돌아간 기분이 든다. 아마 당분간이겠지만. 수이가 다음 사랑에 빠지기 전까지.
> 그것만으로 괜찮아?
> 나는 스스로에게 묻는다.
> 괜찮아. 어쩔 수 없지.
> 가끔은 스스로에게 거짓말을 할 때도 있다. 나는 원래는 거짓말을 싫어하지만 사랑은 '원래'라는 말을 지우는 법이다. (81쪽)

자신의 커밍아웃을 통해 정체성을 확인하고 서사를 마무리하던 이전 작품에 비해 자신의 정체성을 확인시키지도, 커밍아웃도 하지 않고, 의도적으로 '고백'하지 않음을 선택하는 이야기는 존재의 다양한 내면과 더불어 퀴어 서사의 확장성을 보여준다.

퀴어 되기의 서사에서 '사이'의 '시간'은 조금 더 특별하다. 시간예술인 소설의 시간이 그렇듯 퀴어 서사 역시 단일한 사건 안에 주제가 압축될 수 있지만 퀴어의 삶에서 시간은 그보다 훨씬 길고 다층적이며 모호하다. 특히 사회 규범 내에서의 삶은 미래의 모습이 비교적 예측 가능한 데 비하여 퀴어의 삶에는 스스로 만들어나가야 할 시간이 기다리고 있다.

『내가 좋아하는 사람이 나를 좋아하는』(이필원, 사계절, 2021)은 주인공 '나'가 중학교 3학년 때 학급의 부반장을 사랑하게 되는 이야기다. '나'의 사랑과 고백, 두 사람의 만남과 짧은 사랑, '서로가 여자여서' 중3 겨울방학에 사랑을 포기하는 이별이 그려져 있다. 그런데 이별에서 이야기가 마무리되었다면 인상적이고 담백하고 슬픈 러브 스토리가 되었을 텐데 끝난 줄 알았던 이야기는 주인공이 고등학생이 되어도 계속 이어진다. 두 사람이 각각 다른 고등학교에 가고, 우연히 거리에서 아주 잠시 마주치고, 어느덧 연락이 끊기고, 대입시험을 마친 후 전화를 걸었다가 몇 초 후 끊어버리는 등 짧은 사랑 이야기 뒤에 이어지는 3년 이상의 시간을 왜 서사에 포함시켰을까. 오랜 시간이 지난 뒤 주인공이 부반장에게 보낸 짧은 문자 메시지로 다시 이어지는 재회를 보면서 독자는 비로소 중학교 때의 1년이 아니라 주인공의 청소년 시절 전체를 퀴어의 시간에 포함시켜야 함을 깨닫는다. 퀴어가 되는 것은 하나의 사건이 아닌, 길고 모호하고 불확정적이고 불안정한 시간의 더미를 쌓는 것이다.

『궤도의 밖에서, 나의 룸메이트에게』(전삼혜, 문학동네, 2021)에는 다양한 인물이 등장하는데 그중 「창세기」[15]와 「토요일의 아침 인사」는 '우주항공특별교육센터'에서 룸메이트로 지냈던 유리아와 최세은 두 사람의 이야기다. 「창세기」는 유리아의 편지 형식으로 되어 있다. 룸메이트 세은을 사랑했던 리아는 세은의 생활에 개입하는 로빈과의 다툼으로 지구를 떠나 달에 가서 일하는 징계를 받는다. 달에서 지구인들의 메시지를 써주는 기계, 문라이터 보수 작업을 하던 리아는 어느 날 지구와 소행성의 갑작스러운 충돌로 지구가 종말을 맞자 지구와 교신이 끊긴 채 달에 혼자 남겨진다. 「창세기」는 달에 홀로 남겨진 리아가 종말을 앞두고 문라이터에 쓴 편지다.

「창세기」는 고백적 문체인 서간체를 사용하지만 편지가 아닌 일기라고 할 수 있다. 문라이터에 쓴 기록은 세은에게 전달되지 않고 삭제될 예정이다. 그런데 종말을 앞둔 이야기의 제목이 왜 「창세기」일까? 단지 이들이 소속된 곳의 이름이 '제네시스'라서 제목을 「창세기」라고 붙였을까? 이 작품은 서로 마주 보며 운행하던 달과 지구, 갑작스러운 종말과 시작, 기록과 삭제 등의 상징을 통해 퀴어의 시간을 조명한다. 궤도를 따라 돌던 일상이 소행성의 충격으로 갑작스러운 종말에 이르렀을 때 비로소 새로운 출발이 시작되며 그간의 사연은 고백의 형식으로 수면 위에 떠올랐다 가라앉는다. '이 이야기들을 모두 지우고 그 자리를 새로운 이야기', '너의 이야기'로 채우겠다는 유리아의 다짐이 곧 '창세기'를 만드

---

15   전삼혜의 「창세기」는 문학동네에서 출간한 『소년소녀 진화론』(2015) 수록작으로, 이후 영어로 번역되어 「Genesis」라는 제목으로 온라인 매거진 『Words Without Borders』 2016년 6월호에 실렸으며 이번 연작소설집에 재수록되었다.

는 주문이 된다.

1인칭 시점의 편지 형식으로 쓰인 「창세기」와 달리 「토요일의 아침 인사」는 최세은의 입장에서 서술되는 전지적 시점의 이야기다. 이 이야기는 왜 리아를 달에 보낼 수밖에 없었는지, 세은과 리아가 어떤 룸메이트였는지 회상한다. 세은은 자신의 스승이자 상관인 싱 국장을 사랑한다. 또한 싱 국장을 사랑하는 것과 별개로 세은이 가장 사랑하는 사람은 룸메이트인 리아다. 지구가 소행성의 충돌로 파괴될 것을 미리 알게 된 세은은 리아를 달로 보낸 후 냉동 수면고에 들어가며 생각한다. "최후의 최후의 최후까지 싸우기 위해, 지구를, 미래를, 가능성을 빼앗기지 않고 버티기 위해"(196쪽) 싸우겠다는 리아의 말에 기초한 최세은의 다짐은 불확실한 퀴어의 시공간에서 버티겠다는 의지로 읽힌다. 두 룸메이트의 추억은 과거지만 그들의 미래는 로그아웃되지 않았다. 두 사람의 불확실한 생존과 지구의 예측 불가한 미래는 결과가 아닌 '과정'으로만 존재하는 시간 자체의 퀴어성을 보여준다. 그리고 두 사람의 다짐이 있을 때 비로소 시간의 방향은 정해진다.

「사라지는 사라지지 않는」(『사랑을 말할 때 우리는』에 수록)은 주인공 '나'(강희)와 '너'(강희준) 그리고 안정후의 관계를 그린다. 트랜스젠더의 정체성을 가지고 '나'를 사랑하던 희준, 희준을 사랑하던 정후 그리고 희준의 마음을 알면서도 우정이라는 안전한 감정 내에 머무르려고 했던 '나'. 이들의 관계는 희준의 예고치 않은 사고사 이후 희준이 남긴 기록을 강희가 읽으며 하나씩 밝혀진다. 희준의 죽음으로 이들의 물리적 시간은 끝났으나 '나'의 기억 속에서 희준과의 관계는 현재형이다.

희준의 사고사로 인한 충격으로 '나'는 시골에 내려가고 그곳에서 유물 발굴 현장에 참여하면서 과거가 현재와 접하는 두 가지 서사를 경험한다. 하나는 특별한 해석을 요하는 유형의 유물을 발굴하는 스토리로, 발굴된 유물은 작품 속 주제를 상징하는 의미로 기능한다. 다른 하나는 강희와 강희준에게 일어났던 무형의 사건을 복기하는 것이다. 이 복기는 '나' 곧 강희가 자신의 내면을 반추하는 시간이다. 강희는 희준의 부재에도 불구하고, 부재하는 존재와 대화를 이어가야 한다. 그것은 단지 과거를 회고하는 것이 아니다. 희준의 '고백록'을 읽는 동안 과거의 사건은 현재로 와서 다시 한번 재생된다.

퀴어한 시간은 과거와 현재 그리고 미래로 흐르며 동시에 한 존재의 내면에 가두어져 흔적과 의미를 새긴다. 제목 '사라지는 사라지지 않는'이 암시하듯 어떤 사랑은 실체가 사라져도 여전히 존재의 시간 속에 머물며 새로운 얼굴로 살아간다.

각자 퀴어-되기

영화 〈사운드 오브 메탈〉은 갑자기 청각 장애인이 된 드러머의 사연을 다룬다. 청각 장애인이 된 주인공은 자신의 삶에 적응하려고 애쓰지만 쉽지 않고, 결국 소리를 들을 수 있는 기계 장치를 착용하기로 한다. 그러나 기계 장치를 이용하여 듣는 소리는 이전의 소리와는 다르다. 이번에는 메탈의 금속성이 주는 이질적인 소리에 괴로워한다. 영화의 마지막 장면에서 주인공이 기계 장치를 제거하자 완벽한 침묵의 시간이 찾아온다. 귀가 들리는 정상의 상태를 되찾으려 할 때는 침묵도, 기계 장치도

견딜 수 없는 장애의 징표였으나 자신이 가야 할 길을 분명하게 정하자 침묵은 새로운 삶의 배경이 되어 그의 곁을 다정하고 든든하게 지키기 시작한다. 영화는 주인공의 평화로운 표정을 통해 그의 삶이 새로운 시간으로 셋팅되었음을 알려준다. 사회는 장애 이전의 시간만을 정상인으로 범주화하겠지만, 주인공의 삶은 어제보다 멋진 시즌 2가 시작되었다.

우리 각자의 삶도 마찬가지다. 퀴어 되기란 각자 젠더나 성적 지향 등의 사회적 규범의 학습 결과로 오염된 '나'를 의심하면서 자신이 머물던 곳을 떠나 자기 몸의 고백을 듣는 것이다. 사실 인간이 젠더를 빠져나오기는 쉽지 않다. 젠더라고 하는 제도 또한 우리의 존재를 만든 일부이고, 우리를 개체로 생산하는 과정의 일부이기 때문이다.[16] 그럼에도 우리는 그것을 의심할 개인적 권리와 사회적 의무가 있다. 자유는 진공이 아니다. 자유는 이 글에서 살펴본 다양한 퀴어 서사에서 드러나는 편견이나 저항 같은 중력에 맞서 가드를 올리려는 자세다.[17] 삶이라는 무대에 오른 이상 어느 누구도 관객으로 머물 수 없으며 어떤 포지션이든 맡게 된다. 그리고 선수가 되었든, 댄서가 되었든, 어떤 춤을 추든, 춤을 추는 데에 허락은 필요하지 않다.

---

16   브라이언 마수미, 앞의 책, 44쪽.

17   같은 책, 378쪽 참조.

인간다움의 재해석,
포스트휴먼과 청소년소설

무서워하는 기차는 바보인가?

2011년 『어린이와문학』 4월호에 고 김이구 선생이 쓴 「무서워하는 기차는 바보인가: 동시의 시선과 인간중심주의의 문제」라는 평론을 다시 읽다가 흥미로운 대목을 발견했다. 윤석중의 동시 「기차는 바보」[1]의 시선에는 사물을 자기중심적으로 해석하는 관점이 작동하고 있다는 것이다. 이 시의 화자는 기차에 대한 지식을 갖고 있지 않거나 그런 지식을 가졌더라도 그것을 이 시의 인식과 충돌시키지 않는 아이이며, 길을 잃을까 봐 같은 길로만 다니거나 강을 건너는 것이 무서운 것은 기차가 아니라 화자인 '나' 또는 어린아이에게 속한 속성이라는 것이다.[2] 이러한 발상은 동시다운 상상력의 발휘로 평가될 수도 있지만 기차는 바보가 아니라는 점도 때로는 지적해야 한다고 필자는 말한다. 즉 사물을 새롭게 지각하려는 의도가 인간의 자기중심주의를 밀고 나가는 쪽으로 기우는 것을 경계해야 한다는 것이다.[3] 필자는 문학에서 인간중심주의는 직접적 폭력이 되지 않고, 평화와 상생의 이념을 바탕으로 하지만 사물을 자체의 속성대로 자유롭게 풀어놓지 않고 장악하고자 할 때 그것 역시 폭력의 한 형태임을 자각할 필요가 있다고 주장한다.[4]

근대 사회에 뿌리박힌 인간중심주의에서 벗어나 과학의 시대를 경

1 　길을 잃어버릴까 봐/철도 위로만 다니지요./기차는 기차는 바아보./강을 건널 땐 무서워서/소릴 빽빽 지르지요./기차는 기차는 바아보. (윤석중, 「기차는 바보」 부분)

2 　김이구, 『해묵은 동시를 던져 버리자』, 창비, 2014, 195쪽.

3 　김이구, 위의 책, 196쪽.

4 　같은 책, 197쪽.

유하여 새롭게 인간을 정의하려는 담론이 활발히 제기되는 이때에 고백하자면 나는 오랫동안 리얼리즘과 인간중심주의를 넘어서는 문학을 꿈꾸어왔다. 리얼리즘 문학을 신뢰하지 않는다는 의미는 결코 아니다. 우리 세대의 많은 독자들처럼 나 역시 리얼리즘의 세례 속에서 젊은 시절을 보냈고, 리얼리즘 정신이 깃든 문학을 읽고 세상 보는 눈을 키웠으며 감동적인 작품을 무수히 만났다. 그럼에도 현실이 주는 무거움 때문에 미래에 대한 '전망'이 보이지 않을 때면 혹은 약자를 주목한 이야기가 도리어 정상과 비정상, 중심과 주류의 경계선을 진하게 그을 때면 문학이 상상력의 날개를 달고 중력을 거슬러 이 세계가 아닌 다른 세계로 건너가주기를 바랐다.

한편 판타지 혹은 상징적 의미로라도 판타지가 개입되는 작품들은 현실의 부조리함으로 인물이 소외되는 장면을 보여주거나 현실과는 다른 대안의 공간을 찾아 떠나기도 하지만 인물의 내면이 지나치게 주관적으로 기울거나 현실이 아닌 시공간으로의 탈출이 중심이 되면서 인물이 딛고 있어야 할 현실을 간과하는 경향이 보였다. 무엇보다도 비인간이 '의인화'되어 인간에 수렴하는 이야기로만 기능하거나 사건을 인간의 내면에서 일어나는 일 혹은 삶에 대한 은유로 해석하여 인간중심주의로 회귀할 때면 과연 판타지가 현실을 품고 미래를 가리킬 수 있을지 고민스러웠다.

바야흐로 시대가 바뀌어 비인간 존재를 새삼 주목하는 새로운 경험을 맞고 있다. 이제 우리는 인간 이후의 환경을 탐색하며 타자와 비인간을 포함한 새로운 주체를 사유한다. 특히 일원론적 포스트휴먼은 그동안 주체에서 배제되었던 동물, 식물, 박테리아, 기계 등의 다른 존재를 인간과 동일선 위에 놓고 공존을 추구한다. 가령 판타지에서 억압과 배제의 신체였던 좀비가 긍정적으로 전유되고 재배치되는 것은 새로운 존재론과 실천적인 윤리를 발견하는 핵심이 된다.[5] 인간을 위협하는 타자로 등장하던 괴물이나 좀비는 감염병 시대를 전후로 과학의 논리를 덧입고 우리 곁에서 공존하는 존재 나아가 우리 자신으로 변신하게 되었다.

SF를 중심으로 한 포스트휴먼 문학은 인간과 비인간의 경계를 해체하면서 동시에 현실을 예리하게 지적하며 인간을 재해석한다. 그렇다면 구체적으로 포스트휴먼을 소재로 삼은 문학에서 인간은 어떻게 새롭게 정의되고 있을까? 인간이 서 있는 좌표인 시공간을 미래의 시간과 가상공간으로 이동시켜 유의미한 담론을 제기한 두 작품을 함께 살펴보자.

이상하고 아름다운 미래−비인간의 시점으로

로봇이나 인공지능이 등장하는 아동청소년문학은 그동안 적지 않았지만 대개의 작품들이 그들을 인간의 도구로 당연시했으며 다양한 존재 간의 관계를 정면으로 파고들지 못했다. 이현의 동화 '로봇의 별' 시리즈(푸른숲주니어)는 로봇 나로, 아라, 네다가 자신들의 권리와 자유를 위해 싸우는 이야기다. 이 시리즈의 첫 권이 2010년에 출간되었으니 로봇의 입장에서 인간 대 비인간의 관계에 대해 문제를 제기한 포스트휴먼 담론의 신호탄이었던 셈이다. 최영희의 「안녕, 베타」(최영희 외, 『안녕, 베

---

5   김형식, 『좀비학』, 갈무리, 2020, 288쪽.

타』, 사계절, 2015)는 대체 인간과 인간과의 관계를 조명한다. 특히 인간의 노동을 대신해주는 존재를 통해 '노동'과 '권력'의 문제를 다루었고, 이 작품의 후속작인 「알파에게 가는 길」(『너만 모르는 엔딩』, 사계절, 2018)에서는 기계의 자기정체성 형성 과정을 살피면서 그를 지켜주었던 인간 '진아'와의 아름다운 우정을 감동적으로 보여주었다.

최근 출간된 듀나의 『우리 미나리 좀 챙겨 주세요』(창비, 2021)에 실린 단편 「우리 당근이는 잘못한 게 없어요」와 「우리 미나리 좀 챙겨 주세요」의 무대는 인간 대 비인간의 갈등을 가볍게 넘어 다양한 존재들이 공존하는 낯설지만 흥미로운 미래 사회다. 「우리 당근이는 잘못한 게 없어요」는 공룡의 외형을 가진 인공지능체, 해남 고생물공원 홍보관인 메카 공룡 '파랑'의 시점에서 진행된다. 작품에는 생물학적 인간, 과학기술의 결과로 만들어진 메카 공룡, 지금의 사회를 의미하는 구시대 재현 로봇 등이 등장한다. 기계의 인간화, 인간의 기계화가 진행된 결과로 공진화된 존재들을 보여주는 것이다.

이 작품에서 주목할 장면은 다양한 존재들이 평화롭게 공존하는 해남 고생물공원에 어느 날 학생 복장을 한 낯선 무리가 나타나 메카 공룡, 벨라키랍토르인 당근이를 위협하고 메카 인간에게 행패를 부리는 대목이다.

"네 나라로 꺼져, 이 깡통 벌레 년아!" (14쪽)

"인종 차별, 메카 차별, 성 차별, 종합 세트잖아. 어디서 저런 것들이 기

어 나왔지? 그리고 깡통 벌레랑 '네 나라로 돌아가'는 또 뭐야? 사극 찍나?"(15쪽)

혐오 표현을 내뱉는 낯선 존재들은 밀양 역사체험박물관에 전시되어 구시대, 즉 21세기 초의 모습을 재현하던 로봇들이다. 무슨 연유인지 이들 로봇이 해남 고생물공원에 나타난 것이다. 이 장면에서 우리는 몇 가지 질문을 던질 수 있다.

첫째 미래의 시선에서 본다면 구시대 로봇들이 재현하는 과거의 모습, 즉 현재 우리 사회에 만연하는 비이성적인 혐오 표현은 대부분 허탈하고 무의미한 행위들 아니겠는가? 둘째 이들이 "폭력적이고 어리석고 비겁한 생물학적 인간들이 오염 물질을 뿜어대며 지구와 자신들을 파괴하던 옛날을 재현"(21쪽)하는 것, 즉 이 행위를 기억하고 복원하는 것은 과연 적절한 일일까? 과거의 "잘못된 생각을 살아 있게"(27쪽) 두어도 되는 것일까? 조금 거리가 먼 예지만 오래전 방영되었던 드라마 〈전원일기〉를 지금 다시 보면 몇 십 년 전의 여성에 대한 태도가 얼마나 문제적이었는지 놀랍다. 그것을 재방송하는 것은 오늘날의 사회에 무해한 일일까?

마지막으로 이 작품은 구시대 로봇의 비이성적인 생각과 편견이 축적되는 과정과 그것이 초래하는 결과를 보여주면서 근원적인 질문을 던진다. 근대 사회에서 인간은 만물의 영장으로, 가장 발달한 뇌를 가진 지적 존재로 스스로를 정의해왔다. 과연 그러한가? 인간이 합리적이고 이성적인 존재라는 근대 사회의 명제는 사실이 아닌 희망사항에 불과했던 것이 아닐까?

인간이 이성적인 존재인지 그리고 인공지능체가 도구가 아닌 인간과 동등한 존재가 될 수 있을지에 대한 질문은 인간을 재정의하면서 해답을 고민해볼 수 있다. 영국의 경험론 철학자 존 로크는 인간human being과 인격person을 구분한다. '인간'의 정의가 생물학적 종 개념에 따른 분류라면 '인격'은 합리성을 갖고 반성하며 시간과 장소에 구애됨 없이 자기 자신을 자기 자신으로 생각할 수 있는 기능을 가진 지적 존재인지의 여부라는 것이다.[6] 즉 생물학적 인간이 곧 인격체와 동일시되지 않으며 반대로 비인간인 인공지능이 인격체일 수도 있다. 미래 사회에서 우리가 추구하는 '인간의 품위' 즉 진정한 의미에서 '인간다움'을 갖춘 존재는 누가 될 것인가? 「우리 당근이는 잘못한 게 없어요」는 오늘날의 어리석은 인간의 모습을 거리를 두고 볼 수 있도록 돕고 인간이 어떤 경로를 통해 비이성적인 사고를 가지게 되는지 물으며 인간을 재정의하는 방식으로 인간중심주의를 벗어나고자 한다.

「우리 미나리 좀 챙겨 주세요」는 다양한 존재들이 공존, 공생, 공진화한 사회를 보여준다. 생물학적 인간인 '나', 차마린 사육사를 화자로 내세워 공룡 복원 해커들이 타조의 DNA를 기반으로 복원한 생물학적 공룡 스테고사우르스인 미나리. 메카 공룡 소담이, 15년 전에 자살한 생물학적 인간 현승아의 기억을 기반으로 만들어진 29살의 메카 인간 현승아 등 다양한 출생 배경을 지닌 인물들이 등장한다. 이중 가장 복합적인

---

6   이중원, 「포스트휴먼과 관계의 인문학」, 『디지털 포스트휴먼의 조건』, 갈무리, 2021, 219쪽.

존재라고 할 수 있는 현승아는 자신을 다음과 같이 정의한다.

"현승아 관리사님은 자신이 몇 살이라고 생각해요?"

"열네 살요. 저는 메카 몸이 만들어지기 전의 기억은 제 것이 아니라고 생각해요. 가끔 저에게 기반 기억과 외모를 준 사람, 그러니까 인간 현승아의 부모를 만나야 하는데, 그럴 때마다 특별히 공을 들여 연기를 해요. 15년 전에 죽은 현승아와 제가 같은 존재라는 생각이 안 들거든요. 기억은 많이 갖고 있지만 그게 제 것 같지는 않아요. 일단 생물학적 욕망의 연속성이 없으니까. 주어진 역할을 배우처럼 수행한다는 점에서 저도 소담이와 크게 다르지 않아요."(54~57쪽)

현승아의 부모는 사망한 딸의 외모와 기억을 기반으로 재창조된 메카 인간 현승아를 자신들의 딸로 인식하지만 정작 현승아는 딸의 "연기"를 수행한다. 부모가 혈연에 의존한 가족 개념에 머물러 있다면 현승아의 "역할 연기"는 관계를 맺는 새로운 방식을 보여준다. 즉 혈연을 떠나 각자의 역할을 수행하는 것이 가족의 재구성이 될 수도 있다. 이 작품에서 못된 로봇에게 공격을 당한 여학생 아니사 혜가 생물학적 엄마를 둔 메카 인간이고, 이러한 조합의 가족이 "생물학적인 인간가족끼리 느끼는 억울함과 울분"(25쪽)을 도리어 잘 느끼지 못한다는 서술은 공동체의 구성 방식이 달라지면 구성원의 정서 반응도 달라질 가능성을 상상하게 만든다.

한편 주인공은 사회에 점점 늘어가는 낯선 지적 존재들에 대해 현승아와 대화를 나눈다. 생물학적 인간인 '나'는 이러한 상황에 두려움을 느끼고 현승아는 이해한다는 듯 고개를 끄덕이지만 주인공은 내심 자신과 같은 생물학적 인간들의 감정을 메카 인간인 현승아가 온전히 이해하리라고 생각하지 않는다. '나'는 작품의 마지막 장면에서 생물학적 새인지 기술로 만들어진 새인지 확인할 수 없는, 강물 위로 날아가는 새를 바라본다. 주인공이 겪는 혼란은 곧 생물학적 인간이 중심이 되었던 오랜 역사가 저물어감을 깨닫는 과정이며 낯선 존재들과의 공존을 자각하는 순간이다. 많은 영화와 문학에서 비인간을 인간을 위협하는 타자로, 인간이 만든 피조물이자 도구적 존재로, 인간의 억압에서 벗어나려는 투사로 그려왔다면 이 작품은 그것을 넘어서서 인간과 비인간이 공존하는 세상을 보여주면서 이를 위해 필요한 몇 가지 전제 조건을 제시한다.

이중원은 「포스트휴먼과 관계의 인문학」에서 다양한 포스트휴먼 존재들을 사회 구성원으로 인정하기 위해 지금까지 인간 자아의 본성으로 간주되어온 자율성과 도덕성의 개념을 기능적 차원에서 접근해보자고 제안한다. 즉 기능적 수행의 차원에서 조작적 도덕성, 책임 등을 생각해볼 수 있다.[7] 가령 인간의 기술과학으로 창조되었더라도 자율적인 오퍼레이션의 단계가 심화되면 기계에도 책임의 영역이 발생한다. 다양한 존재가 함께 사는 사회에서는 인간 본성 위주로 정의 내렸던 철학 개념이나 사회 제도를 새롭게 전환할 필요가 있다.

가령 앞의 두 작품에 등장하는 인물들 중 메카 공룡 파랑의 직업은

---

7   이중원, 앞의 책, 223쪽 참조.

해남 고생물공원의 홍보관이며 메카 인간 현승아의 직업은 공무원이다. 이들은 직업을 가진 경제적 독립체이고 시민권자로 책임과 의무를 가진다. 이것이 가능하려면 인간과 비인간이 도구적 관계이자 주종 관계이고, 비인간이 인간의 노동 일부(혹은 전부)를 담당하기 위해 존재한다는 기존 생각에 전환이 필요하다. 즉 비인간이 도구라는 개념에서 벗어나서 비인간을 장악하려는 폭력적 시도를 거두는 것이 가능한가?

질베르 시몽동Gilbert Simondon은 "기계들과 공존하는 인간의 삶을 긍정하며 기술적 대상들의 존재 가치에 대한 의식화와 기계해방을 촉구"[8] 하였는데 특히 "양립불가능하고 불일치하며 격차가 있는 것들을 서로 연결하고 소통시키는 '관계'의 작동 방식"[9]을 강조하였다. 즉 이들이 공존하기 위해서는 서로가 긴밀하게 연결되어 있으며 서로는 서로의 환경임을 깨달아야 한다. 또한 시몽동은 기술적 대상들을 인간의 사용 도구에 불과한 것으로 간주하는 것이 아니라, 기술적 대상 고유의 발생과 진화를 인정하고, 인간과 기술적 대상의 관계를 존재론적으로 동등한 위상에서의 상호 협력적 공진화로 이해해야 한다고 주장한다. 무엇보다 사용과 이윤의 관점에서 벗어나야 한다. 기술적 대상들이 인간의 동력에 의존하는 도구나 개체 수준을 넘어서 자율적인 앙상블 수준의 집단적 연결망을 실현할 수 있게 되었을 때, 이러한 기술적 앙상블이야말로 '개체 초월적

---

8   김재희, 『시몽동의 기술철학』, 아카넷, 2017, 11쪽.

9   김재희, 위의 책, 19쪽.

집단성'을 구축하는 결정적인 매개로 작동할 수 있다.[10] 반대로 자본과 노동이 개입될 때 개체 초월적 연대체로 발전할 가능성은 낮아진다.

홍미로운 것은 듀나의 작품 속 세상에서는 인공지능체들이 개체 진화를 통해 집단의식을 키우고 있지만 그들의 정보를 읽을 수 없는 '인공지능 보호법'이 발효되어 있다. 이는 개체 초월적 집단성이 인간을 위협하는 쪽으로 작용하지 않을 거라는 최소한의 전제가 있어야 가능한 제도다.

미나리는 몇 십 년 동안 미몽 상태에 있던 메카 공룡들의 집단의식을 깨우고 강화시키는 계기였다. 해남의 공룡 등은 이전과는 다른 무언가가 되었고 우린 아직 그들의 속을 읽지 못한다. 읽을 수 있는 기술이 없는 건 아니지만 인공 지능 보호법이 이를 막는다. (72쪽)

듀나의 작품들은 이러한 제도의 측면까지 포함하여 인간이 나르시시즘을 내려놓은 너머의 세계를 담백하게 보여준다. 포스트휴먼 문학에서 중요한 것은 인간의 기계화 혹은 기계의 인간화, 생물학의 발전으로 복원된 생명체라는 낯선 대상 자체가 아니라 그들이 새로운 인간 주체와 공존할 수 있는 터전을 확보하는 것이다.[11]

다만 작품이 우리의 기존 생각을 넘어선 세계를 가볍고 선명하게 보여주지만 이런 사회가 도래하기까지의 진지한 갈등은 생략되어 있다.

---

10   김재희, 「우리는 어떻게 포스트휴먼 주체가 될 수 있는가?」, 『디지털 포스트휴먼의 조건』, 갈무리, 2021, 53쪽.

11   김형식, 앞의 책, 290쪽.

가령 인류 멸망 이후를 배경으로 한 아포칼립스 SF 영화 〈나의 마더I am mother〉는 엄마 역할을 하는 인공지능 드로이드 '마더'와 인간 배아 시스템에서 태어나 마더의 양육 아래 자란 '딸'이 등장한다. AI 로봇 마더의 보살핌 덕분에 지혜롭게 성장한 딸, 딸과 마더는 우호적 관계였지만 외부에서 나타난 '여성 인간'이 등장하면서 여러 반전이 제시된다. 인공지능 엄마와 생물학적 인간으로서 딸의 관계, 그리고 생물학적 성인 여성(일반적으로 미성년을 보호할 수 있다고 생각되는)과 주인공인 청소년 여성의 관계, 관객은 이 두 형태의 관계를 보면서 AI를 신뢰할지 어리석더라도 인간을 신뢰할지 갈등 상황에 놓인다. 『우리 미나리 좀 챙겨 주세요』에 등장하는, 이런 고민의 지난함을 넘어선 새 세상이 상쾌하기도 하지만 한편으로는 청사진만 살짝 엿본 느낌이 들어 아쉽기도 하다.

가상현실에서 만나는 지금, 여기-'아바타'를 통한 주체의 변신

앞의 작품처럼 미래 사회의 주역이 된 비인간과의 관계를 통해 인간을 성찰할 수도 있지만 가상현실virtual reality의 공간에서 활약하는 '아바타'Avatar의 존재를 통해 인간을 재정의할 수도 있다. 코로나 팬데믹 시대를 지나며 '메타버스'가 우리에게 성큼 다가왔다. 각종 비대면 상황을 체험한 MZ세대에게 가상현실이나 증강현실은 상대적으로 익숙한 공간이다. 가상현실은 초기에는 가상이라는 공간을 현실과 유리된 것으로 여겼지만 이제 가상과 현실의 관계에 시선을 돌리고 있다. '가상'과 '현실'은 전혀 별개가 아니라 시소의 양쪽에 위치한 두 개의 지점 같은 것이며 그 사이에서 어떻게 균형을 잡을지 생각할 필요가 있다.

최근 청소년소설에서 '가상현실'은 대체로 실제 학교의 반영물로 등장하는 듯하다. 박하익의 「해골성 가상 캠프」(김성일 외, 『교실 맨 앞줄』, 돌베개, 2021)는 한 학교의 학생들이 반별로 팀이 되어 "학생들의 바른 인성과 건강한 사회화를 도모하기 위해 예산을 아낌없이 지원하는 가상 캠프"(74쪽)에 참가하는 이야기다. 반 전체가 각자 역할을 맡아 벌이는 팀 플레이는 언뜻 가상 서바이벌 게임과 유사하지만 실제로 입시와 관련이 있고 학교에서 소외된 '관심 학생군'의 사회 적응을 돕는 수단이었다는 점에서 학교 프로그램의 데칼코마니로 읽힌다.

장편소설 『슈뢰딩거의 아이들』(최의택, 아작, 2021)에 등장하는 가상현실 역시 학교 공간을 재현한다. 근미래를 배경으로 대한민국에 세계 최초의 완전 몰입형 가상현실 중고등학교 '학당'이 문을 열고 입학생들은 실명으로 '아바타'가 되어 헬멧과 컨트롤러를 착용한 후 자신의 방에서 '학당'으로 등교한다. 그러나 정신적 신체적 장애를 가진 이들은 학당에 입학하지 못하는 등교 차별을 겪는다. 작품은 가상현실 공간을 빌려와 현재 우리 사회와 공교육에서 장애인이 마주치는 부당한 경험을 깊이 있게 구현한다.

주인공 은시현은 입학 전 오리엔테이션에서 가상현실 '학당'에 유령 같은 존재가 있음을 알게 되는데 그 존재는 다름 아닌 자폐 청소년 하랑이다. 주인공은 학당의 보안을 맡은 동아리 제피룸 선배인 건이 형, 수리, 노아와 학당의 입학식에 유령의 존재, 즉 노아의 친구이자 자폐아인 하랑을 가시화하고 교육부는 부랴부랴 또 다른 가상공간을 만들어 장애학생들을 입학시킨다. 두 가상공간은 서버는 동일하나 따로 관리되어 학생들은 서로 만나지 못한다. 여기까지의 줄거리만 보아도 이 작품이 가상현실이라는 시공간을 빌려 장애와 인권의 문제를 짚고 있음을 알 수 있다. 여기에 이들이 만들어낸 증강현실 게임 '수인과 정령'이 '수화'와 '목소리'를 이용하는 설정이라는 것도 흥미롭다. 또한 주인공 은시현이 가상현실 디자이너이자 농인인 엄마 곁에서 코다coda로 성장했고, 제피룸의 선배 건이 형이 장애인이었다는 사실 등 다양한 장애 문제가 서사에 자연스럽게 녹아 있다.

그러나 장애 문제를 주제로 한 이 작품과 가상현실 게임을 통해 학생들의 사회화와 적응의 문제를 비판적으로 바라본 「해골성 가상 캠프」는 현실을 가상현실로 이동시키는 과정에서 더 확장할 수 있는 이야기의 상상력을 축소시킨다. 가상현실이 현실의 알레고리로만 수렴되는 부분이 생기기 때문이다. 특히 『슈뢰딩거의 아이들』에서는 교육부가 가상현실을 두 개의 공간으로 만들자 이에 불만을 품고 여전히 비가시화된 존재들을 한 공간에 모아 가시화하려는 주인공과 동아리 선배들의 계획이 실행되고, 만남의 현장은 예상치 못한 혼란으로 끝난다. 이것 역시 현실의 성급한 장애인 통합교육을 떠올리게 하며 주제를 현실 문제로 귀결되도록 만든다. 가상현실을 다루는 작품에서는 '가상'과 '현실' 두 공간의 같음과 다름을 동시에 바라보아야 한다. 가상현실이 '현실'만을 가리킨다면 '가상의 세계'를 통해 확장할 수 있는 상상과 전망을 창조하기 어렵다. 특히 이 지점에서 중요한 것은 가상현실의 주인공인 아바타의 존재다.

현실과 마찬가지로 가상현실 혹은 가상현실을 다룬 서사에도 인물,

사건, 배경이 있으며 가상현실 속 인물은 아바타다. 아바타는 현실 자아의 분신이지만 현실 자아와 동일한 존재는 아니다. 「해골성 가상 캠프」에서 가상현실 게임에 참여하는 인물들은 실제 학교에 출석하는 인물과 동일하기에 가상현실 프로그램 내에서도 아바타의 성격은 현실 자아와 다름이 없다. 따라서 가상과 현실의 차이가 발생하기 쉽지 않다.

『슈뢰딩거의 아이들』은 이와 약간 다르다. 앞서 언급한 것처럼 학당은 두 개의 가상공간으로 나뉘어 관리되는데 두 공간의 만남을 촉발하는 것이 바로 아바타 생성 방식과 관련이 있다. 학당은 '완전몰입형'으로 실제 인물이 실명으로 등교를 하는 시스템이지만 입학 때 학생들은 자신의 아바타를 만든다. 이 아바타를 만드는 알고리즘은 '자의식'을 활용하는 것으로, 스스로가 생각하고 느끼는 자신의 모습을 기반으로 아바타를 자동 생성한다. 이를 '자의식 기반 아바타 생성 알고리즘'이라고 부른다. 이러한 아바타 생성 방식은 실제의 자아와 자신이 자각하는 모습이 다를 수도 있음을 전제로 한다.[12] 가령 입학 전에 서로 아는 사이가 아니었다면 본래의 인물과 아바타를 연결할 수 없을 수도 있다. 주인공이 건이 형의 아바타만 보고 장애인인 것을 짐작할 수 없었듯이 말이다.

여기에 더하여 아바타 인식을 포함하여 가상공간의 모든 시각적 형

---

12   조해리는 우리가 생각하는 '나'는 뇌가 나라는 존재에 대해 만든 표상이며 나의 뇌는 과거의 정보를 학습하고 내 환경과 실시간으로 소통하고 그것을 내면화하면서 나를 표상한다고 말한다. 뇌는 '나'의 욕구와 감정, 사고를 통합해 어떻게 움직일지 결정하고 실행하며 그 과정에서 자신이 어떤 사람인지, 그리고 다른 사람은 어떤 사람인지 인식한다. 물론 나의 뇌가 인식하는 나의 표상과 다른 사람이 보는 나의 표상은 다를 수 있다. 조해리, 「'나'라는 존재는 뇌가 만든 표상: 부캐와 멀티 페르소나가 확장되는 시대」, 『브레인』 88호, 한국뇌과학연구원, 2021, 27쪽.

상은 사람들의 기존 의식에 기대어 '평균'이라는 중간치를 반영하여 개인의 인식 차이를 무시하고 만들어졌다. 가상공간에서조차 장애인이 비가시화되는 것에 문제의식을 느낀 주인공과 제피룸 동아리 회원들은 두 공간의 방어벽을 뚫어보려고 한다. 이들은 장애인 그룹, 하랑이 속한 가상공간과 자신들의 공간의 평균을 비교해서 차이가 심한 곳을 찾아 오류를 찾는 방식으로 두 공간의 방어벽을 제거한다. 이렇게 자의식을 기반으로 한 아바타와 한 사회의 고정관념이라고 볼 수 있는 평균이라는 의미가 충돌했을 때 어떤 결과가 발생할까? 두 공간이 합쳐졌을 때 자의식을 기반으로 만들어진 각각의 아바타들은 혼란스럽게 충돌한다. 작품은 이 상황을 '지옥'과 같다고 표현한다. 주체와 타자의 시선이 충돌하는 지점이라고 볼 수 있을 것이다.

두 학당을 나누던 논리적 벽이 사라지자 논리로 유지되는 세상은 문자 그대로 비논리적인 충돌로 무너져 내렸다. 새로운 건물과 시설이 생겨나며 한데 엉키고 팬 미팅이 진행 중이던 홍문관 건물 곳곳에서 없던 학생들이 생겨났다. 마치 '괴물' 같은 모습으로.

새롭게 나타난 쪽만 그런 게 아니었다. 원래 있던 쪽에서도 같은 변화가 있었다. 건이 선배가 그중 하나였다. 멀리서 본 건이 선배는 하반신이 거미처럼 바뀌었고 주변 학생들은 놀라서 비명을 내질렀다. (185~186쪽)

작품은 이러한 사건의 원인을 '자의식 뭉치 간에 발생한 충돌'이라는 가설로 서술한다. 또한 주인공과 동아리 회원들이 예상치 못한 혼란을 초래한 것은 일종의 폭력이었다는 반성으로 이어진다. 이 작품이 주제를 구현하기 위해 가상현실 시스템을 적극 활용한 부분은 흥미롭다. 그러나 가상현실이라는 서사 공간에서 활동하는 아바타가 「해골성 가상 캠프」처럼 현실과 동일하거나 『슈뢰딩거의 아이들』처럼 자신이 생각하는 자의식을 자동적으로 아바타에 생성하는 방식은 가상현실에서 아바타를 적극 활용하지 못했다는 생각이 든다.

가상현실에서 아바타를 통한 변신은 현실의 나를 벗어버리는 기회이기도 하다. 만약 위의 작품들처럼 실제 학교를 배경으로 하지 않았다면 가상현실에서 전혀 다른 나를 아바타로 만들 수도 있다. 성별, 외모, 연령, 민족, 인종을 바꿀 수 있을 것이다. 이때 만들어진 아바타는 허구라는 점에서 분명히 경계할 지점도 있지만 기존의 나의 정체성과 별개의 상황을 체험하는 기회나 타자를 이해하는 시간이 될 수도 있다. 좀 더 중요한 것은 이때 창조된 아바타를 통해 현실의 정체성 역시 일종의 기획의 산물이고 불완전하고 불안정한 '표상'이라는 사실, 즉 정체성의 정체를 의심할 수 있다는 점이다.

가령 현대 사회에서 '부캐'는 가상과 현실의 경계의 다양한 경계를 허물어뜨려 '멀티 페르소나', '복수 정체성'으로의 가능성을 모색할 수 있게 하였다.[13] 이러한 복수 정체성에 관한 욕망과 사유는 주체의 해체를 시도하는 포스트휴먼 담론과도 맞닿아 있는데 이는 포스트휴먼 담론이

---

13   홍단비, 「초연결시대, 복수정체성에의 욕망과 문학적 상상력」, 『인문과학연구』 69호, 강원대학교인문과학연구소, 2021, 10쪽.

인간과 다른 이질적인 존재들의 결합을 통해 자아의 해체와 재구성을 거듭하며, 인간의 순종성을 혼종성으로 대체하기 때문이다. 또한 포스트휴먼, 사이보그의 바디는 끊임없이 수정, 개조, 설정되는 몸으로 몸은 개인과 각 사회 계급의 문화자본으로 존재하며, 사회 구조를 체현해내는 확정 불가능한 몸이라는 복수 정체성을 지닌다. 이때 복수 정체성으로의 포스트휴먼이 보여주는 정체성은 몸으로 체현된 구성체라기보다는 정보 패턴의 흐름과 밀접한 관련이 있다.[14] 이러한 측면에서 보자면 '아바타' 역시 유사하다. 가상현실에서 다른 몸을 입고 체험하는 아바타가 학습하는 정보는 현실의 나를 해체하거나 재정의하는 재귀적 역할을 할 수 있다.

이융희는 참여의 주체로 가상세계에서 자신을 대표하는 아바타는 메타버스에서 현실과 다른 능력과 소통 방식으로 다양한 콘텐츠를 생성하며 메타버스의 세상을 이끈다고 말한다. 메타버스 공간은 현실을 반영하는 동시에 현실을 메타적으로 응시하도록 강요하는 디지털 평행공간으로, 가상현실 공간에 반영된 재화는 오로지 가상으로만 존재하는데 '나'라는 정체성은 이 가상을 현실로 바라볼 것인지, 또는 이것을 오로지 가상으로만 놔둘 것인지 감각하고 인지한다는 것이다. 즉 현실에 존재하지 않지만 동시에 존재하는 팬텀phantom적 존재를 감각하는 순간, '나'는 현실에 존재하지만 동시에 가상에도 존재하는 이중적 존재가 된다.[15]

---

14   마정미, 『포스트휴먼과 탈근대적 주체』, 커뮤니케이션북스, 2014, 43쪽; 홍단비, 위의 글, 10쪽 재인용.

15   이융희, 「메타버스를 받아들이기 위한 정체성 형성」, 『기획회의』 536호, 2021년, 48쪽.

그렇다면 『슈뢰딩거의 아이들』에서 아바타를 생성할 때 자의식을 기반으로 자동 생성되는 아바타가 아니라 각각의 인물이 적극적으로 아바타를 창조해가는 방식이었다면 서사가 조금 달라졌을까? 혹은 자의식 기반의 아바타라고 하더라도 아바타는 당연히 실제의 나와 다를 수밖에 없다는 사실에서 출발하여 '자의식'과 '정체성' 그리고 '아바타'의 상관관계를 좀 더 조명했다면 하는 아쉬움이 남는다.

가상현실에서 활동하는 나의 분신 아바타는 현실의 나와 유사할 수도 있지만 조금 다른 싱크로율을 가졌을 수도 있다. 그렇다면 나와 다른 나, 아바타는 단지 환상이나 바람 또는 조금은 부끄러운 나의 욕망을 드러내는 존재일 뿐일까? 그것은 내면의 나가 은밀히 꿈꾸던 욕망이나 일탈조차도 나의 잠재태라는 점에서 어떤 방식으로든 현실의 나를 반영하는 것이다. 따라서 아바타가 자유로워질수록 현실의 나가 누구인지 섬세하게 파악하게 된다. 가상공간에서의 '아바타'의 존재는 현실에 기반을 두는 동시에 현실을 넘어서서 새로운 자신을 발견하는 지점까지 나아가야 한다. '아바타'가 활약할 자리를 확보해줄수록 의미 있는 탐색과 모험을 펼칠 수 있을 것이며 더불어 현실에 묶여 있던 나도 자유로워질 수 있을 것이다.

스티븐 스필버그 감독의 연출작으로 어니스트 클라인의 동명 소설을 영화화한 SF 영화 〈레디 플레이어 원〉은 가상현실을 적극적으로 활용한다. 청소년 주인공 웨이드는 파시발이라는 닉네임으로, 또 다른 주역 사만다는 아르테미스라는 닉네임으로 오아시스라는 가상현실에서 활동한다. 오아시스는 사람들이 접속하여 이스터에그를 찾으려는 생생한 삶의 현장이다. 이들이 창조한 아바타는 현실의 모습과는 분명 다르지만 이들은 가상공간의 아바타의 모습과 자신을 의식하되 그 차이를 전유하여 성장의 매개로 활용한다. 즉 이들에게 아바타란 현실의 나를 채우고 찾아나가는 기능을 한다.

물론 아바타가 현실을 왜곡시킨다는 부정적 기능에 관해서도 주의와 관심을 기울여야 한다. 그러나 중요한 것은 가상현실을 포함한 메타버스에서 아바타는 현실 자아와 길항관계이며 현실의 '인간'을 돌아보는 동시에 '가상현실'의 또 다른 나를 메타적으로 바라볼 수 있다는 점이다. 즉 나를 새롭게 정의 내릴 수 있는 공간으로 '가상현실'을 적극적으로 전유할 필요가 있다.

인간을 벗고, 새로운 인간을 입다

루카치는 『소설의 이론』에서 "별이 총총한 하늘이 갈 수 있고 또 가야만 하는 길들의 지도인 시대, 별빛이 그 길들을 훤히 밝혀주는 시대는 복되도다."라는 문장으로 시작하여 소설 즉 이야기가 인간의 삶을 어떻게 드러내야 하는지 밝혔다. 세월이 지나 이제 하늘에 떠 있는 별이 별인지 드론인지 홀로그램인지조차 알 수 없는 시대가 되었다. 그럼에도 내가 별을 보며 여전히 희망을 떠올리는 것은 문학은 약자를 주목하는 방법이 조금씩 다를 뿐 어느 시대, 어떤 방식으로든 그것들을 보듬어왔다고 믿기 때문이다. 그리고 이제 과학과 인문학의 융합으로 인간의 위치를 재설정하고 인간과 비인간의 관계를 재구성해야 하는 시대가 되었다.

새로운 시대를 위해 다시 한번 강조하고 싶은 이야기가 있다. 본문에서 이야기한 것처럼 우리는 미래를 위해 지금까지 인간 대 인간, 인간 대 비인간, 인간 대 자연을 자본의 논리, 노동의 논리, 주종의 관계로 바라보는 관점에서 벗어나야 한다. 이것은 윤리적 차원의 호소가 아니다. 상생 관계를 수용해야만 인간의 생존을 담보할 수 있는 시대가 되었다. 시몽동이 비판한 '노동-자본' 프레임[16]에서 벗어나 '지배-예속'의 패러다임을 '상호 협력적 공존'의 패러다임으로 전환시킬 때[17] 개체 연대, 개체 초월의 집단성으로 디스토피아를 탈출할 수 있다.[18]

서두에 언급한 「무서워하는 기차는 바보인가: 동시의 시선과 인간 중심주의의 문제」에서 김이구는 문학에서 인간중심주의는 직접적 폭력은 되지 않고, 평화와 상생의 이념을 바탕으로 하고 있지만 사물을 자체의 속성대로 자유롭게 풀어놓지 않고 장악하고자 할 때 그것 역시 폭력의 한 형태임을 자각할 필요가 있다고 말했다. 나는 이 글을 조금 과감하고, 과격하게 오독하고 싶다. 문학에서 인간중심주의 혹은 인간이 가졌던 특권을 여전히 고수하는 것은 이제 분명한 '폭력'이며 평화와 상생에 이르기 위해서는 인간이 가졌던 절대 권력을 내려놓아야 한다고. 인간이 가졌던 나르시시즘에서 벗어날 때 인간은 비인간과 유의미한 관계를 맺

---

16   김재희, 앞의 책, 54쪽.

17   김재희, 같은 책, 55쪽.

18   어떻게 기계와 도구적 관계를 넘어설 수 있냐고 묻는다면 현실 사회로 돌아와 '외국인 노동자'라는 단어를 생각해보자고 제안하고 싶다. '외노자'는 인간을 '노동'에 국한한 정체성으로 단순화하고, '자본'의 논리로만 존재와 한국 사회와의 관계를 드러내는 단어다. '외국인 노동자'를 '노동의 도구'가 아닌 '존재'로 인식해야 하듯이 우리 삶을 둘러싼 것들에 대해 자본과 노동의 패러다임으로만 접근하던 논리를 재고할 때 새로운 관계를 구축해나갈 수 있을 것이다.

을 수 있고 공생의 길을 열 수 있다고. 우리가 가졌다고 믿었던 인간의 품위를 지키기 위해서 말이다. 리얼리즘 문학을 읽으며 약자를 주목해야함을 배웠고 판타지를 읽으며 그들을 해방시키는 꿈을 꾸었다면 이제 우리는 포스트휴먼의 문학을 읽으며 세상의 모든 존재 앞에서 겸손해질 준비를 해야 하지 않을까?

청소년소설다움을 넘어서

'청소년소설답다'는 것

영화 주간지 『씨네21』 2020년 1251호(4월 21일 발간)에 '대한민국 10대 관객 보고서'라는 제목으로 청소년 관객을 분석한 흥미로운 특집이 실렸다. 이 글에 따르면 '영화 선택 시 신뢰하고 참고하는 영화 전문가는 누구인가요?'라는 질문에 가장 많은 청소년이 '없다'라고 답했다. 10대는 언론이나 전문가의 평가에 의존하기보다 자신의 취향에 맞는 영화를 스스로 찾는 세대이며, 그 이유 중 하나는 콘텐츠가 너무 많아 좋은 영화를 모두 챙겨 보는 것이 불가능하기 때문이라고 한다.[1]

청소년소설의 독자들은 어떨까? 문학 수업에 열심인 교사의 추천 목록을 참고로 할까? 수업을 하는 선생님 앞에서 고개를 열심히 끄덕여 주는 청소년들의 예의를 그들이 청소년소설을 좋아한다는 근거로 삼지 말자. 영화와 마찬가지로 청소년소설은 웹소설, 웹툰, 만화, 일반소설에 이르기까지 경쟁 콘텐츠가 많다. 청소년 독자 역시 자신이 즐기고 원하는 책 혹은 장르가 따로 있을 것이다.

성인과 청소년 간의 관계 구도도 달라졌다. 지난해 2019년 12월 27일 '공직선거법 일부개정안'이 통과되어 투표 연령이 만 18세로 하향 조정되었고, 올해 4월 15일 청소년 유권자들이 총선 투표를 했다. 참정권은 사회적 판단력, 시민권, 책임 의식과 관련된 문제이므로 이는 사회가 청소년의 판단력을 더욱 존중하기 시작했다는 지표이기도 하다. 한편 주인 의식이 커가는 청소년들이 성인을 바라보는 구도 역시 달라졌다. 형

---

[1] 김성훈·송경원, 「대한민국 10대 관객 보고서」, 『씨네21』 1251호, 2020, 54쪽 참조.

식적으로는 여전히 어른이 청소년의 보호자이지만 스스로를 이른바 '세월호 세대'라 지칭하는 청소년들은 어른을 책임자로 온전히 신뢰하지 않는다. 코로나19 사태를 겪으며 아이들은 학교라는 제도, 가령 출석 일수, 등교, 시험, 성적이 모두 편의적 발상이며 언제라도 조변석개할 수 있음을 간파했을 것이다. 또 'N번방' 사건을 통해서는 디지털 매체에서 빚어지는 여러 양상에 대해 어른들이 무지하고 무능하게 대처하는 장면을 목격했다. 한국 사회에서 어른이 실제 책임을 다하고 있는지 반문해볼 일이다. 이제 어른은 절대적 권위를 가진 세대가 아니다.

출판 상황도 변했다. 일반소설에서 청소년 인물이 등장하는 것이 드문 예는 아니었지만, 이전에는 어린이, 청소년 인물을 '동심' '성장'의 눈으로 보려는 의도가 강했다면 최근 일반소설의 청소년 인물은 청소년소설 속 인물의 눈높이에 매우 가까워졌다. 이 문제는 따로 살필 필요가 있지만 2015년 문학동네 대학소설상을 수상한 임솔아의 『최선의 삶』을 비롯하여 2019년 창비장편소설상을 받은 『내게는 홍시뿐이야』(김설원)까지, 일반소설에서 청소년의 삶을 중심 주제로 다루는 경향이 높아졌다. 또한 박상영, 김초엽, 정세랑 등 일반소설과 청소년소설을 두루 창작하는 젊은 작가들도 대폭 늘어났다. 2012년 문학동네 대학소설상 수상 작가인 이종산의 장편소설 『커스터머』(문학동네, 2017)와 구병모의 영어덜트 소설 『버드 스트라이크』(창비, 2019)가 독자의 눈높이 면에서 큰 차이가 있다고는 생각되지 않는다. '여중생A' 시리즈(전 5권, 허5파6, 비아북, 2017), 『연의 편지』(조현아, 손봄북스, 2019), 『정년이 1』(서이레, 문학동네, 2020) 등 청소년 캐릭터를 주인공으로 삼은 인기 웹툰도 다수 출간되었고, 이들의 독자는 어린이부터 성인까지 스펙트럼이 넓다. 청소년과 성년의 경계는 점점 사라지고 있다.

청소년 독자의 정체성이나 출판계의 지형도가 변하는 데 비하여 최근 몇 년간 청소년소설의 형식과 내용은 크게 달라지지 않은 듯 보인다. 청소년소설은 '청소년소설다움'을 의식하는 경우가 많다. 사회에서 강요되는 '청소년다움'의 보수성과 대립하며 언뜻 진보 담론을 펼치는 듯 보이지만, 많은 경우 그조차 일종의 '청소년소설다움'으로 수렴된다.

이융희는 청소년소설이 보이는 보수성에 대해 아래와 같이 지적한다.

2000년대 초, 그림책과 판타지 동화를 읽은 어린이들이 중학교 때부터 갑작스러운 입시 독서를 시작하는 것에 대한 비판으로서 등장한 것이 청소년소설이었다. 청소년의 현실을 돌아보자는 취지로 만들어진 이 소설은 성적 지상주의에 매몰된 사회 풍토, 두발 단속과 같은 청소년 인권 문제, 학생들의 일탈과 폭력 등을 이야기했다. 문제는 (…) 소위 '어른'이라고 불리는, 메시지를 전달하는 화자 집단이었다. 그들은 자신들이 만들어놓은 문제를 지적함으로써 문제에 부역할 수밖에 없다는 자의식을 강화한다.[2]

청소년소설 혹은 아동청소년문학이 반드시 어른들이 하고 싶은 말

---

2   이융희, 「순문학이란 없다 2」, 웹진 『텍스트릿』TEXTREET 2019년 9월 7일 게재.

만 대언代言하는 것은 아니다. 우리는 지난 몇 년간 청소년소설다우면서도 청소년에게 깊은 울림을 준 작품을 많이 만났다. 그럼에도 '화자 집단의 자의식' 혹은 고착된 청소년소설의 틀이 작품의 주제와 서사에 미친 영향을 부인할 수는 없다. 이 글에서는 최근 변화하는 우리 사회의 여러 지형도에 주목하면서 청소년소설의 경향을 예로 들어 청소년소설의 정체성과 청소년소설다움에 대하여 고민해보고자 한다.

장르의 법칙과 청소년소설

기존에 영어덜트물은 청소년소설 전반이라기보다는 다소 좁은 의미에서 '장르적 경향'이 짙은 작품을 지칭했지만 현재는 청소년소설로 바로 번역되고 있다. 영어덜트물, 청소년소설, 장르소설 이 세 갈래가 하나로 모이는 청소년소설의 장르화 경향은 새삼 거론할 필요가 없다. 판타지, SF, 추리, 스릴러, 호러, 로맨스, 무협, 역사 장르를 중심으로 두 장르 이상이 혼합되며 여기에 좀비, 마녀, 탐정, 영웅 같은 캐릭터가 합류한다. 청소년소설의 장르화 경향은 무엇보다도 청소년 독자에게 교육이 아닌 재미를 제공하려는 시도라는 점만으로도 반갑다.

장르소설의 가장 큰 장점은 무엇일까? 장르소설은 서사 공간이 일종의 무대임을 가장 잘 이해하는 장르다. 장르소설 속 무대는 독자의 자리와 분명한 거리를 둔다. 장르소설을 읽는 것은 독서이면서 놀이다. 이야기에 접속하는 순간 독자는 다른 세계로 이동하여 다른 자아가 된다. 이는 일상에서 가장 쉽게, 가장 멀리 떠나는 경험이며, 또한 반복적인 일상의 틈을 이용하여 다른 차원으로 '순간 이동'하는 경험이기도 하다. 장르서사의 규칙은 독자와 맺은 무언無言의 약속이다. 이 규칙에 동의하면 즐거운 역할 놀이에 도전할 수 있으며, 많은 청소년 독자들은 여기에 자발적으로 동참한다. 동참하지 않은 채 무대 아래에서 구경하는 것만으로도 흥겹다.

인물, 사건, 배경을 활용한 서사의 틀 자체가 하나의 '무대'라는 사실이 왜 중요할까? 그것이 독자를 장악하는 힘으로 작용하기 때문이다. 너도 알고 나도 아는 거짓말을 모르는 척하기만 하면 과장과 거짓말, 상상력으로 무장한 엔터테인먼트 서사에 쉽게 빠질 수 있다. 이는 곧 장악력을 갖추지 못한 장르소설은 그만큼 매력이 반감된다는 의미이기도 하다.

장르소설은 언뜻 순문학의 반대쪽에 위치하는 듯 보이지만 그 뿌리는 엄연히 정통적이고 고전적인 문학에 닿아 있다. 많은 장르서사가 서양 옛이야기의 화소를 직접 차용할 뿐 아니라 인간 삶에 존재하는 문학적 원형을 내포한다. 인용하기엔 몹시 진부하지만 영화 '스타 워즈'Star Wars 시리즈(1999~2020)의 가장 강력한 명대사로 악의 제국 사령관 다스 베이더가 루크에게 했던 고백, "I'm your father." 야말로 장르서사가 얼마나 고전적인 문학적 함의를 품고 있는지 보여준다. 이 장면에서 루크가 아버지의 칼을 잃어버리는 것 또한 얼마나 오래된 상징인가? 다만 일반적으로 장르소설은 묘사보다는 서사에, 웹소설은 대화나 스토리에 중심을 두는 등 서술 양상이 달라진다는 특징은 있다.

2018년 창비청소년문학상을 수상한 『페인트』(2019)의 작가 이희영은 2019년 웹소설 플랫폼 '브릿G'에서 주최한 '로맨스릴러 공모전'에서 『너는 누구니』(황금가지, 2019)로 대상을 받았다. 두 작품 모두 청소년이 주인공으로,『페인트』쪽이 묘사나 서사에서 훨씬 구체성을 띠며 문학적 완결성은 높지만 그렇다고 『너는 누구니』를 일반문학의 기준으로만 평가할 수는 없다. 이 작품은 빛과 그림자를 공유해야 하는 인간 내면의 분열 양상을 섬뜩하게 보여준다. 등장인물에게 향하는 '너는 누구니?'라는 질문은 종내에는 주인공을 포함한 독자 모두에게 던지는 질문이 된다. 또한 이는 작가라면 어느 순간 만나게 되는 작가적 정체성에 대한 물음이기도 하다.

한편『페인트』는 흡인력 있는 문장으로 미래에 대한 상상력을 보여주었지만 '만약 청소년이 부모를 선택한다면?'이라는 주제가 상당한 교육적 의도를 내포하고 있음을 부인하기 어렵다. 청소년에게 부모의 의미를 묻고 있기에 주제가 보편적 차원으로 확장되기 어렵다. 한마디로 청소년용 논술 시험 주제 같아지는 것이다. 일반적인 SF나 장르소설처럼 서사의 뼈대나 구성에 녹여냈을 전복성이나 저항성을 신뢰하는 것이 아니라 주제 의식을 따로 만들어 독자에게 전달하려는 작위성이 최근 청소년 SF 장르에 전반적으로 나타나는 아쉬움이다.

그런 가운데 최영희의 청소년 SF물은 이를테면 외계인이 중학교 2학년 청소년을 지구에서 가장 무서운 존재로 오인하면서 벌어지는 에피소드(「기록되지 않은 이야기」,『너만 모르는 엔딩』, 사계절, 2018)처럼 통쾌한 웃음을 선사하며 청소년의 현실을 슬쩍 찔러준다. 특히 그는 청소년 시기에 나타나는 몇 가지 특징을 잡아 청소년 자체를 캐릭터화한다. 청소년기는 유연한 발상, 난센스적 사고, 정의와 불의에 대한 민감성이 인생에서 가장 커지는 시기다. 여기에 어휘력은 늘지만 논리성은 다소 떨어지는 특성이 의외의 결과를 낳기도 한다. 이는 온라인에서 화제가 되곤 하는 청소년의 기상천외한 글이나 사진에 잘 드러난다. 더구나 한국의 청소년들은 학업에 대한 압박 등 힘든 상황에서 버텨내야 하는 어려움에 처해 있다. 최영희는 한국 청소년의 상황과 특징을 버무려 '청소년' 자체를 캐릭터화하고 이를 '청소년소설' 장르에 활용한다.

그의 장편소설 『현아의 장풍』(북멘토, 2019)은 SF, 무협, 로맨스가 결합된 엔터테인먼트 소설이다. 우주의 설계자 집단이 벌인 실수로 인해 시뮬레이션 지구에 사는 피조물인 현아의 내부에 최배달이라는 도인(道人)의 인격체가 자리 잡게 되고, 현아는 설계자의 에너지인 '락싸멘툼'을 쏠 수 있게 된다. 여기서 '피조물'은 스스로의 삶을 관장할 수 없는 인간의 처지를 뜻하는 은유다. 피조물에게 자유 의지란 매우 거추장스러운 옷인데, 피조물이 자유 의지를 넘어서는 오류가 발생한다. 불의를 그냥 넘기지 못하는 피조물인 현아의 성격이 오류의 가능성을 품은 씨앗이라면, 최배달의 장풍은 씨앗이 발화하여 꽃을 피운 상태다. 현아의 오지랖은 최배달의 정의와 동기화되어 증폭되고, 그 결과 자유의지를 넘어서는 참상(?)이 빚어진다. 좌충우돌하는 피조물 현아를 관리하기 위해 파견된 미카는 자유 의지가 증폭된 오류가 바로 인간을 인간답게 그리고 사랑스럽게 만든다는 사실을 깨닫고 현아의 존재를 지키고자 한다. 관리자 미카는 천사장 '미카엘'Michael에서 유래된 이름답게 어느새 현아의 수호천사가 된다.

원종찬은 이 작품에 대해, 현아네 반에 전학생으로 위장해 온 외계의 설계사 미카에게는 설계의 오류를 바로잡으려는 분명한 동기가 나타나는 데 비해 주인공 현아에게는 그런 면모가 부족해 보인다고 지적한다. 현아가 막연히 인간을 널리 이롭게 한다는 '홍익인간'을 모토로 슈퍼히어로와 같은 구원자 활동을 펼치는 것은 내면 탐구라는 심층의 결보다는 권선징악이라는 표층의 결이 압도하는 구조라는 것이다.[3] 그러나 현아와 최배달의 연결 고리를 기계적 결합이 아닌 자유의지의 증폭으로, 청소년이 가진 선한 의지의 발현으로 본다면 이 또한 인간의 내면을 탐구한 것이 아닐까?

『현아의 장풍』은 장르 결합의 시너지가 잘 발휘된 작품이다. 무협 장르의 뼈대인 '정의'는 선한 의지를 지닌 청소년 주인공이 세상에 맞서는 힘으로, SF 장르의 '과학적 개연성'은 지구가 시뮬레이션 프로그램이라는 상상으로, 로맨스 장르의 '사랑'은 설계자와 피조물의 사랑으로 수렴되면서 장르의 핵심 문법을 관통하여 서사를 엮어낸다. 최영희는 청소년소설의 정체성으로 장르소설의 형식을 수용하여 성찰해볼 만한 삶의 의미를 짚었다.

『현아의 장풍』이 난센스적 엔테테인먼트 서사라면 『독고솜에게 반하면』(허진희, 문학동네, 2020)은 트렌디하고 소프트한, 좀 더 전형적인 라이트 노벨이다. 이 작품은 마녀 판타지에 학원물, 그리고 웹툰 작가의 일러스트까지 더해져 대중성을 두루 겸비했다. 또한 마녀 소녀담, 고양이 보은담에 여성 퀴어 서사까지 끌어온다. 특히 독고솜이나 서율무를 일러스트로 보여준 것은 독자가 캐릭터를 떠올리는 데 긴요한 도움을 준다.

---

3   원종찬, 「교양과 제도 바깥의 불온함」, 『창비어린이』 2020년 봄호, 156쪽 참조.

마녀는 고전에서 주로 나이 많은 여성 마법사로 등장했지만 성장 서사에서는 마법을 훈련하는 소녀들의 성장담으로 창작된다. 특히 소녀들이 마법을 수련하기 위해서는 엄마나 할머니의 힘이 사라져야 한다는 법칙을 통해 소녀들의 독립과 성장에 멍석을 깔아준다. 초보 마녀 독고솜의 마법은 무시무시하지 않으며 달콤하고 아기자기하지만 소녀 마녀 성장기를 기대한 독자들의 기대에는 미치지 못한다.

이 작품은 중심 서사로 학급 내 갈등을 끌어온다. 마녀 판타지인 만큼 권선징악의 도식을 따르며, 추리를 도입했기에 복잡한 듯 보여도 구도는 비교적 단순하다. 학급 내 갈등을 다루면서도 주인공의 내면 변화를 좇으며 성장을 이야기하는 『체리새우: 비밀글입니다』(황영미, 문학동네, 2019)와 비교해보면 이 작품이 장르서사의 전형을 따르고 있음을 알 수 있다. '마녀' 독고솜과 '탐정' 서율무가 자신들의 호칭에 걸맞은 뚜렷한 역할을 가지고 있는 반면, 단태희에게 부여된 '여왕'이라는 별명은 역할이 아닌 학급 내 권력을 빗댄 것이다. 또한 세 명의 메인 캐릭터는 2 대 1의 구도로, 작품은 서율무와 단태희의 시점으로 번갈아 서술된다. 어떤 면에서 보면 단태희는 악한 마법사 같은 엄마에게 잘못된 인간관계를 배우는 나쁜 마녀다.

그런데 악역을 맡은 단태희가 추락하는 대목에서 독고솜이나 서율무보다 정작 더 큰 힘을 발휘하는 것은 단태희의 '시녀' 역인 박선희의 배신과 복수다. 마법 판타지가 배신 드라마에 잠깐 자리를 내주는 장면이다. 독고솜, 서율무, 단태희 등의 메인 캐릭터와 대비되는 평범한 이름을 가진 박선희는 피해자이면서도 100퍼센트 피해자라고 말하기 어렵고, 복수를 하는 것인지 반성을 하는 것인지도 불분명하여 이 작품에서 가장 모호한 인물이다. 박선희의 꼼수에 비하면 나머지 캐릭터는 악역인 단태희마저 순진한 어린이에 가깝다. 박선희는 이 영리하고 깔끔하며 동화에 가까운 장르서사에서 포용하기 버거운 인물이다. 그런 점에서 작품의 결말이 개운하지는 않다.[4]

배미주의 『신라 경찰의 딸 설윤』(마음이음, 2020) 역시 역사물과 탐정물, 로맨스와 학원물, 남녀의 역할 바꾸기 등을 다양하게 결합한 복합 장르물이다. 이 작품은 흥미로운 서사를 가지고 있음에도 아쉬운 지점이 많다.

우선 설윤, 처용, 홍렴, 비마란타 스님, 최두식 현령 등 매력적으로 만들 수 있었을 선악의 캐릭터가 충분히 활용되지 못했다. 가령 비마란타 스님은 이 작품에서 매우 중요한 인물로, 그의 복합적 내면을 그리는 데 공을 들였다면 인간에 대한 성찰이 가능했을 것이다. 설윤과 처용, 설윤과 홍렴 간의 로맨스 구도도 흥미를 높일 만한 부분이 많았으나 스토리와 인물 설정이 복잡하여 서사가 달려갈 뿐, 멈춰 생각하는 지점이 부

---

4   한편 독고솜과 서율무의 관계는 우리에게 여러 시사점을 준다. 미투 운동 이후 우리는 기존 남성과 여성 간의 연애 관계에 위계적이고 불편한 지점이 있음을 학습하게 되었다. 이전에는 서사에 자주 등장하던 에피소드, 가령 남학생이 좋아하는 여학생의 집에 따라간다든지, 만나줄 때까지 집요하게 데이트 신청을 하거나 여러 차례 전화를 하는 설정은 이제 불편한 것이 되었다. 그러나 동성 간의 친밀한 관계는 그것이 우정이든 사랑이든 불편함을 주지 않는다. 이 작품은 서율무와 독고솜의 관계에 '반하다' '데이트' 등의 어휘를 사용하여 가벼운 퀴어 서사를 도입했지만 여학생의 친밀한 관계를 그린 모든 작품을 퀴어물로 분류하기는 어렵다. 앞으로 남녀의 연애를 어떻게 그려낼 것인지 고민이 필요한 시점이다.

족하다. '신라 경찰의 딸 설윤'이라는 제목에서 이미 서사의 한계가 엿보이는데, 역사, 탐정, 여성 청소년 서사임을 드러냈지만 정작 서사의 중심이 하나로 모아지지 않는다. 설윤을 중심으로 한 여성 청소년 서사에 좀 더 방점을 찍었다면 집중도가 높아졌을 것이다.

엔터테인먼트적인 장르서사와 청소년소설이 만나 영토를 확장하는 작업은 당분간 지속될 전망이다. 이 복합 장르가 매력적인 캐릭터와 탄탄한 서사를 갖추고 청소년 독자들 사이에서 인기를 누리기를 응원한다.

속삭임의 서사에서 숨은 의미 찾기

장르소설이 서사의 틀을 일종의 무대로 활용하여 독자에게 강력한 몰입을 제공한다면, 그 반대편에서는 무대 자체를 찾을 수 없는 작품들이 창작되고 있다. 소설가는 일상을 낯설게 하여 문학을 만들고, 일상을 낯설게 하려면 장르문학뿐 아니라 리얼리즘 문학 역시 무대가 필요하다. 리얼리티한 일상은 무대에 올려졌을 때 비로소 낯설어지기 때문이다. 그런데 도리어 무대 자체를 사라지게 만드는 경향이 나타나고 있다. 이제 인물은 무대에서 내려와 독자와 함께 걷는다.

많은 독립 영화들은 여러 이유로 촬영 세트를 현실과 매우 비슷하게 만드는데, 이는 리얼리즘과는 다르다. 리얼리즘이 현실을 말하되 여전히 구도와 구성을 계산한 작가의 기획물이라면, 독립 영화는 그러한 계산을 와해한다. 인물들이 사는 공간은 공들여 미장센을 추구한 세트가 아니라 실제 우리가 사는 공간 같고, 인물 역시 화려한 외모의 배우라기보다 꼭 우리 주위에 사는 이웃 같다. 물론 그것 역시 삶의 진실을 포착하려

했던 '네오-리얼리즘neo-realism' 같은 오래된 사조에서부터 출발한다.

지난해 개봉한 영화 〈벌새〉를 떠올려보자. 송효정은 〈벌새〉의 사건들이 "서사적 인과로 봉합되기 어려운 상황의 연쇄를 보여주지만 이러한 흐름을 논리적으로 이해시키는 데엔 관심이 없다."라고 평가한다. 또한 "미시적 관계와 사소한 상황들을 병렬 편집하여 제시"할 뿐, 우리를 어떠한 성장과 각성에 도달시키지 않기에 "근래 관계의 윤리를 탐문하는 10대 성장 영화나 학원물과는 차별되는 작풍을 보인다."라고 말한다.[5]

청소년소설에도 이러한 경향이 나타나고 있다. 작가가 굵직한 사건을 통해 독자에게 일방향의 메시지를 전달하는 방식을 어느 정도 내려놓기 시작한 것이다. 메시지가 없다는 뜻이 아니다. 무대를 내려온 인물이 독자에게 속삭이는 이야기를 통해 독자 스스로 메시지를 알아채도록 하는 식으로 서술 방식이 바뀌었다는 뜻이다.

송미경의 소설집 『나는 새를 봅니까?』(문학동네, 2020)를 읽으면 마치 대화만을 중심으로 삼은 독립 영화를 보는 것 같다. 인물들이 나누는 대화 또한 특별한 사건에 관한 이야기가 아니라 아주 소소한 것들이다. 그리고 이 대화에 귀 기울이는 동안 우리는 인물의 대화가 곧 사건이었음을 알게 된다.

주인공이 인터넷으로 신발을 구입하기 위해 판매자와 대화를 나누는 장면이 거듭되면서 독자는 주인공이 신발을 신고 밖으로 나가는 행

---

5   송효정, 「고요한 소용돌이」, 인디포럼 작가회의 독립 영화 리뷰(2019년 3월 28일 게재) 참조. 전문은 'http://www.indieforum.org/xe/index.php?mid=review&document_srl=602375'에서 확인할 수 있다.

위를 의도적으로 미루고 있음을 깨닫게 된다(「신발이 없다」). 하얗고 커다란 새를 보는 사람과 보지 못하는 사람의 대화는 끝없이 평행선을 긋는다(「나는 새를 봅니까?」). 친절한 외삼촌이 '나'에게 도움을 주려는데도 불구하고 외삼촌의 배려는 대화가 지속될수록 어딘가 어긋나며 '나'의 고단한 삶에 아무런 도움이 되지 못한다(「겨울이 오기 전에」). 주인공만 남겨두고 세상이 멈춰버린 이야기는 원인조차 분명히 설명되지 않고, 6년 전 봄에 마시지 못한 '체리블로섬 라테'라는 단서를 통해 세월호 추모 서사임을 언뜻 확인할 수 있을 뿐이다(「마법이 필요한 순간」). 작품은 인물의 눈에 비친 세상, 시간, 대화를 통해 세상과 불화하는 순간을 연속 촬영하듯 포착한다. 독자는 작가가 흘려놓은 메시지를 모스 부호를 읽듯 해독해야 한다. 일상적 사건과 대화라는 평범함에 도리어 중요한 단서가 들어 있는 것이다. 주변 서사가 중심 서사를 뒷받침해주던 기존 방식이 아니라 작은 서사를 하나씩 읽어갈수록 작가가 전달하려는 무언가가 중첩되는 방식이다.

일상을 보여주어 중심 서사를 와해하는 방식과 더불어 쓰이는 것이 묘사의 두드러짐이며, 이는 '문체'로 나타난다. 최상희의 작품이 대표적이다. 최상희는 묘사와 문체로 주제를 전달한다. 소설집 『B의 세상』(문학동네, 2019)과 장편소설 『하니와 코코』(비룡소, 2017)에서 그 독특한 스타일을 확인할 수 있다. 『B의 세상』은 이전 작품보다 장르서사를 더욱 적극적으로 끌어와 이야기를 만들어낸 후 주제는 이야기 속에 숨기거나 깔아두었다.

청소년 인물의 다양한 내면을 인물의 증식으로 표현한 「유나의 유나」, 각자가 그리워하는 이의 모습으로 방문한 외계인을 그린 「방문」처럼 비교적 명랑한 이야기도 있지만 세상에서 얻은 얼룩이나 깊은 상처를 보여주는 이야기도 있다. 작가는 이런 이야기를 분명하게 전달하지 않고 행간에 배치해놓는다. 달콤한 이야기 안에 날카로운 칼이나 피같이 섬뜩한 사건을 숨겨두는 식이다.

독자가 서사가 아닌 묘사나 이미지로 주제를 찾기 위해서는 작품에 빠져들 만한 매력적인 지점이 있어야 한다. 즉, 매력적인 문체가 속삭여줄 때 독자는 대화의 문을 연다. 앞서 언급한 작품들은 작가가 독자에게 전달하고자 하는 주제를 눈에 띄게 서술하는 대신, 독자가 작품을 읽으며 스스로 뭔가 찾기를 유도한다. 이는 청소년소설에서 청소년 독자에게 담론을 이야기하는 방식이 변화한 것으로 볼 수 있다. 독자는 묘사와 숨은 그림 찾기로 이야기를 건네는 작품을 천천히 공들여 읽어야 한다.

다만 단편에서의 유의미한 성과가 장편에서도 유효한지 확인할 필요가 있다. 장편의 경우 굵직한 사건 없이 이야기를 진행하기가 쉽지 않기 때문이다. 다시 영화 〈벌새〉로 돌아가면, 〈벌새〉는 상당히 긴 장편 영화이며 인과적 전개를 쌓아 올리지 않는데도 상영 시간이 길다는 느낌이 들지 않는다. 영화는 인과적 전개 대신 독자가 궁금해할 만한 내용을 포석처럼 깔아둔다. 주인공 은희의 입원과 퇴원, 영지 선생님과의 만남과 이별, 그리고 성수대교 붕괴라는 갑작스러운 사건이 그것이다. 오빠의 폭력, 은희의 친구 관계, 아빠의 외도 등은 분명하게 설명되지 않는다. 이 작품은 관객에게 왠지 모를 '불안'을 느끼게 하여 관객의 마음을 잡아둔다. 현대 사회에서 한 여자아이의 성장은 이토록 불안을 견디며 아슬

아슬한 시간을 통과하는 여정이다. 그리고 대단원에 배치된 성수대교 붕괴, 죽음, 애도는 '영지'라는 세상의 소멸과 은희가 영지의 선물을 받아 다시 태어나는 상징인바, 이 영화는 성장을 이야기하지 않는, 분명한 성장 영화다.

『하니와 코코』는 줄거리를 한 문장으로 요약할 수 있다. 하니 혹은 코코, 옆집에 사는 공맹희 여사, 길에서 만난 소년 기린, 세 사람이 바다에 이르기까지 여행을 지속하는 이야기다. 집보다 집 밖의 거리가 더 안전하다고 느끼는 이들은 모두 가정 폭력의 피해자다. 작가는 달콤한 딸기잼 같고 깊은 숲처럼 아름다운 이야기 속에 가족의 폭력을 배치한다. 무심한 문장 사이에 아무것도 아닌 듯 자리한 폭력은 도리어 비극적이다. 인물의 내면 또한 흘러가는 배경 묘사에 묻어둔다.

서사가 두드러지지 않는 스토리를 장편으로 만들면서 작가는 독자에게 '천천히 읽기'를 권한다. 아예 천천히 읽도록 장을 짧게 나누고 의도적으로 끊어 읽는 방식으로 편집하기도 했다. 독자는 잠시 책 읽기를 멈추고 문장을 읊조리는 방식의 독서를 배우게 된다.

김혜진의 장편소설『집으로 가는 23가지 방법』(서유재, 2020) 또한 언뜻 독백 가득한 일기장 같다. 서사보다 묘사가 많아 천천히 읽어야 하는 문장들이 독서의 속도를 더디게 한다. 이 작품 역시 카리스마 있는 인물과 큰 사건을 보여주는 기존의 장편 서술 방식을 따르지 않고, 일상에 대한 접근도 하나의 이야기가 될 수 있음을 보여준다. 주인공은 '길'에 대해 말한다. 집으로 가는 가장 빠른 노선을 택하지 않고 서울의 골목과 건물의 허름한 뒷모습을 볼 수 있는 길을 걷는 것은 비효율적이지만 또 다른 길의 발견이기도 하다. 주인공의 친구 '네이'가 헌 물건을 수집하는 것 역시 새것에 의미를 두는 삶에서 벗어난 행위다. 작가는 오래된 것, 느린 것의 가치를 설명하기보다 그저 장면으로 보여주는데, 그 의미가 어떤 설명보다 마음에 오래 남는다. 오래된 것을 새로운 눈으로 발견하는 '뉴트로' 세대에게 이런 작품이 어떻게 다가설지 궁금하다.

이 작품은 '나'와 친구 '모'의 작은 갈등, 오랜 지병으로 집에만 머물던 언니의 일탈적 여행 등을 제외하면 '사건'이라 할 만한 게 거의 없다. 이야기는 중반 이후 언니의 가출로 잠시 긴장을 맞지만, 언니의 여행이 주인공의 삶에 변화를 준다고 볼 수도 없다. 내일을 기약할 수 없는 언니의 불안이 서사의 중심에 좀 더 자리 잡았으면 좋았겠지만, 차라리 큰 사건 없이 우리의 삶에서 보이지 않는 것, 오래된 것, 느린 것의 의미를 짚는 시도만으로 충분하지 않았을까 싶다.

이러한 '속삭임의 서사'들은 청소년 독자가 서사를 따라가며 읽는 기존의 독서 방식을 재고할 때 의미를 얻게 된다. 독서란 단순히 서사를 좇는 것이 아니라 대화, 묘사, 문체 등을 통해 인물의 내면과 그들이 건네는 삶의 의미를 섬세하게 음미하는 것이기도 하다. 청소년 독자는 긴 묘사를 지루해할 거라며 미리 그들의 취향을 속단하거나 일반화해버리지만 않는다면, 속삭임의 서사는 그것을 알아보는 눈 밝은 독자에게 닿을 수 있으리라 생각한다.

설득의 서사, 전달 방식과 내용

장르서사는 화려한 무대를 설치하고, 속삭임의 서사는 무대에서 내려와 독자와 함께 걷는다. 그러나 본래 소설에는 화려하지는 않지만 정통적인 무대가 있다. 작가는 인물, 사건, 배경을 통합하여 서술하는 오케스트라의 지휘자다. 이러한 정통 리얼리즘의 문법에서 메시지는 독자에게 설득을 통해 전달된다. 개성 있는 인물과 서서히 진행되는 사건, 찬찬한 묘사 등을 통해 독자를 설득하는 것이다.

언제부터인지 청소년소설은 정통적인 소설보다 다소 가볍게 써야 하는 것으로 여겨지는 듯하다. 어떤 사건이든 진지하게 접근하기보다는 가볍고 유머러스하게 넘어가는 명랑소설 스타일을 청소년소설의 공식이라고 여기는 것 같다. 그러나 청소년소설에서도 문학의 본질을 다시금 검토할 필요가 있다. 주제에 따라서 '가볍게'만 쓴 소설은 담론을 설득할 기회를 놓칠 수 있기 때문이다. 장르소설도 아닌 리얼리즘 소설에서 '훅'만 날리면, 독자가 책을 읽으며 주제의 심급에 다다르지 못한 채 주변만 맴돌다 나오게 될 수도 있다. 귀한 소재들이 소비되고 휘발되는 것이다.

올해 자음과모음 청소년문학상 수상작인 이재문의 『식스팩』(2020)은 고등학교 2학년 남학생 강대한의 성장기다. 철인 스포츠부에 동아리 연습실을 빼앗길 위기에 놓인 리코더부를 회생시키기 위한 이야기가 시종일관 명랑하게 서술된다. 이 작품은 남성성의 상징인 철인 경기와 '식스 팩' 복근, 초등학생이나 부는 악기로 여겨지는 리코더, 남학생의 취미로는 어울리지 않는 것으로 취급되는 꽃꽂이 등을 다루며 편견을 없애자는 좋은 의도를 가지고 있다. 그런데 이런 편견을 지우기 위해 만들어진 구도에서 도리어 아슬아슬한 편견이 발견된다. 박숙경은 최근 출간된 청소년문학 중 여성주의를 표방한 몇몇 작품에 대해 "양비론의 함정에 빠져 혐오 문화의 실체를 왜곡하거나, 성별 이분법을 외려 강화하기도 한다."[6]고 지적했다.

『식스팩』은 여성주의적 작품은 아니지만 식스 팩 대 리코더, 식스 팩 대 꽃꽂이 등 또 다른 이분법을 가져온다. 리코더를 불던 강대한이 철인 경기를 완주하는 결말 또한 전형적인 '남성-되기'의 서사를 보여준다.

우리 사회 청소년들은 이제 저마다의 다양한 취향을 받아들이며 타인의 취향에는 크게 관심을 두지 않는다. 요즘 청소년들이 각종 취미를 성별 구분 없이 즐기는 이유도 이를 악물고 성차性差를 극복하기 위해서라기보다는 그저 자신이 좋아하는 취미 생활이기 때문이다. 리코더 같은 악기 연주에 나이 구별을, 꽃꽂이나 특정 스포츠에 성별 구별을 두는 것은 지난 시절의 이야기다.

또한 이 작품은 주인공 강대한을 입양아로, 장윤서를 다문화 가정 출신 청소년으로 설정해 이들이 소수자성을 극복하는 과정을 그리고자 했다.

그런데 장윤서가 불량 청소년들에게 공격받는 장면에서 여러 혐오 표현이 등장한다.[7] 물론 이 장면은 주인공 강대한이 명백한 혐오 표현을

---

6   박숙경, 「대화가 필요해」, 『창비어린이』 2020년 봄호, 174쪽.

7   "넌 또 뭔데 참견이야? 니네 나라로 돌아가. 우리나라에서 이러지 말고."
"다문화 맞네. 필리핀이나 태국 같은 데 있잖아. 거지 같은 나라에서 온 외국인 노동자가 엄마일걸?
우리 학교에도 그런 애들 있잖아."
"으, 냄새날 것 같아. 넌 저런 애랑 사귀라면 사귈 수 있냐?"
"장난해? 더럽게 누가 다문화랑 키스를 한다고. 토할 것 같아."
이재문, 『식스팩』, 자음과모음, 2020, 197쪽.

간과하지 않는다는 것을 보여주기 위해 그려졌다. 그러나 주인공의 선행을 위해 피해자 장윤서는 대상화되며 다문화라는 소재 역시 가볍게 취급된다. 장윤서를 주체로 놓고 보면 다문화 가정을 향한 혐오라는 주제는 이런 방식으로 극복되거나 해소되기 힘들다. 명랑소설에서 발생하는 소재의 대상화는 대부분 주제를 가볍게 처리해버리기 때문에 생겨나며, 이러한 방식이 '청소년소설다움'으로 고착되는 듯하여 우려스럽다.

가볍고 유머러스하고 명랑한 소설이 대세인 가운데 이금이는 그와 반대로 점점 진지한 방향으로 나아간다. 『허구의 삶』(문학동네, 2019)에 이어 『알로하, 나의 엄마들』(창비, 2020)까지 두 권 모두 상당한 분량의 장편소설이다. 『알로하, 나의 엄마들』은 100년 전 조선에 살던 세 소녀를 '사진 신부'로 만들어 하와이라는 험지로 보낸다. 이 작품은 100여 년 전의 하와이 한인사, 곧 디아스포라diaspora 서사인 동시에 세 여성의 삶을 청소년기부터 장년기까지 보여주는 여성 생애 서사다. 작품을 읽으면 기존에 중요시되던 남성 중심의 독립운동사가 아닌, 남성들의 빈자리를 채우며 살아남았던 여성들의 삶이 눈에 들어온다. 독립운동이 의미가 없다는 뜻이 아니라, 큰일을 하러 떠난 이들의 뒤에서 남의 집 빨래를 하며 버텼던 삶 또한 비로소 가치 있는 것으로 복원되고 복권되었다는 의미이다. 버들, 홍주, 송화의 이야기는 우리 할머니들의 삶이지만 당시 10대 후반 ~20대 초반인 청소년, 그리고 청년기 여성이 겪어낸 이야기이기에 오늘의 삶과 비교하며 읽을 수 있다.

청소년이 이 정도의 분량과 연대기적 서사를 읽을 수 있을까, 같은 질문은 하지 말자. 최근 '한 학기 한 권 읽기' 같은 독서 방식이 공교육에

도입되면서 청소년책은 다수의 청소년 독자가 부담 없이 읽을 수 있도록 분량이 짧아지는 추세다. 그러나 문학은 모든 독자 혹은 대중 독자의 눈높이에 맞춰 생산되는 기성품이 아니다. 모든 청소년이 스몰, 미디움, 라지 치수의 티셔츠만 입는 것이 아니듯 말이다.[8]

김민경의 장편소설 『지구 행성에서 너와 내가』(사계절, 2020)의 경우 전개를 파악하기가 쉽지만은 않다. 주인공 지석이 마음에 두고 있는 새봄에게 허먼 멜빌의 『모비 딕』을 추천받고 둘이 함께 책을 읽으면서 이야기가 진행되는데, 작가는 『모비 딕』을 한 챕터씩 읽어나가는 중간중간 새봄의 사연과 함께 지석과 새봄의 대화를 풀어낸다. 잘 알려진바 『모비 딕』을 읽기는 쉽지 않으므로, 이를 읽는 과정을 담는 것은 일종의 실험이다. 그러나 이 '독후감 소설'은 『모비 딕』 속 이야기, 인물들의 독후감 및 사연을 겹쳐놓으며 독자를 차근차근 설득한다. 지석과 새봄은 『모비 딕』을 읽으며 밑줄을 긋지만 이를 읽은 독자는 작품 속 문장에 또 다른 밑줄을 긋게 된다.

지석과 새봄이 서로에게 마음을 여는 것은 그들이 책을 읽으면서 나누는 이야기에 서로 귀 기울이고 공감하는 시간이 있었기 때문이다. 이 소설은 평균화된 청소년 인물을 형상화하는 데서 벗어나 청소년의 또

---

8   『알로하, 나의 엄마들』을 비롯하여 최근 몇몇 청소년소설은 성인 독자를 위한 양장본을 따로 출간하기도 한다. 청소년소설이라는 장르가 청소년 독자만을 위해 쓰인다는 인식 탓에 성인의 손에 닿기 어렵기 때문일 것이다. 나는 장차 좋은 청소년소설은 청소년소설 장르로만 출간되어도 성인 독자들이 찾아 읽게 되기를 바란다. 청소년 독자만을 의식할 때 문학은 제한된다. 이렇게 호흡이 긴 여성서사는 청소년 독자뿐만 아니라 그 이상 연령대의 독자도 읽을 수 있다는 인식이 확산되어야 한다.

다른 면모를 보여준다. 작품이 설득력 있게 다가오는 것은 장르서사처럼 박진감 넘치기 때문이 아니다. 리얼리즘 서사에 설득력이 있다는 것은 다소 지루하고 읽기 힘든 장면이 나와도 그것을 계속 읽게 만드는 힘이 있다는 뜻이다. 나는 독자에게 진지한 대화를 제안하는 것 외에 그 설득의 방식을 알지 못한다.

한편 청소년소설은 다른 장르보다 교양 담론이 강하다. 청소년에게 교양 교육을 강조하는 오랜 관습과 '주제 찾기'에 초점을 맞춘 독서 교육 때문이다. 특히 일반화된 대중 교양적 주제가 담긴 작품이 다수를 이룬다.

가령 지난해에는 3·1운동 100주년을 맞아 일제 강점기 독립운동에 관한 작품이 많이 나왔는데, 비단 지난해뿐 아니라 일제 강점기를 배경으로 한 청소년소설 대부분은 어떤 식으로든 조선 독립이라는 주제로 귀결되는 경우가 많다. 등장인물이 무대에 올랐는데, 1장에서는 자신의 길을 가다가 2장에서는 모두 독립운동의 길을 걷는 식이다.

김하은의 장편소설 『변사 김도언』(바람의아이들, 2019)은 영화라는 신문물이 들어오던 시기, 허구 인물 김도언이 변사라는 직업에 대한 꿈을 품고 나아가는 이야기이다. 성실하고 지혜로운 소녀 김도언은 힘과 용기로 자신의 길을 성실하게 개척해간다. 김도언의 시간은 변사라는 직업을 택해 살아간 시간과 독립운동에 투신한 시간이 맞물려 있다. 그런데 변사가 되고자 하는 김도언의 젊은 열정이 생생하게 그려진 데 비해 뒤로 갈수록 김도언의 태도가 흠 없이 일관되어 일종의 인물 교양서 같기도 하다. 독립운동보다는 자신의 직업을 사랑했던 김도언의 삶에 초점을 맞추면서, 좌절하고 넘어지기도 한 그의 약한 모습도 보여주었다면 인물을 더 가깝게 느낄 수 있지 않았을까. 작품 속 인물을 존경이 아닌 사랑할 수 있는 존재로 그린 청소년 역사소설을 만나고 싶다.[9]

청소년소설의 주제가 '독립운동'과 같은 일반 담론으로 귀결될 때, 생생한 인물들의 삶의 방향 또한 정형화될 여지가 커진다. 구체적 삶에서 드러나는 개성은 지워지고 유사한 길을 걸었던 인물들로 획일화된다. 일제 강점기가 배경이라면 응당 조선 독립이라는 주제로 귀결되는 것 역시 무의식적으로 교양, 교육의 틀을 의식하는 '청소년소설다움'에서 비롯된 것이 아닐까?

독자를 새롭게 만나는 길

청소년소설은 청소년 혹은 청소년 독자를 배제하면 성립하지 않는다. 그 때문에 지금까지 청소년소설은 청소년 독자를 위한 문학으로 자리매김하고자 노력해왔고 그것을 위해 형식과 내용을 특정지어왔다. 청소년소설은 잡식성 공룡과도 같은 장르인데, 청소년소설이라는 이름 아래 모든 장르를 포용할 수 있기 때문이다.

그 모든 것을 포용하면서도 청소년의 자리에서 세상을 바라보는 구

---

9   독자들의 큰 호응을 받은 박서련의 장편소설 『체공녀 강주룡』(한겨레출판, 2018)은 실존 인물의 허구화에 성공하여 생생함을 얻은 작품이다. 강주룡은 독립운동 단체에서 활동하지만 그곳에 머물지 않고 자신이 욕망하는 삶을 향해 떠난다. 그 덕분에 강주룡만의 서사가 만들어진다. 그는 독립운동이라는 담론에서 빠져나온 후 자신의 삶을 기반으로 또 다른 차원의 운동 속으로 들어간다. 그것은 단순한 노동 운동이 아니다. 체공녀 강주룡의 노동 운동은 자기 자신의 삶 찾기라는 운동의 결과이다. 이 작품에서 독자가 만나는 사람은 '독립투사 강주룡' '노동 운동가 강주룡'이 아닌 자신의 삶을 욕심껏 살아내려 한 '모던 걸' 강주룡이다.

도는 여전히 유의미하다. 그러나 청소년을 특정한 시선으로 고정하여 바라보거나 '청소년소설다움'이라는 협소한 틀로 제한해버리면 청소년소설은 더 이상 오늘날의 독자를 붙잡을 수 없다. 청소년 독자는 '스트리밍'streaming의 방식으로 새로운 세계에 접속하고 다양한 삶을 체화하며 세계를 확장해나가는데, 어른들은 청소년에 대한 고정관념을 저장하고 오래된 버전의 프로그램으로 청소년을 재단하고 있는 꼴이다.

청소년소설이 더욱 확장되기 위해서는 아동문학에서 배울 부분이 있다. 오랜 기간 아동문학은 아동 독자에게 전달할 때 끝까지 놓지 못했던 '교육성'에 맞서 문학이 지닌 본질을 세우는 작업을 해왔다. 좋은 문학에 깊이 내재한 '불온한 건강함'으로 넓은 차원의 교육성을 담보하였고, 끊임없이 주제와 서사 방식을 확장해왔다. 청소년소설도 아동문학이 지나온 길을 되짚으며 불온한 건강함, 서사 방식의 확장, 청소년 독자에 대한 신뢰와 청소년에 대한 열린 시선을 견지해야 한다. 일반 교양의 차원으로만 담론의 초점을 축소하거나 어떤 주제든 가볍게 다루는 방식은 문학이라면 특히 경계해야 한다. '청소년소설다움'이라는 틀에서 벗어나는 것은 청소년 독자를 제대로 만나는 길일 뿐 아니라 청소년 외의 독자를 새롭게 만나는 길이기도 하다. 외국의 사례처럼 좋은 청소년문학은 청소년 독자뿐 아니라 연령대가 다른 독자의 손에도 반드시 닿기 때문이다. '청소년소설다움'을 끊임없이 의심하면서 그것을 넘어서는 의미 있는 작품이 나오길 기대한다.

해시태그로 문학을 이야기할 수 있을까?

청소년소설에 부는 변화의 바람

역사를 돌아보면 변화의 시기였으리라 짐작되는 때가 있다. 그때, 그곳에 있었더라면 어땠을까 궁금해지는 시기. 2020년이 그런 시기가 될 줄은 상상조차 하지 못했다. 먼 훗날의 역사학자들은 '2020년'을 굵은 글씨로 표기하고 '그때' 일어난 수많은 사회적 변화에 주석을 달지 않을까. 한 치 앞도 예측할 수 없는 상황에서도 미래학자들은 내일을 전망한다. 그런데 미래를 예측하는 것만큼이나, 오늘의 변화들을 잘 짚어보고 미래에 나아갈 방향을 가늠해보는 것도 중요한 듯싶다.

청소년문학에서도 마찬가지다. 나는 종종 '청소년문학의 정체성'에 관한 질문을 받는데, 몇 년을 주기로 같은 질문이 되돌아올 때마다 청소년문학의 정체성이 변화하는 시기임을 짐작할 수 있다.

청소년문학은 독자와 시대가 함께 만들어가는 장르이다. 즉 독서 생태계, 사회·문화 지형도, 청소년 독자의 위상과 밀접히 소통하며 변화를 거듭한다. 가령 그간 성장소설에서 성장의 핵심은 자아 정체성 형성이었다.

인물은 혼란과 방황을 겪으며 온전한 '나'를 창조한다. 이러한 전통 담론은 여전히 유효한 측면이 있지만, 오늘날은 '나'의 다양한 내면을 끊임없이 발견하는 시대다. 여러 개의 닉네임, '가계정'과 '부캐'로 디지털 세계에 접속하는 현대인, 특히 청소년에게 복합적 자아를 가지는 것은 자연스러운 삶 자체다. 시대의 변화, 그리고 그 변화를 빠르게 흡수하는 청소년과 떼려야 뗄 수 없는 청소년소설의 정체성 역시 단단한 무엇이라기보다 흐물거리는 '액체 괴물' 같은 것이다. 거센 변화의 바람이 불고 있는 청소년문학 장場을 예민하게 감지해야 하는 이유다.

우선 눈에 띄는 변화는 다양해지고·넓어진 작가군이다. 2010년대 초반까지는 주로 아동문학 작가들이 청소년소설을 창작했다. 조금 다른 이야기지만 이는 2000년대 중반에 제기된 '동화의 소설화' 경향[1]과 청소년소설의 본격적인 등장 시기가 맞물린 것과 무관하지 않은 듯하다. 김남중, 유은실, 최나미 동화에 나타난 단편소설 창작 기법과 초기 청소년소설의 서술 기법을 연결해보면 그러한 추론이 어느 정도 납득된다. 그러한 창작 방식은 2010년 이후 송미경, 김태호 등의 작품에서 이어지며 아동문학과 청소년문학을 자연스럽게 연결해주었다. 아동문학에서 출발한 김중미, 이금이의 탄탄한 리얼리즘 문학적 저력 또한 청소년소설에서 진가를 발휘했다. 요컨대 청소년소설이라는 장르의 발전은 아동청소년문학 작가들이 쌓아온 토대가 있기에 가능했다. 이에 더해 그간 축적된 텍스트들을 읽은 신인 작가군이 청소년문학 공모전 등을 통해 등장했으며, 일반소설과 청소년소설을 모두 집필하는 작가도 늘었다.

작가군의 확장은 장르, 주제의 확장과도 밀접하게 연결된다. '성장소설'이라는 명칭에서 출발하여 '청소년소설'이라는 장르로 명명된 것, '명랑소설'이나 '라이트 노벨'의 모양새를 거쳐 '영어덜트'라는 단어가 청소년소설 전반을 뜻하게 된 것, 참신하고 다양한 소재와 장르를 끊임없이 발굴해나가는 것. 이 모든 것이 우리 청소년문학이 걸어온 길이라

---

1   '동화의 소설화' 논의에 대해서는 조은숙, 「아동문학의 독자를 생각한다」(『창비어린이』 2010년 겨울호); 김민령, 「동화의 소설화 경향, 출판사 공모제, 저학년 동화」(『창비어린이』 2013년 봄호) 참조.

할 수 있다. 이 글에서는 이를 바탕으로 최근 청소년문학에서 두드러지는 장르 서사의 경향과 사회 이슈를 재현한 리얼리즘 작품의 문제, 그리고 청소년문학과 일반문학의 구분이 희미해지는 현상을 청소년 독자를 중심으로 살펴보고자 한다.

#마녀, #좀비, #히어로의_세계

지난 몇 년간 '한국에는 왜 영어덜트 장르가 없나.' '한국식 영어덜트는 무엇인가.'라는 질문을 둘러싸고 여러 논의가 이루어졌다. 돌아보면 이러한 질문들은 순문학 위주로 문학을 독해하던 관습에서 동떨어져 있지 않다. 전민희의 '룬의 아이들' 시리즈(엘릭시르, 2018~20)를 비롯한 유명 인터넷소설, '문피아' '조아라' '환상문학 웹진 거울' '네이버' '카카오페이지' 등의 웹소설 플랫폼, 황금가지 출판사가 운영하는 온라인 소설 플랫폼 '브릿G', 문학동네의 계열사 엘릭시르, 장르물을 출간하는 안전가옥 등의 출판사들이 걸어온 길을 살펴보면 꾸준히 발전을 거듭한 한국 영어덜트의 역사와 변화 양상을 확인할 수 있다.

지난 인터넷소설들은 청소년 독자가 아닌 성인을 겨냥한 판타지물이 다수였으나 그를 토대로 진화해온 지금의 웹소설은 청소년이 주요 인물로 등장하는 등 청소년소설과 높은 친연성을 보인다. 가령 브릿G에 게재된 영어덜트 작품 속 인물들의 경우, 이전에는 연령대만 청소년일 뿐 실제 청소년 독자의 눈높이를 고려한 캐릭터를 찾아보기 어려웠으나 그러한 경향도 조금씩 달라지고 있다. 한국에서는 순문학과 장르문학 간의 경계가 다소 높은 편이지만 정체성이 유연하고 장르문학과의 친연성이 높은 청소년소설의 경우 웹소설과의 만남은 어쩌면 예고된 수순이다. 발터 벤야민은 예술은 기술의 발전과 밀접한 관계를 맺고 있다고 했다. 최근 인터넷 환경, 모바일 기기의 발전으로 인한 독서 환경 변화가 텍스트에도 영향을 미치는 것을 보며 그 의미를 깊이 실감하게 된다.

　최근 청소년 독자를 대상으로 한 판타지 장르에서는 이전의 작품들과는 조금 다른 양상이 목격된다. 이는 각종 스펙터클한 시각 영상물과 웹툰, 웹소설을 비롯한 디지털 환경의 독서 매체가 지배적인 시대를 살고 있는 것과 깊은 관련이 있다. 아래에서 자세히 설명하겠지만 웹소설의 장르 법칙은 기존 판타지 문학과도 조금 다른데, 특히 하위 장르의 세분화와 캐릭터의 조합이 두드러지며 의외로 상당히 전형적이다.

　디지털 환경에서는 사용자들이 관심 있는 주제의 내용물을 쉽게 검색할 수 있도록 '해시태그'를 활용하여 장르와 주제를 구분할 수 있다. 웹소설 플랫폼에서 장르 카테고리는 크게 호러, 스릴러, 판타지, SF, 로맨스, 추리, 역사 등으로 나뉜다. 서로 다른 장르끼리 결합하여 새로운 복합 장르가 만들어지기도 한다. 장르물은 해시태그로 또다시 촘촘히 구별되는데, 아포칼립스, 영어덜트, 스페이스오페라, 시간 여행, 좀비, 마녀, 뱀파이어 등을 예로 들 수 있다. 이렇게 나뉜 작품들은 각 장르의 특징으로 고착된 전형성과 클리셰를 사용하기에 인물이나 시공간에 관해 구구절절 설명하지 않아도 되는 '서사의 경제성'을 획득한다. 그리고 그 덕분에 얻게 되는 분량에 서사의 독창성을 발휘한다. 이 같은 서사 전략은 인물이나 시공간 설정에 상상과 서술의 힘을 쏟아야 하는 기존의 판타지 문학과 구별된다. 웹소설은 해시태그로 호명 가능한 장르와 캐릭터를 조합한 결과물이기에 데이터베이스가 축적될수록 경우의 수는 더욱 다양해진다. 가령 해시태그에 걸크러시, 크리처creature, 마이너리티 히어로가 새롭게 등장하면 이를 적절한 장르에 업데이트할 수 있다.

크리스티안 될커Christian Doelker는 대중문화 속 허구적 매체가 리얼리티를 얻는 과정을 '전형화'와 '동조'로 설명한다.[2] 두 개념을 바탕으로 웹소설 혹은 웹소설의 영향을 받은 청소년소설의 캐릭터와 시공간을 살펴보자.

먼저 인기 캐릭터인 마녀, 뱀파이어, 구미호, 좀비, 히어로 등은 참신하다기보다는 전형적이다. 오쓰카 에이지大塚英志는 "캐릭터는 기호로도, 신체로도 존재한다."[3]라고 했다. 동일하게 '마녀' 캐릭터를 주요 인물로 삼은 '마녀 배달부 키키' 시리즈(가도노 에이코 글, 사다케 미호 그림, 권남희 옮김, 소년한길, 2011), 『독고솜에게 반하면』(허진희, 문학동네, 2020), 『위치스 딜리버리』(전삼혜, 안전가옥, 2020)는 마녀라는 기호를 공유하면서도 각기 다른 개성을 지닌다. '마녀 배달부 키키' 시리즈의 '키키'는 고전적인 성장동화의 사랑스러운 캐릭터다. 『독고솜에게 반하면』의 '독고솜'은 마녀 콘셉트를 취한 만화적 특성이 강한 인물이다. 현대 사회를 패러디한 『위치스 딜리버리』에는 경기도 분당에서 진공청소기를 타고 택배 일을 하는 청소년이 등장한다. 웹소설에서 활용하는 마녀, 좀비, 뱀파이어, 히어로, 구미호 캐릭터의 공통점은 인간을 '기본 값'으로 설정하고 거기에

---

2   크리스티안 될커, 이도경 옮김, 『미디어에서 리얼리티란 무엇인가』, 커뮤니케이션북스, 2001, 133쪽 참조.

3   아즈마 히로키, 장이지 옮김, 『게임적 리얼리즘의 탄생』, 현실문화, 2012, 102~105쪽 참조.

'알파'의 능력치를 부여한 존재라는 점이다. 인간과 무관한 판타지적 존재가 아닌, 인간에서 '출발'한 캐릭터이기에 독자들의 '동조'를 이끌어 낼 수 있다. 동조는 그것이 허구일지라도 독자나 관객의 경험과 기억 등 객관적 기준에 의거하여 사건 전개가 그럴듯하고 타당하게 느껴지는 것을 뜻한다.[4]

웹소설의 시공간 또한 대체로 우리가 사는 현실 속에서 비현실적 사건이 벌어지는 '1차 세계형 판타지'로 그려지는 경우가 많은데, 이 역시 공간 차원의 동조를 이끌어내는 요소다. 최근에는 서울, 분당, 판교 등 실재하는 지역을 구체적인 무대로 활용한 '어반 판타지urban-fantasy'가 대세다. 사이버펑크Cyberpunk 장르 애니메이션에서 극사실적으로 묘사된 서울, 도쿄, 홍콩의 거리를 보는 이들은 자신의 경험에 의지해 쉽게 몰입감을 느낀다. 마찬가지로 웹소설의 공간 설정 역시 이미 존재하는 세계를 활용하기에 공간 설계나 묘사에 힘을 들이지 않으며 서사의 경제성과 동조 효과를 동시에 누릴 수 있다. 이러한 웹소설 창작 기법은 최근 청소년 장르소설에서도 감지된다. 좀비물과 음모론을 결합한 장르물『새벽이 되면 일어나라』(정명섭, 사계절, 2021)에서 주인공은 좀비 바이러스 치료약을 찾아 경부 고속 도로를 따라 세종시까지 걷는다.

현실계와 비현실계가 동시에 존재하는 '교통형 판타지'의 경우에도 기존의 판타지물이 비현실 세계인 '2차 세계'를 창조했다면 지금의

---

4   김수현, 「3D 캐릭터 애니메이션에서의 리얼리티에 관한 연구: 극장용 장편 애니메이션을 중심으로」, 석사학위논문, 홍익대학교, 2002, 23쪽 참조.

웹소설은 현실에서 과거나 미래로 이동하는 타임 슬립물로 변형하는 등 판타지와 SF를 결합한 작품이 많다. 타임 슬립 기법은 청소년소설에서도 빈번히 쓰이는데, 최근 그러한 작품에서 조선 시대는 대중의 관념에 의지한 패러디 공간에 가깝게 그려진다.[5]

제1회 '창비X카카오페이지 영어덜트문학상' 수상작으로 선정되어 카카오페이지에 연재되는 동시에 종이책으로도 출간된 『스노볼』(박소영, 2020)은 큰 틀에서 수잔 콜린스의 '헝거 게임' 시리즈(이원열 옮김, 북폴리오 2009~11), 영화 〈설국열차〉(2013), 〈트루먼 쇼〉(1998)를 연상시킨다. 주인공 '전초밤'이 살던 영하 41도의 마을은 극단적으로 가난한 곳, '스노볼'은 미디어 자본을 바탕으로 한 부의 공간으로 빈부 격차를 공간 분할로 나타낸 것은 독자들에게 이미 익숙한 설정이다. 또 스노볼에서 벌어지는 사건들은 이제는 흔해진 '관찰 예능' 프로그램의 확장판으로 카메라의 눈을 빌려 인간의 관음증을 꼬집는다. 옛이야기나 신화에서 '엿보기'는 은밀한 욕망이나 금기의 확인이었지만 이 작품에서 '고해리' 전용 채널은 스타 자신이 시청자의 시선과 관심을 적극적으로 이용한다는 점에서 차별화된다. 24시간 돌아가는 카메라는 관심과 감시가 동시에 작동하는 '보이지 않는 눈'이며, 한번 들어가면 빠져나올 수 없는 '네트Net'다. 이처럼 『스노볼』을 비롯한 많은 웹소설은 현대 사회를 반영하는 '키노타

---

5   신현수, 『조선가인살롱』(자음과모음, 2020), 남유하, 「우렁각시 도슬기」(정명섭 외, 『마이너리티 클럽』, 초록비책공방, 2021) 등을 예로 들 수 있다.

입'Kenotype과 전통적인 원형 상징인 '아키타입'Archetype 제재들을 혼합하여 배치한다.[6]

『스노볼』은 스노볼의 스타 고해리가 사라지고 전초밤이 고해리 역을 대신하면서 벌어지는 이야기로, 여성 아이돌과 유사한 캐릭터를 전유하여 이들이 언제라도 대체 가능한 소비재로 취급됨을 폭로하고 인간의 신체까지 포섭한 자본의 실체를 고발한다. 전초밤과 고해리가 함께 방송국에 침입하여 진실을 밝히는 생방송 장면은 여성 하위 주체 간의 연대를 보여주는 페미니즘적 맥락으로도 해석할 수 있다. 웹소설에 기반한 판타지가 의미를 갖기 위해서는 해시태그들의 단순한 결합을 넘어 인물과 시공간의 전형성을 통해 확보된 서사 분량에 작가만의 독창성과 메시지를 담을 수 있어야 한다. 장르 간의 혼종성이 빚어내는 색다른 재미와 장르문학의 묘미인 사회 전복적 상상력, 그리고 전형적인 캐릭터 안에 감춰진 인간의 다양한 페르소나를 짚어낼 때 이야기는 빛을 발한다.[7]

물론 웹소설적 경향이 두드러진다고 해서 지금의 청소년소설을 온라인 웹소설과 동일시하기는 어렵다. 웹소설은 대체로 연재를 전제로 하기 때문에 '에피소드'를 중심으로 전개되며 매회 마지막에 갈등 요소를

---

6   최근 청소년소설뿐 아니라 판타지 동화 중에도 웹소설적 판타지 경향을 보이는 작품이 적지 않다.

7   웹툰 「스위트홈」(김칸비 글, 황영찬 그림, 2017)을 원작으로 한 웹드라마 시리즈 〈스위트홈〉 (2021)은 크리처물이지만 인간의 욕망으로 괴물화가 진행되는 과정을 통해 인간에 관한 고전적 테마와 새로운 인류의 탄생을 고루 짚는다. 이 작품에서 청소년인물 '차현수'가 날개 달린 괴물로 진화하는 대목을 새로운 성장담으로도 해석할 수 있다.

삽입하고 그다음 회에 그 갈등을 해결하는 '재출발'의 양상을 띤다. 이러한 구성의 차이만으로도 웹소설과 (주로 종이책 형태로 출간되는) 청소년소설은 연속 드라마와 영화만큼이나 다르고, 웹소설의 서사 방식을 청소년소설에 곧바로 대입할 수도 없다. 또 웹소설은 모바일 환경에 최적화된 독서를 위해 인물이나 시공간 묘사를 가능한 한 생략하고 사건과 서사는 주로 대화로 진행된다. 웹소설 중에는 아예 웹툰처럼 이미지를 통해 인물의 성격을 전달하고 인물 묘사를 생략하는 경우도 있다. 청소년소설에서도 시공간 묘사를 줄이고 사건을 대화로 풀어가는 웹소설식 문체가 늘고 있는데 다소 우려스러운 현상이다. 아울러 웹소설은 연재 횟수가 구독자의 결제 건수로 이어지기에 분량이 상당히 긴 편이다. 완결된 웹소설의 분량을 종이책으로 한 번에 읽기는 쉽지 않다. 또 웹소설 연재는 구독자들에게 다음 화를 기다리거나 한꺼번에 몰아 읽는 재미, 감상을 댓글로 남기고 다른 사람들의 댓글을 읽는 재미 등 작품 외적인 재미 요소를 제공한다. 모두 종이책이 실현하기 어려운 것들이다. 웹소설의 흥미로운 상상력을 전유하여 청소년소설이 어떤 새로운 재미를 창출해나갈지 기대를 갖고 지켜보는 동시에 두 매체의 특징을 세심하게 비교할 필요가 있다.

나, 너, 우리의 세계

아동청소년문학에서 사회적 약자, 소수자에 대한 관심은 점점 높아지는 추세다. 그런데 아이러니하게도, 역사적·사회적 담론이 판타지물이 아닌 리얼리즘 문학에 담길 때 도리어 난감함을 유발하는 경우가 있

다. 가령 최영희의 단편소설 「묽은것」(최영희 외, 『우주의 집』, 사계절, 2020)
을 리얼리즘 서사로 구현한다면 어떨까? 자칫 기시감이 느껴지는 작품
이 될 수도 있다. 이 소설에서 주인공은 일본군 성노예라는 원原존재가
아닌, 분노라는 정서가 만들어낸 분신에 가깝다. 복수를 위해 단검을 손
에 든 '아바타'가 되어 자신만의 시공간을 만들어낸다는 설정은 '롤플레
잉'role-playing 게임 서사와 흡사하며, 이는 리얼리즘 서사와 비교할 때 상
상력을 구속하는 제약을 비껴갈 수 있도록 한다.

그럼에도 문학에서 리얼리즘의 방식으로 사회 담론을 짚는 것을 소
홀히 할 수는 없기에 다문화, 페미니즘, 성소수자, 가난 등을 다루는 작
품이 꾸준히 출간되고 있다. 이러한 주제 접근법 역시 일종의 해시태그
이며, 그것도 상당히 무거운 해시태그다. 그러나 독자는 문학을 '주제'만
염두하며 읽지 않는다. 주제보다 중요한 것은 주제의 형상화 방식이며
다층적 해석이 가능할수록 독서는 풍요로워진다. 결국 소수자에 관한 주
제에만 천착한다면 온전한 시민 의식을 키우려는 교훈적 의도 이상의 감
동을 이끌어내기는 쉽지 않은 것이다.

진지한 주제에 대한 부담감은 작품 속에서 몇 가지 경향으로 드러
난다.

첫째, 주제의 무게를 줄여보려는 '경량화' 시도다. 가벼운 명랑소설
스타일은 분명 청소년소설의 특징이었지만 최근에는 진지한 주제도 밝
게 그려내려는 작품이 늘었다. 성소수자의 사랑을 그린 『오, 사랑』(조우
리, 사계절, 2020)이나 가정 폭력을 다룬 『행운이 너에게 다가오는 중』(이꽃
님, 문학동네, 2020)은 모두 소재와 주제 의식 자체가 지닌 부담을 돌파해낸

장점이 있다.

그동안 인정 투쟁으로 접근해온 퀴어 고난 서사에서 벗어난『오, 사랑』은 한 편의 잘 쓰인 러브 스토리다. 하지만 이 소설이 주제 의식을 끝까지 밀고 나갔다고 보기는 어렵다. '오사랑'과 '이솔' 두 여성 청소년의 사랑은 힘든 여정을 거쳐 결국 따뜻한 가족의 품으로 돌아오는, 오사랑의 안전한 성장 서사로 끝을 맺는다. 그러는 가운데 두 인물 중 조금 더 퀴어 정체성이 뚜렷해 보이는 이솔의 사연과 행보는 희미해진다. 물론 이 작품을 퀴어 서사가 아닌 오사랑의 성장기로 읽을 수도 있다. 그러나 레즈비언의 사랑이라는 소재를 취했다면 그 사랑의 구체화를 통해 이야기가 마무리되어야 작품이 말하고자 하는 바가 더 분명히 다가오지 않았을까 하는 아쉬움이 남는다.

『행운이 너에게 다가오는 중』에서 돋보인 점은 아버지에게 폭력을 당하는 주인공 '은재'를 둘러싼 '형수' '우영' '지유' 그리고 축구부 친구들의 따뜻한 거리감이다. 이들은 은재를 돕기 위해 불쑥 거리를 좁히며 이야기를 좌지우지하지 않고 은재가 스스로 아버지에게서 벗어날 때까지 조용히 곁을 지킨다. '행운'이라는 보이지 않는 서술자를 1인칭으로 내세워 인물의 목소리를 제한한 것도 효과적인 시도로 보인다. 반면 어른 인물들의 행동은 다소 정형적이며 특히 은재 아빠의 폭력은 폭력의 재현이라기보다 장르물의 설정 장면처럼 읽히는 측면이 있다. 가정 폭력을 소재로 했지만 정작 폭력 장면이 전형적이기에 작품이 리얼리즘의 '다이제스트'digest처럼 느껴지는 것이다. 두 작품을 비롯해 다소 무거운 소재와 주제를 다루는 작품들은 그에 대한 부담을 넘어서는 동시에 주제를 끝까지 응시해나가는 것이 숙제가 될 듯하다.

한편 사회적 약자를 그리는 리얼리즘 서사에서 가장 첨예한 문제는 폭력에 대한 고발과 대응이 직접적으로 형상화되기에 직설적인 언술, 사건 등이 재현될 수밖에 없다는 점이다. 그간 이 과정에서 발생한 문제들은 간과된 측면이 있으나, 이제는 '재현의 윤리' 차원에서 인물에 대한 비하, 혐오 표현, 인물의 대상화 등에 대해 다시금 살펴야 하는 중요한 논제가 되었다.

소수자를 그리는 작품에서 혐오 표현 사용에 신중하게 접근해야 하는 이유는 무엇보다 그러한 혐오의 정서가 현실에 실재하기 때문이다. 혐오는 특정 집단이나 사람을 배척하기 위해 오랫동안 사회에서 사용해 온 방식[8]이기에 그것을 표면화하기 위해서는 혐오를 단순히 묘사하여 소비할 것이 아니라 혐오의 실체를 해체해야 한다.

소수자에게 혐오를 발화하는 인물은 자신이 속해 있다고 믿는 '상상적 동일 집단' 쪽에 서서 타자와 대척하며 자신의 의견을 정당화한다. 그들은 분노를 표출할 대상을 찾다가 누군가를 공격하는 식으로 분노를 해소한다. 분노가 타자에 대한 혐오로 변질되는 과정에는 '상상적 동일성'을 찾아 자기 안의 타자성을 부인하는 자기 부정의 행위가 내포되어 있다.[9] 따라서 소수자 인물에 대한 비하나 혐오 표현은 혐오의 정서를 가

---

8   마사 C. 누스바움, 조계원 옮김, 『혐오와 수치심: 인간다움을 파괴하는 감정들』, 민음사, 2015, 201쪽 참조.

9   나병철, 「신자유주의 시대의 혐오발화와 미학적 은유의 응수」, 『청람어문교육』 57호, 청람어문교육학회, 2016, 209~230쪽 참조.

진 작중 인물의 성격과 그가 가진 정체성이 얼마나 허술하고 기만적인지를 드러내는 수단으로 기능한다. 혐오의 정서를 고발하기 위한 목적이 있는 경우에도 혐오 표현의 과용을 정당화하기는 어렵다. 서사 내내 반복되는 혐오 표현은 그것 외에는 인물 형상화와 갈등을 구현할 수단이 없는 서사의 빈곤을 의미하는 것이기 때문이다. 작품을 읽게 될 다양한 독자를 존중하여 불가피한 경우에만 최소한의 어휘로 표현하는 것이 옳다.

박상영 단편소설 「망나뇽의 눈물」(김이설 외, 『웃음을 선물할게』, 창비, 2019)은 자신이 성소수자인 사실을 학급 아이들에게 들키고 싶지 않은 고등학생 '이언'의 이야기다. 이언이 좋아하는 친구 '승규'는 이언과 친하게 지내다 다른 친구들의 수군거림에 그를 멀리한다. 그리고 이언에게 묻는다.

— 너, 그거냐?

— 어?

— 애들이 그러던데. 너 그거라고.

— 그게… 뭔데?

— 됐다, 비켜라.

승규는 이언의 어깨를 밀치고 지나갔다. (39~40쪽)

위 대화에서 '그거'는 이언의 성 정체성을 지시하는 단어이지만 지면에는 노출되지 않는다. 언어화되지 않음으로써 더욱 유효하게 작용하기도 한다. 이 대목은 혐오 표현을 직접적으로 기술하지 않고도 소수자에 관해 이야기할 수 있다는 것을 잘 보여준다. 한편 이 장면에서 승규는 주변 친구들을 의식하고 이언과 자신을 구별 지으려는 과도한 몸짓을 보인다. 승규의 성 정체성 역시 분명히 드러나진 않지만 이언을 향한 돌변한 태도와 발언에는 자기 안의 타자성을 애써 외면하고 이성애자로 자신의 위치를 규정하려는 성급함이 묻어난다.

소수자인 인물을 형상화할 때 소수자를 대상화하지 않는 것 또한 중요한 문제다. 사실상 재현에는 어느 정도의 대상화가 따를 수밖에 없지만 그 정도를 최소화하도록 인물 당사자의 처지에서 세상을 바라보려는 의식과 고민을 거듭하는 것은 필수다.

제리 크래프트Jerry Craft의 그래픽 노블 『뉴 키드』(조고은 옮김, 보물창고, 2020)는 흑인 소년이 자신이 살던 세계와는 전혀 다른 환경인 뉴욕의 명문 사립 학교에 진학한 뒤 겪은 일들을 그린다. 이 작품에는 암묵적인 차별과 정체성의 혼란으로 힘들어하는 주인공에게 교사가 흑인의 삶을 대상화한 책을 추천하는 장면이 나온다. 책에 쓰인 소개 문구는 다음과 같다. "빈민가에 산다. 망가진 가정에서 자랐다. 그저 죽지 않기를 바란다. 아빠는 없다."[10] 흑인에 대한 편견을 그대로 드러내는 이 장면을 통해 작가는 잘못된 호의가 무례가 될 수 있다는 날카로운 비판의 메시지를 작품 내외에 동시에 발신한다.

진형민의 『곰의 부탁』(문학동네, 2020)은 성소수자, 난민, 다문화 배경을 가진 청소년 등 소수자의 삶에 초점을 맞춘 작품집이다. 「헬멧」은

---

10   『뉴 키드』, 130~131쪽.

배달 대행 플랫폼 노동자로 일하는 청소년의 열악한 노동 조건을 핍진한 서술로 그린다.「자물쇠를 채우지 않은 날」은 인도인 엄마와 한국인 아빠 사이에서 태어난 청소년 '나'가 한국에서 태어나고 자랐지만 여전히 국어 점수 90점을 넘으면 칭찬을 받고, 수학을 잘하면 구구단을 19단까지 외우는 나라 출신이라는 소리를 듣는 차별에 대해 말한다.「곰의 부탁」은 여성 청소년의 입장에서 퀴어 정체성을 가진 남자 친구들을 관찰하는 이야기다. 작품들 곳곳에서 어른들은 청소년 인물에게 도움을 주지 못하고, 청소년들 스스로 서로의 어깨에 기대며 삶을 버틴다. 정성스럽고 밀도 높은 재현과 따뜻한 시선을 보여주는 단편들로『곰의 부탁』은 많은 이들에게 호평을 받았다.

그런데 나는 이 소설집을 읽으면서 느껴지는 안타까움이 도리어 '너'와 '나'를 구분하는 경계로 작용하는 것은 아닐지, 독자의 시선이 「곰의 부탁」의 화자처럼 '관찰자'의 시점에 머물도록 서사가 유도하고 있는 것은 아닌지 반문하게 되었다. 특히 결말부의 떠오르는 해를 묘사하는 '나'의 독백에 주목해보았다. 이 장면에서 '나'는 독자에게 '곰'과 '양'의 사랑을 설명하는 전달자에서 비로소 자신의 눈으로 떠오르는 해의 색깔을 확인하는 주체자가 된다. 작품 내내 곰과 양의 사랑에 집중하던 '나'가 유일하게 곰과 양의 모습으로부터 시선을 돌리는 이 장면은 엄밀히 말해 곰과 양의 이야기와 무관하다고 볼 수는 없다. '해가 빨갛다'라는 것이 통념이듯 이성애만이 정상이라는 것도 통념임을 암시하는 대목이기 때문이다. 그럼에도 이 대목은 관찰자였던 '나'가 자신의 생각을 언어화하며 주체자로 거듭날 수 있다는 가능성을 보여준다. 소수자 인권은 소수자를 주목함으로써가 아니라, 자신은 소수자가 아니라고 생각하는 이들의 정체성이 부서지면서 나아가기도 한다.

이 단편집을 읽고 독자들이 갖게 될 약자에 대한 연민이나 응원은 분명 그들을 가시화한다는 의미가 있다. 하지만 그와 동시에 작품의 주제가 '인권'으로 수렴될 확률 또한 높다. 그것이 문학의 충분조건일까. '너'와 '나' 사이에 경계를 두고 '너'의 삶이 어떻게 다른지 주목하기보다 '우리'가 비슷한 절망과 외로움을 느끼며 같은 길을 걷고 있음을 깨달을 때, 우리는 서로의 어려움을 더 잘 이해할 수 있지 않을까.

김해원의 단편소설 「안개」(김해원 외, 『그날 밤 우리는 비밀을』, 우리학교, 2018)는 각각 다른 처지의 '너'와 '나'가 만나는 짧은 순간을 보여준다. 여성 청소년인 '나'는 중국에서 온 새엄마를 탐탁지 않게 여긴다. 그러나 결말에서는 아빠의 폭력을 견디지 못한 새엄마가 탈출하도록 돕는다. '나' 역시 남자 친구에게 데이트 폭력을 당하게 되면서 새엄마의 처지를 이해하게 된 것이다. 우리는 자신이 하위 주체임을 깨달을 때 비로소 다른 하위 주체를 이해하는 편협한 존재다. 그렇기에 서로가 서로에게 스며들고 연대하기 위해서는 먼저 자신이 가졌다고 믿었던 단단한 자아의 실체를 들여다보는 행위가 필요하다. 요컨대 타자를 응원하기 전에 우리 자신부터 의심해야 하는 것이다.

청소년소설의 독자는 누구인가?

마지막으로 청소년소설에 '청소년'이라는 해시태그를 다는 일에 대해 생각해보고자 한다. 국립어린이청소년도서관에서 2007년부터 주관한 청소년 독서 문화 프로그램 '1318 책벌레들의 도서관 점령기'에서는 매년 청소년들이 추천한 도서 100선을 발표하는데, 이 목록에는 청소년소설뿐 아니라 일반문학과 비문학까지 고루 포함된다.[11] 청소년독자, 특히 고등학생 독자의 눈높이와 독서 경험은 청소년소설과 일반문학 사이를 자유롭게 넘나든다는 것을 확인할 수 있다.[12]

최근에는 청소년소설과의 경계가 뚜렷하지 않은 일반소설도 증가하는 추세다. 천선란의 『천 개의 파랑』(허블, 2020)은 과천 경마장 경주마였다가 이제는 안락사를 앞둔 '투데이', 투데이의 경마 기수였다가 폐기물이 된 로봇 '콜리', 그리고 우연히 이들을 발견한 청소년 인물들의 이야기다. 단지 청소년 인물이 등장할 뿐 서사는 오롯이 성인을 대상으로 했던 이전의 일반문학 작품들과 달리 『천 개의 파랑』에서는 청소년 인물들이 청소년의 눈높이에서 생각하고 행동한다.

일제 강점기를 배경으로 한 『까라!』(한켠, 안전가옥, 2020)는 각각 경성과 평양에 사는 두 여성 청소년의 퀴어 서사로, 비슷한 주제의 청소년소설과 비교하며 읽어볼 만하다. 이소민의 『영원의 밤』(엘릭시르, 2020)은 예술고등학교에서 벌어진 성폭력 문제를 학생들이 자체적으로 해결하는

---

11 최근 몇 년간 작성된 추천 도서 목록에는 아래 작품들이 포함되었다. 『피프티 피플』(정세랑, 창비, 2016), 『날씨가 좋으면 찾아가겠어요』(이도우, 시공사, 2018), 『우리가 빛의 속도로 갈 수 없다면』(김초엽, 허블, 2019), 『벌새』(김보라 외, 아르테, 2019), 『일의 기쁨과 슬픔』(장류진, 창비, 2019), 『나의 할머니에게』(윤성희 외, 다산책방, 2020), 『시선으로부터』(정세랑, 문학동네, 2020), 『달러구트 꿈 백화점』(이미예, 팩토리나인, 2020).

12 이와 관련하여 청소년 및 청년을 중학생, 고등학생, 고등학교 졸업자 등 학령으로 구분하던 근대 사회의 제도와 방식이 절대적이지 않은 시기가 되었다는 점 또한 참고할 필요가 있다.

장르소설로 교사의 성폭력을 응징하는 내용을 다룬 청소년소설과 비교해볼 수 있다. 두 소설 역시 일반소설과 청소년소설의 경계가 이전에 비해 희미해지고 있음을 보여준다.[13]

청소년소설로 출간된 『유원』(백온유, 창비, 2020)이 성인층에게도 큰 공감을 얻은 것은 일반소설과 청소년소설의 경계가 옅어지는 경향에 더해 지금의 청장년 세대, 특히 여성들이 자신이 세상에서 어떻게 자리매김해야 할지 끊임없이 고민하며 문학과 예술을 통해 세상을 배워가려는 의지를 적극적으로 표출하는 현상과 무관하지 않은 듯하다.

이 작품은 기본적으로 '생존자 서사'인 동시에 타인과의 관계에 미숙한 사람들의 이야기, 혹은 자신의 주장을 펴기보다 타인을 배려하는 데 익숙했던 이가 비로소 새로운 '말하기'를 배워가는 이야기로 읽을 수도 있다.[14] 자신의 목소리를 내는 것을 주저한 경험이 있는 여성이라면 주인공 '유원'이 용기 내 자신의 이야기를 꺼내는 장면들이 남다르게 다가올 수밖에 없다.

이제 청소년소설을 청소년을 위한 소설로만 범주화할 이유는 없어 보인다. 그림책, 동시, 동화, 청소년소설이 어린이·청소년 독자의 눈높이에 맞추어 창작되어온 역사적·문학적 맥락은 분명하지만 이러한 구분이

---

13   최근 미국에서도 '뉴어덜트 픽션'New Adult Fiction이라는 새로운 장르가 등장했다. 18~30세의 청소년 및 성인 독자를 겨냥한 문학 장르를 뜻하는 말로, 본래 영어덜트 픽션보다 성적인 장면을 더 대담하게 그린 로맨스물에서 비롯한 용어이다. '뉴어덜트'라는 말을 통해 영미권에서도 영어덜트와 어덜트의 경계가 모호해지는 경향이 나타나고 있음을 짐작할 수 있다.

14   오세란, 「말이 열쇠가 될 때」, 창비 블로그, 2020년 11월 17일 게재.

작품에 접근하는 독자층을 제한하는 견고한 기준이 되기보다는 대상 독자의 연령대를 제시하는 기준 정도로 기능할 필요가 있다.

청소년 독자의 '당사자성'에 관한 제언으로 이 글을 맺고자 한다. 최근 고등학생들과 함께 독서 수업을 하는 선생님과 이야기를 나눌 기회가 있었는데, 청소년 독자에 대한 배려가 느껴지지 않는 무성의한 표지를 보면 학생들이 "우리도 눈이 있어요!"라고 말한다는 것이다. 표지를 두고 하는 이야기였지만, 분명 그들은 작품 내외 곳곳에서 '청소년 독자에 대한 배려'의 여부를 알아챌 것이라는 생각이 들었다. 청소년 독자들은 청소년문학이라는 세계의 당사자로서, 또 주인으로서 적극적으로 목소리를 내고 있다. 그들이 작금의 청소년소설에 대해서도, 청소년소설 평론에 대해서도 다양한 목소리를 들려주기를 바란다.

청소년,
자기 서사의 주인공

독서들로부터
: 페미니즘과 청소년 독서 교육 현장

들어가며

김건형   안녕하세요. 오늘 사회를 맡은 김건형입니다. 페미니즘 리부트를 전후해서 청소년문학에서도 퀴어/페미니즘 서사가 부쩍 늘어나는 등 여러 변화와 시도들이 많은 주목을 받고 있는 것 같은데요, 청소년 독자들이 이를 어떻게 읽고 있고 교육 현장에서는 이러한 변화가 어떻게 작용하고 있는지 등에 대해서 구체적인 이야기를 듣고 싶었습니다. 청소년문학이나 문학/독서 교육 현장과 이른바 '순문학' 장이 서로 생산적인 교섭과 영향을 키워가기 위해서 더 필요한 것이 무엇일지도 배우고 싶고요. 오늘 모신 세 분은 각자 청소년문학과 청소년 문학/독서 교육의 장에서 활발히 활동하고 계신데요, 먼저 자기소개와 함께 최근의 관심사에 대해서도 들려주시면 좋겠습니다.

오세란   아동청소년문학 평론을 쓰는 오세란입니다. 매우 중요한 주제라서 많은 이야기를 들으면서 저도 발언할 수 있는 기회가 되어서 기쁘고요. 청소년기는 젠더 정체성을 포함한 자아 정체성이 형성되는 시기로, 기존 사회의 담론을 그대로 흡수할지 아니면 그것을 의심하며 세상을 바라볼 수 있을지 관건이 되는 시기입니다. 그래서 청소년문학에서도 이 문제가 매우 중요한데요. 정체성을 연구하는 분들도 청소년문학에 대해서는 의외로 관심이 적으신 듯해서 이런 자리가 꼭 필요하다고 생각했습니다. 배울 생각으로 기대를 가지고 참석했습니다.

김은하   저는 직업이 딱 떨어지지 않아 이력서가 지저분한 사람인데요. (웃음) 독서 교육이나 문화와 관련한 책을 세 권 정도 쓴 작가이고, 강사로서 교사, 사서, 학부모, 학생 등을 대상으로 교육 관련 워크숍을 하고, 독서 실태 조사나 해외 사례 연구를 하는 연구자이며, 또 여러 독서 진흥 프로젝트를 기획하고 개발하는 일도 하고 있습니다. 작년에 '북틴 넷bookteen.net'이라는 플랫폼 만드는 일을 했는데, 청소년들에게 청소년의 언어로, 청소년이 좋아하는 디자인으로 책을 추천하는 공간이에요. 코로나19로 도서관도 문을 닫고 청소년들이 선생님도 직접 만나기 어려운 상황이어서 방문자가 많아요. 오픈한 지 일 년 정도 되었는데 총 방문자가 십만 명을 넘었고 한 달에 만 명 정도가 찾아오고 있거든요. 그 사이트를 통해서 페미니즘과 관련된 책을 요청하는 아이들이나 선생님들이 많았어요. 퀴어 주제를 다룬 큐레이션도 청소년들의 반향이 어느 정도 있더라고요. 데이터를 통해 알게 된 청소년 독자 이야기도 나누고 또 다양한 화두들을 투척하기 위해서 이 자리에 나왔습니다. (웃음)

김영희　저는 수원 천천고등학교에서 국어를 가르치고 있고요, 독서 교육에 관심이 있는 국어 교사들의 모임 '물꼬방'에서 활동하고 있습니다. 저도 배우는 마음으로 참여했는데, 이 자리에 배우러 온 사람밖에 없는 것 같아서 큰일 났네요. (웃음) 좌담을 준비하려 자료를 찾다 보니 『현남 오빠에게』(조남주 외, 다산책방)가 2017년도에 출간되었더라고요. 깜짝 놀랐어요. '그것밖에 안 됐다고?' 싶어서요. (웃음) 그동안 교사들이 학생들에게 페미니즘 소설을 어떻게 읽힐 것인가, 무엇을 읽힐 것인가, 어떤 방향으로 접근할 것인가를 정말 치열하게 고민해왔거든요. 그래서 적어도 오 년은 된 줄 알았는데, 겨우 삼 년 만에 아주 많은 게 바뀐 것 같아요. 저희는 아무래도 청소년 독자와 만나는 최전선에 있다 보니 취미로 읽는 책을 권하는 입장과는 조금 달라요. 정규수업에서 페미니즘 이슈에 대해서 잘못 말하면 그야말로 난장판이 돼버리거든요. 그러다 보니 고민이 많아요. 요즘 학교에서 아이들과 페미니즘 소설을 읽으며 주목하고 있는 것은 '읽기가 실천으로 전환되는 지점'이에요. 수업시간에 읽은 책, 나눈 대화, 쓴 글이 어떻게 실제 행동으로 옮겨가는지를 탐색하고 있습니다. 제가 이번에 대담 준비를 하면서 천천고 학생 다섯 명과 대화를 했거든요. 그러면서 제가 감지하지 못했던 변화나, 혹은 바뀌고 있다고 인식했는데 그렇지 않은 것들을 꽤 많이 확인했어요. 무척 흥미로웠고요, 오늘 대담을 통해 조금씩 풀어내도록 하겠습니다. 기대하세요. (웃음)

김건형 아주 생생한 이야기들을 들을 수 있을 것 같아서 너무 기대가 되네요. 근래 문학장에서는 페미니즘이나 퀴어 서사와 관련해서 당사자성 및 그와 연관된 독자의 관심, 여성 독자의 문화/정치적 선택, 담론과 향유자의 교섭 등의 관점에서 이야기하기도 하는데요, 아동청소년문학장에서는 훨씬 더 일찍부터 아동청소년 당사자의 독서, 독서의 주체성이라는 주제를 많이 이야기해왔던 것 같아요. 먼저 선생님들께서는 지금 청소년의 독서 환경이나 문학 교육 현장의 흐름에 대해 어떻게 체감하고 계시는지 궁금합니다. 최근에는 또 코로나19로 인해 달라진 감각이 있을 것 같은데, 같이 얘기해주셔도 좋을 것 같아요.

김영희 코로나19 이후로 학교에서 독서 교육을 하는 교사들의 큰 고민 중 하나는 작품 전체를 함께 읽고 활동할 시간을 확보하기가 힘들다는 거예요. 교육적 효과를 거두려면 집에서 읽어 오라는 과제를 내주면 절대 안 되거든요. 절반 이상이 읽어 오지 않기 때문에 (웃음) 수업이 의미 있게 진행되지 못해요. 그러다 보니 수업시간에 발췌독을 하게 되는 거죠. 그런데 단행본 한 권을 제대로 읽어야 전해지는 맥락이 있잖아요. 단편소설이나 시처럼 짧은 작품이라고 하더라도 낱개의 작품으로 접하는 것과 책을 통째로 읽는 것은 전혀 다르니까요. 그걸 어떻게 극복할 것인가가 고민이에요. 그렇지만 아주 절망적이지만은 않은 게, 실제로 한 해 수업을 해보니 온라인 수업이 지닌 가능성이 아주 크더라고요. 이를테면 책을 읽고 토의를 할 때 교실에서는 기존의 권력구조가 반영되어서 똑똑한 아이, 친구가 많은 아이, 활발한 아이를 중심으로 이야기가 이루어지는데, 온라인 수업에서는 그런 영향이 없어지고 훨씬 대등한 관계로 대화를 나누게 된다는 게 저희가 발견한 효과예요. 그런 가능성들을 최대한 활용하되 책 한 권을 묵직하게 읽지 못하는 한계를 어떻게 극복할 것인가,라는 고민을 신학기를 앞두고 치열하게 하고 있습니다.

김은하 독서 교육에서 '한 학기 한 권 읽기'가 가져온 변화가 무척 크죠. 저자가 있고 텍스트가 있고 독자가 있다면, 예전에는 텍스트가 고정되어 있고 수업도 강의식이었기 때문에 독자의 주체성 문제가 크게 다뤄지지 않았어요. 아이들이 「관동별곡」을 좋아하기 때문에 가르치는 게 아니라 교과서에 있으니까 가르치는 거였잖아요. 아이들이 좋든 말든.

(웃음) 그런데 '한 학기 한 권 읽기' 독서 수업이 도입되면서부터 이 책이 아이들이 흥미 있게 읽을 만한, 이해할 수 있는 책인가를 선생님들이 더 많이 고민하게 되었죠. 그러다 보니 예전에 비해 훨씬 더 독자 문제가 부각된 것 같아요. 평가도 객관식이 아니라 수행평가 방식으로 이루어지니까 독자가 자기 해석을 말하고 쓰는 것이 더 중요하게 되었고요. 또 한편으로는 독서 교육에서는 문학장보다 독자가 더 강조되는 것이 당연해요. 독서 교육의 일차적인 목적이 독자의 성장에 있으니까요. 글자를 읽고 내용을 이해하고, 어휘를 배우고 장르의 구조를 배우고, 책을 읽지 않았던 아이들이 읽게 되고, 책을 통해서 새로운 방식으로 느끼고 행동하는 등, 이런 독자의 성장이 교육의 목적이기 때문에 독자에 대한 문제의식을 떼놓을 수가 없죠.

오세란 두 분 선생님의 말씀에 덧붙이자면, 문학하는 사람 입장에서는 '한 학기 한 권 읽기' 관련 공교육의 독서 방향에 대해서는 이제 조금 심층적으로 진단할 시기가 왔다고 봅니다. 그것이 청소년문학과 출판에 미친 영향이 반드시 긍정적이지만은 않기 때문인데요. 가령 페미니즘이라는 주제를 포함해 문학에 주제별로 해시태그를 붙이고 토론하는 과정 등을 구체적으로 검토할 필요가 있지 않을까 싶어요. 이 문제는 나중에 기회가 되면 다시 말씀드리기로 하고요. 비대면 수업과 관련해서는 청소년들의 모바일 사용 시간이 늘어나 이전보다 웹소설이나 웹툰 장르를 훨씬 많이 접하고 있다는 점을 짚어야 할 것 같아요. 청소년문학의 장르소설적인 경향이 두드러진 상황에서 이런 변화가 청소년문학의 내용과 형식을 웹 장르와 더욱 가깝게 만드는 촉매제가 될 듯합니다. 또 제가 청소년문학 평론을 쓰다 보니 청소년 인권 모임 '아수나로'나 청소년 페미니스트 모임 '위티', 청소년 성소수자를 지원하는 '띵동' 같은 단체의 활동에도 관심이 있는데, 최근 청소년들의 활동에서 당사자성이 점차 강해지고 있는 것을 보게 됩니다. 무척 바람직한 현상이라고 생각해요. 외국은 예전부터 청소년 활동가가 많았고요. 청소년문학 또한 지금까지 어른 작가가 청소년 인물을 형상화해서 대신 목소리를 내주는 하위 주체 개념이 강했던 데 비해 이제 청소년들이 직접 목소리를 낼 수 있는 자생력이 생기고 있어서, 이것 또한 앞으로의 문학과 문학 교육의 장에서 주목해야 하지 않을까 싶어요. 2017년 강남역 집회 이후 몇 번 페미니즘 집회에 참석하면서 청소년과 젊은 세대의 모습을 보았는데 젊은 친구들의 적극성이 감동적이었어요. 특히 광화문에서 열린 낙태죄 폐지 촉구 집회에 참석했을 때는 저 같은 오십대 여성은 거의 없고 참석자 대부분이 젊은 여성이어서 여러 생각을 했었고요. 가령 청소년 임신을 주제로 한 2000년대 청소년소설에서는 십대 청소년 인물이 임신을 하면 대부분 출산으로 이어졌어요. 임신 중지에 관해서는 죄의식이 컸고요. 임신을 생명으로만 연결시키는 점이 답답했는데, 낙태죄 폐지 운동을 기점으로 청소년소설에서 임신 중지 관련 에피소드가 등장하기 시작했어요. 현장의 소리는 이렇게 문학에 반영되고 있습니다. 어쨌든 젊은 세대들을 보면서 이제는 청소년문학도 독자의 목소리든 창작이든 당사자성이 도입될 시기가 되었다는 생각이 들었어요. 앞으로도 실제 청소년들의 목소리는 점차 커지리라 생각하고 그렇게 되어야 한다고 봅니다.

문학/독서 교육의 현장 속 성정치

김건형　시작한 지 얼마 안 됐는데 흥미로운 주제가 무척 많이 나와서 신나네요. (웃음) 조금 더 구체적으로 페미니즘/퀴어 서사와 문학/독서 교육의 관계에 대해서 이야기해보자면, 페미니즘과 넓게는 인권 감수성이라는 주제는 국어교육 정책이나 현장에 계신 선생님들의 관심, 또래 집단의 영향, 또는 학교 안팎의 공간의 차이 등에 따라서 다르게 이야기되고 있을 것 같은데요, 대개는 넓은 차원의 우려 이상의 이야기를 접하기 어려워 아쉬운 점이 있었는데, 여기에 대해서 어떤 문제의식이나 전략들을 가지고 계신지 듣고 싶습니다.

오세란　저는 기본적인 사회 인식부터 이야기를 시작하고 싶은데, 그래서 먼저 잠시 '나다움 어린이책 사태'에 대해 언급하고 싶어요. 2019년부터 시작된 '나다움 어린이책 사업'은 민간 기업, 어린이책 전문가, 여성가족부 등이 모여 고정된 성역할을 벗어나 성평등을 주제로 한 어린이책을 추천하여 일선 학교에 배포하는 사업이었는데요, 2020년 8월 기독교 계통 학부모 단체, 기독교 매체, 야당 국회의원이 일부 도서 내용을 문제 삼으며 민원을 넣기 시작했고, 이러한 논란에 적극적으로 대처해야 할 여성가족부가 도리어 배포된 책을 회수한 사건이 있었지요. 결국 나다움 어린이책 사업은 이 년 만에 종료되었는데, 해당 도서를 회수하기로 결정한 여성가족부의 대처도 문제였지만 성교육, 성평등, 성정체성을 주제로 삼은 어린이책에 대한 일반 성인의 시각도 상당히 보수적이었다는 점을 주목하고 싶습니다. 어린이 독자가 성교육, 성평등 그림책을 읽을 나이가 아니라는 성인들의 주장을 듣고 있으면 그걸 배워도 되는 나이가 몇 살이란 말인가 하는 생각이 들어요. 다섯 살에는 안 되고 열 살에도 안 되고 열다섯 살에도 안 될 것 같고, 그럼 성교육은 도대체 언제 이루어져야 하나. (웃음) '나다움 어린이책 사태'가 현재 우리나라 성인들의 성교육에 대한 보수성과 아동청소년 책에 대한 고정관념을 여실히 드러낸 거죠. 페미니즘의 문제 역시 어린이 청소년의 문제가 아니라 성인들의 인식 차원부터 접근해야 한다는 점이 전제가 되어야 할 것 같습니다.

김은하 나다움 어린이책 사태가 학교에 끼친 악영향이 굉장히 크죠. 특히 초등 사서 선생님들이 성이나 정치, 페미니즘, 퀴어 주제를 다룬 책을 추천도서에 담을 때 자기검열을 하게 된다고 하세요. 그런 책들을 어떻게 소개할지 고민이 많으시더라고요. 페미니즘 이슈는 그나마 나은 편인데 퀴어를 다룬 책은 더 어렵죠.『왕자와 드레스메이커』(첸 왕, 김지은 옮김, 비룡소, 2019) 같은 책은 학부모 민원이 들어올 수 있으니까요.

오세란 『왕자와 드레스메이커』는 외국에서 권위 있는 상을 받은 좋은 그래픽 노블임에도 그런 반응이 우려되는 거죠.

김은하 네, 이성애적인 성에 대해서도 터부가 심하니까, 퀴어 주제는 더 소개가 어렵죠. 그래서 관심 있는 선생님들은 선생님들끼리라도 퀴어 문제를 다룬 책들을 찾아 읽고 서로 추천하고 있다고 하더라고요. 그런 정체성을 가진 아이들이 존재한다는 걸 아는 것과 그러지 못한 건 굉장히 다르니까요. 교사로서 편견을 갖거나 아이들에게 농담으로라도 실수를 하지 않기 위해서 조용히 읽기 모임을 하고 있다고 해요. (웃음) 그래도 중고등학교 학교 도서관은 훨씬 자유로워서, 페미니즘이나 퀴어 관련 도서를 수서하는 걸로 골치 아파본 적은 별로 없다고 하더라고요. 학부모들이 잘 모르기도 하고, 책에 관심이 없기도 해서. (웃음)

오세란 그래서 저는 중고등학교 제도권 교육과 관련해서 여쭤보고 싶은 것이, 청소년문학에서 페미니즘 기획 앤솔러지가 많이 나왔거든요. 문학적 성취도는 따져볼 문제지만 어쨌든 독서 교육에서는 효용성을 가진 책들이고요. 김영희 선생님이 독서 교육의 방침에 대해서 말씀해주셨는데 공교육에서 페미니즘 도서들이 교과 수업이나 비교과 수업, 작가와의 만남 같은 이벤트나 독서 동아리 같은 모임에서 실제로 어떻게 활용되는지 궁금합니다.

김영희 정규수업 시간에 학생들에게 페미니즘 소설을 읽히려는 교사들이 꽤 많아졌어요. 아이들이 부정적 반응을 보일 때 어떻게 대응할 것인가를 많이 고민합니다. 페미니즘을 주제로 한 독서 동아리, 도서관 행사도 많이 진행되고 있어요. 하지만 이 둘은 관심 있는 친구들이 찾아와서 기존의 생각을 강화하는 활동이라는 점에서 달라요. '이쪽 세계'를 (웃음) 전혀 모르던 학생, 혹은 드러내진 않지만 '샤이'하게 관심을 갖고 있는 학생들에게 영향을 미치려면 수업시간에 다루어야 하기 때문에, 공교육 교사로서 저희가 관심을 갖고 있는 건 확장성이에요. 결국 수업을 통해 변화를 이루고 싶은 것이니까요. 페미니즘 교육이 시작되던 시기에는 남학생들을 설득하고 페미니즘에 대한 반감을 줄이는 게 목표였어요. 자신이 인식 못 할 뿐이지 여성 혐오 문화가 만연해 있다는 걸 알려주는 게 초점이었죠. 그런데 교사가 수업시간에 그런 이야기를 꺼내면 여학생들이 많이 불편해했어요. 교사를 찾아와서 '이거 안 읽으면 안 돼요?'라고도 하고요. 자기들은 괜찮은데 왜 자꾸 이런 이야기를 하냐는 거죠. 그랬는데 지금은 여학생들의 관심이 정말 높아졌고 자세도 적극적이에요. 그래서 요즘의 경향은 수업의 초점을 여학생들에게 두는 거예요. 남학생들을 설득하는 건 노력 대비 변화의 폭이 크지 않더라고요. (웃음) 또 교사들이 눈치를 보는 일에 쏟는 정신력이 너무 크고요. 그런데 그런 교사의 모습을 여학생들이 보면서 어떻게 생각하겠어요. 페미니즘을 이야기하고 여성들이 겪는 문제를 말하는 것이 당연한 일인데도, '아, 저렇게 우리의 입장을 증명하고 설득해야 하는구나' 하게 되는 거죠. 그래서 더더욱 초점을 여학생들에게 두게 되었고, 그게 효과가 훨씬 크더라고요. 사실 페미니즘에 대한 남학생들의 부정적 반응이 정말 크거든요. 예를 들면 영화 〈82년생 김지영〉이 개봉했을 때 한 남학생이 복도에서 다 들으라는 듯이 큰 소리로 "82년생 김지영 씨발!"이라고 소리치면서 발작적인 반응을 보인 적이 있는데, 진짜 어떻게 해야 할지 모르겠더라고요. 만약 교사가 없는 상황에서 남학생들이 그런 폭력적인 반응을 보일 때 여학생들이 느낄 공포감을 어떻게 할 것인가, 그걸 생각하니 더 아득해지고요. 교사들은 책을 권하는 것까지가 일이 아니라 그 뒤까지를 생각해야 하니까요. 그런데 정말 희망적인 것이, 교실에서 그런 상황이 벌어졌을 때 전에는 여학생들이 숨도 안 쉬고 있었거든요. 여성 혐오적이거나 성희롱적인 발언이 나오더라도 못 들은 척, 여자가 아닌 척하고 있는 거예요. 자신을 부정하는 거죠. 그런데 지금은 비록 소극적이긴 하지만, 그런 상황이 벌어지면 여학생들이 조용히 한쪽으로 모인다고 해요. 그러고는 자기들끼리 "미쳤나?" 그런다고. (웃음) 그래서 저는 교육의 효과가 분명히 변화로 드러나고 있다고 생각해요. 문학 교육의 지향이 약자를 바라보게 하는 데 있잖아요. 그런데 청소년 독자는 작품을 읽고 인물에 공감해서 마음이 움직였더라도 그것을 행동으로 옮기려면 유예기간이 필요해요. 지금은 학생이니까. 그래서 아이들에게 "관심을 갖자. 그렇지만 당장은 아니고 졸업하고 나서 행동해." 하고 말하게 되는데, 그게 교육적이지 않다는 고민이 있었거든요. 그런데 페미니즘 문학은 바로 실천으로 옮길 수 있다는 점에서 무척 중요하다고 생각해요. 이를테면 눈앞에서 남학생들이 여성 혐오적인 말을 했을 때 바로 항의를 한다거나, 적어도 '내가 이상한 게 아니야. 이상한 건 쟤야'라고 생각할 수 있게 하니까요. 그런 여학생들의 변화에는 물론 소설 읽기 수업뿐 아니라 SNS나 유튜브 같은 곳에서 접하는 여성상들도 분명히 영향을 미쳤다고 봐요. 그런 개개인의 인식 변화가 소극적이나마 연대로 이어진 것일 테고요. 불과 몇 년 만에 이런 큰 폭의 변화가 일어났다는 게 너무 놀랍고, 이 시기를 잘 활용해야겠다는 생각을 합니다.

김은하 저는 교육학을 하는 사람으로서, 예를 들어 F라고 평가하는 걸로 끝나는 게 아니라 이 학생이 왜 F를 받았을까, 다음에는 F를 받지 않게 어떻게 도와줄 수 있을까 하는 생각을 포기 직전까지 하게 되는데요. (웃음) 그래서 여성 혐오를 드러내는 남학생들에 대해서도 왜 그렇게 되었는지 나름대로 생각해보게 돼요. 기본적으로 아이들이 문학을 해석할 때는 대개 거시적인 사회 구조보다는 자기 경험의 틀에서 출발하게 마련인데, 아마도 두 가지 경험이 결합한 결과가 아닐까 싶어요. 하나는 아이러니하게도 교육 분야에 여성이 많이 진출한 것과 관련이 있어요. 70년대에는 여성 초등교사가 29퍼센트였던 것이 지금은 72퍼센트가 되었고, 중학교 여교사도 16퍼센트에서 68퍼센트로 크게 늘었거든요. 예전 문학작품들을 보면 주로 남학생들이 남자 선생님한테 반항하잖아요. 남자 선생님이 몽둥이찜질을 하고. (웃음) 『데미안』도 아버지의 세계와 대립하는 이야기고요. 그런데 교육 분야에서만큼은 여성이 더 많이 진출하면서 '역설적으로' 남자아이들의 삶에서는 마치 억압자가 여성인 것처럼 느끼게 되기 쉬워졌어요. 가정도 마찬가지로, 지금은 주로 엄마가 교육 담당자가 되었잖아요. 가사와 육아에다 교육과 관련된 노동까지 덤탱이 쓰게 된 것이지만, 아무튼 학교나 학원에서 엄마에게 문자하고 전화하잖아요. 그러니까 남자아이들의 경험에서는 나의 삶을 통제하는 사람, 규칙을 만들고 허락을 받아야 하는 직접적인 권위자가 주로 여성인 거죠. 다른 하나는 아이들이 교육기관에서 보내는 시간이 예전보다 훨씬 늘어난 것과 연관돼요. 생애주기로 봐도 어린이집부터 일찍 시작하고, 하루 중에서 차지하는 시간도 매우 깁니다. 그 때문에 예전에 비해 다른 세대나 이웃과 인간관계를 별로 맺지 못하니 여성들이 겪는 피해를 생활에서 직접 접하기도 어려워요. 나와 다른 존재들과의 '인간적인 접촉'보다, 그들과의 '경쟁'과 '살아남기'가 더 강조되는 교육 환경에 오랫동안 놓이게 됩니다. 종합해보면 아이들은 자기가 기억하는 가장 어린 시절부터 자신의 삶을 통제하는 어른이 내내 여성인 거예요. 그래서 '나를 억압하는 건 여자였는데?' '내 주변에서는 여자들이 억압받는 것 같지 않은데?' 하고 반응하게 되고요. 문학에서도 엄마가 미움이나 반항, 극복의 대상이 되는 이야기가 많아졌죠. 어디까지나 가설이지만, 이렇게라도 페미니즘에 적대적인 아이들을 이해하려고 노력해보는 거예요. (웃음) 아이들이 태어나면서부터 페미니즘을 혐오하게 된 게 아니니까요.

오세란 청소년문학에서 살펴보면, 지난 이십 년 동안의 남성 청소년 성장 서사에 변화가 필요한 시점이에요. 남성 청소년 서사가 오랫동안 남성 작가의 자기 서사와 현재 청소년의 상황을 결합해서 창작되다 보니 성인이 가지고 있는 남성 되기의 상과 현재 남성 청소년이 맞이한 상황 사이에 거리가 커진 거죠. 단적인 예로 십 년 전에 남성 성장 서사에서 많이 등장하던 장면이 오토바이 타는 장면이었거든요. (웃음) 일종의 용기의 상징인 거죠. 거친 언어 표현도 의도적으로 사용되었고, 〈몽정기〉 같은 영화에서 보듯이 남성의 2차 성징을 구실로 삼아서 여성에 대한 성적 대상화를 자연스럽게 연출하는 분위기였고요. 그런데 이제는 인권 감수성이 달라졌음에도 남성 청소년 성장 서사가 시대에 조응하는 남성 청소년 인물을 새롭게 창조하지 못하고 있어요. 작품을 읽다 보면 남성 청소년과 대화하면서 변화한 성 인지 감수성을 반영해줄 멘토가 없다는 게 절실하게 느껴져요. 남성 되기의 수행이 어떻게 이루어져왔는지 비판적으로 검토하고 맨박스의 실체를 짚어주는 서사가 필요하고요. 여성 청소년을 위한 페미니즘 소설이 계속 나오는 이때에 남성 성장 서사도 여성에 대한 대상화를 멈추고 강한 남성 되기를 대체하는 서사가 나와야 합니다.

김은하   맞아요. 남자 청소년들이 충분히 공감할 만한 페미니즘적 성장 서사가 별로 없어요.

오세란   개인적으로 대화를 나누면 충분히 풀어나갈 수 있는데, 그걸 문학이나 교육이라는 제도 안에서 해줄 수 있는 멘토가 없다는 것이 문제라고 생각해요. 가령 남자 청소년들은 어릴 때부터 몇 년 뒤면 군대를 가야 한다는 생각을 하거든요. 군대가 많이 변했다고는 하지만 군대에 대한 두려움은 여전해요. 그래서 군대 가서 버티려면 강해져야 한다는 무의식이 청소년들을 지배하고, 또 지난 몇십 년간 남자 중고등학교에서 군대 문화가 유지되어왔잖아요. 마초적인 남성문화가 바뀌기 위해서는 성인 남성들이 다음 세대를 위해 이런 상황을 객관적으로 바라보고 생산적인 논의를 하는 것이 필요하다고 봅니다.

김건형   선생님 말씀 들으니까 저도 중고등학교 때 어렴풋하게 언젠가는 군대를 가야 한다는 게 너무 공포스러웠고, 실제로 군대에 가 보

116

니 학교랑 너무 다르지 않아서 놀랐던 기억이 나네요. 남성 청소년에게 주어지는 징병제 생애 서사와 군사주의 문화 속에서의 자기 주체화라는 문제도 고려되어야 할 것 같아요.

오세란 그리고 덧붙일 말씀이, 남성 청소년들이 퀴어에 대한 혐오 표현을 많이 하는데요, 그건 자신이 남성화되어야 한다는 과업 때문에 자신 안에 있는 다양한 내면을 돌아볼 여유 없이 서둘러 남성성만 두드러지게 몸집을 키우려는 무의식적 발화라고 생각해요. 이런 문제도 청소년문학 평론을 하는 저뿐만이 아니라 다른 분들도 심층적으로 접근해주셔야 한다고 생각해요.

김은하 남학생들 중에서도 비주류인 친구들이 여성이나 퀴어에 대한 혐오 표현이 더 심한 경향이 있는 것 같기도 해요. 어떤 선생님께 들은 얘긴데, 누가 "이년아" 하고 욕을 해서 자기 얘긴가 하고 돌아봤더니 남학생들끼리 하는 욕이었대요. 그래서 나한테 그런 말 쓰지 말라고 했더니 "선생님은 여자 아니잖아요" 이랬다고요. 그분은 학교 밖에 있는 아이들을 많이 만나는 분인데, 그렇게 차별을 많이 받은 아이들일수록 훨씬 더 위계를 자잘하게 나누려는 성향이 있다는 거예요. 낮은 위계에 위치한 아이들이 누군가를 자기보다 더 아래에 두려고 하는 것일 수도 있겠다 싶더라고요.

김건형 아까 여학생들이 남학생들의 혐오 발화를 듣고 모여서 이야기를 시작한다고 하셨는데, 그게 혹시 어떤 단초가 되진 않을까 하는 생각도 드는데요. 십대 남학생들에게 십대 여학생들의 목소리를, 주변 친구들의 이야기를 전해주거나 말해줄 수 있는 방법은 없을까 하고요.

김영희 저희가 아이들과 소설을 읽고 문학 교육을 하는 이유가 약자에 대한 감수성, 인간에 대한 감수성을 기르기 위해서잖아요. 페미니즘 소설은 그것의 한 줄기인 것이고요. 저희가 가진 역량을 투입해서 부작용은 적게 하되 효과는 극대화하는 방법이 여학생들에게 초점을 두는 건데, 그렇다고 남학생들을 배제한다는 의미는 아니에요. 인간에 대한 감수성을 주제로 한 다양한 제재를 제시한 후에 마음에 드는 것을 택하는 방식으로 수업을 하는 거죠. 예를 들어 저는 요즘 환경 제재를 즐겨 다루는데, 환경 문제에서 출발하면 결국 약자에 대한 이야기가 나올 수밖에 없거든요. 환경 문제도 결국 착취와 피착취 관계의 문제이고, 환경 오염의 피해도 약자들이 훨씬 크게 입으니까요. 그런 식으로 페미니즘을 이야기하면서도 남학생들과 함께할 수 있는 방안을 생각하고 있어요. 인간을 바라보는 감수성에 대해 이야기하는 것이 목표인데, 선택한 통로가 부작용이 너무 많다면 그건 설계가 잘못된 수업인 거니까요. 남학생들에게 여학생들의 경험을 전하는 방법에 대해 물으셨는데, 전 이건 특정한 누군가가 말로 설명할 일이 아니라고 생각해요. 성별 문제가 소재로 등장하기만 해도 남학생과 여학생 모두 예민해지거든요. 여학생들이 느끼는 공포에 대해서 말을 꺼내는 것 자체가 폭발 기제가 돼요. 대담 전에 여학생들과 대화를 나누면서 "나는 과거에 비하면 남학생들의 반응이 덜

민감해진 줄 알았어"라고 했더니 아니래요. 자기들은 남학생들의 생활 모습, 평소에 오가는 이야기들을 날것 그대로 보니까 교사 입장에서 보는 것과 다를 수밖에 없대요. 남학생들끼리는 아까 말씀하신 것처럼 서로를 "이년아"라고 부르며 욕하기도 하고, 어떨 때는 서로 엄마 이름으로 부르면서 조롱하기도 해요. 아빠 이름은 안 부르고요. (웃음)

김건형 아이들끼리요? 친구를 친구 엄마 이름으로 부르는 거예요?

오세란 네. 그러니까 여성 혐오와 엄마 혐오가 합쳐진 거죠.

김건형 그러면 일종의 동의가 이루어져야 되는 것 아닌가요? 우리 엄마 이름은 이거야, 욕해줘, 이런 거예요?

김영희 걔네들끼리는 그냥 게임인 거예요. 아무 생각 없이, 친구 엄마가 오세란이면 '야 세란아!' 이렇게.

오세란 『걸 페미니즘 ― 청소년 인권×여성주의』(호야 외, 교육공동체 벗, 2018)라는 책에 실린 페미니스트 성향의 남성 청소년들의 글을 읽어 보면, 남학생 집단 내에서 행해지는 각종 혐오 표현이 굉장히 불편하면서도 거기에 이의를 제기하기는 어렵다는 점이 남학생에게도 딜레마인 것 같아요. 또 남자 교사가 학생들한테 성적인 호기심을 풀어주는 이야기를 할 때도 불편하지만 참고 들을 수밖에 없다는 이야기도 있고요. 이렇게 남성 청소년 중에서 페미니즘에 관심을 가진 이들의 고백을 가시화할 필요도 있을 것 같아요.

김영희 네. 오히려 여학생들보다 섬세한 남학생들이 겪는 고통이 훨씬 커요. 그것 때문에 병원에 다니는 아이들도 많아요. 우울증 때문에.

김건형 저 초등학생 때 남학생들이 게임하고 싸우고 하는 게 싫어서 여학생들 노는 데 가서 있으면 왜 왔냐 저리 가라, 그랬던 기억이 나네요. (웃음)

김은하 그런데 그런 폭력적인 남학생들이 과연 다수인지는 쉽게 말하기 어려운 것 같아요. 그런 사례가 무척 자극적이기 때문에 더 잘 들리기도 하고, '남들도 그런다던데?' 하는 식으로 받아들여지기도 하니까요. 그런 혐오 발화가 나오면 남학생이건 여학생이건 똑같이 '왜 저래?' 하고 반응하는 학교도 있대요. 그 학교 선생님이 얘기하신 것 중에서 중요한 것이, 기본적으로 학교의 문화에 따라서 크게 달라진다는 거예요. 두 가지 목소리가 문화를 좌우하는데, 하나는 아이들 속에서 발언권이 큰 아이가 어떻게 하느냐예요. 발언권이 큰 아이가 "82년생 김지영 씨발!" 해버리면 다른 아이들이 다 투명인간처럼 되어버리는 거죠. 또 하나는 교사가 어떻게 하느냐. 교사가 그럴 때 단호하게 그런 말을 쓰지 말라고 하느냐, 특히 동성 교사가 어떻게 하느냐가 아이들에게 큰 영향을 미친다고 해요. 여자 교사가 모른 척하거나, 남자 교사가 아주 의기양양해하거나 하면요. 아까 오세란 선생님이 말씀하신 멘토링의 문제일 수도 있어요. 그리고 아까 김영희 선생님 말씀과도 통하는 것이, 이 학교에서는 약자 감수성을 키우는 책들을 많이 읽히거든요. 그래서 꼭 페미니즘뿐만 아니라 난민 문제, 양극화 문제, 장애 문제에 대해서 배우다 보면 약자에 대한 감수성이 다른 분야로도 이어질 수 있다는 거죠. 여학생들의 경우는 페미니즘으로 더 잘 깨지고, 어떤 아이들은 장애 문제로 더 잘 깨지고, 어떤 아이들은 환경 문제로 더 잘 깨지고. 그전까지가 힘들어서 '그런 차별이 어디 있다고 그래?' '다 능력이 있어야지!' 하고 반응하곤 하는데, 그런 사회적 차별이 있다는 사실을 인식하기 시작하면 쉽게 다른 균열로 이어지게 되더라는 거예요.

오세란　제가 처음에 정체성 문제를 얘기했었는데, 정체성은 개인의 문제지만 결국 관계를 통해 형성되잖아요. 사람을 만나서 네트워크를 형성하고 그 사이에서 자기 정체성에 균열을 겪으며 더 큰 자아를 만들어내는 것이 중요하죠. 그런데 우리 사회는 개인을 고립된 개별자로 인식하는 면이 있지요.

김은하　게다가 개별자끼리 경쟁까지 시키니까요.

김영희　그런데 학교에서 주목할 만한 변화는, 젠더 감수성이 완전히 다른 90년대생 젊은 교사들이 많이 들어오고 있다는 거예요. 그러면서 국어 교사들 사이에서 페미니즘 수업에 대한 관심이 폭발적으로 높아지는 동시에 교사가 어떤 성역할을 보여줄 것이냐가 화두가 되었어요. 탈코르셋을 실천하는 선생님도 생기고 있고요. 제 친구의 사촌동생은 초등교사인데 브래지어를 하지 않고 출근한다고 하더라고요. 정말 멋지죠. 저는 이런 변화를 아주 긍정적으로 보고 있어요. 아이들과 이야기하면서 놀랐던 것이, 저는 사실 교사지만 제가 아이들한테 미치는 영향이 그리 크지 않을 거라고 생각하거든요. (웃음) 그런데 이번에 이 친구들에게 '페미니즘 소설을 왜 읽었어?' 하고 물었더니 대부분이 제가 권해줘서 읽었대요. 수업시간에 다루었거나 제가 자기한테 어울리는 책인 것 같다고 권해줬다거나. 이렇게 의외로 교사가 통로가 되는 경우가 많다는 게 놀라웠어요. 오히려 친구끼리는 페미니즘 소설을 권하기보다는 주로 생활기록부에 들어가면 좋은 책을 권해준다더라고요. (웃음) 아이들도 나름대로 변화를 감지하고 있어요. 앞에서 페미니즘 리부트 이후의 문학에 대해서 말씀해주셨는데, 아이들도 그걸 느끼고 있더라고요. 초반에는 페미니즘 소설의 주제가 '호소'로 읽혔는데 지금은 여성이 앞으로 어떤 모습으로 나아가야 하느냐를 이야기하는 것 같다고, 그렇게 아이들이 자신의 언어로 정의하는 모습이 놀라웠어요. 그런 아이들의 감지, 그리고 아까 말씀드린 소극적인 연대와 저항, 또 페미니즘의 감수성이 체화된 90년대생 교사들의 등장, 이런 것들이 페미니즘 교육에 시너지가 되지 않을까 하는 생각을 합니다. 저만 해도 기존의 빻은 (웃음) 문화 속에서 살다가 공부를 하면서부터 페미니즘에 발을 디딘 세대인데, 젊은 친구들은 그야말로 그 문화 속에서 그걸 체화하고 성장한 사람들이니까요. 앞으로 여성들이 얼마나 더 멋져질까, 계속 기대하고 있습니다. (웃음)

오세란   저도 동의해요. 저는 교육대학교에서 아동청소년문학을 강의하는데, 교육대학교 학생들은 교사가 될 예정이라 어느 정도 교사의 입장에서 수업을 듣거든요. 그런데 옛날이야기를 현대적 시선으로 보는 수업을 하다 보면 어떤 여학생들은 분노하더라고요. 「바리데기」라든지 「선녀와 나무꾼」 등등. 저는 문학 전공자니까, 옛이야기가 가지고 있는 가치를 말해야 하잖아요. 원형 상징, 에코페미니즘을 아무리 설명해도, (웃음) 여성 차별적 요소가 있는 이야기는 설정 자체가 문제라고 생각하더라고요. 학생들의 성 인지 감수성이 한 해 한 해 변화하는 게 느껴져서, 이들이 교사가 되었을 때는 지금과는 많이 달라질 것 같아요.

김은하   그런 식으로 아이들이 정규수업의 해석에 대해서도 발언하기 시작했다는 것이 저는 무척 중요하다고 생각해요. 정규수업에서 주로 가르치는 정전은 이제까지 문제시하지 않았던 텍스트잖아요. 수능에 나오면 답이 정해져 있는 것이니까요. 세 가지 정도로 이야기할 수 있을 것 같은데, 첫째는 '여성적' '남성적'이라는 구분이에요. 한용운은 여성적이고 이육사는 남성적이고. 이제는 선생님이 그렇게 얘기하면 아이들이 뒤에서 술렁거리기 시작해요. 정전에 대한 성차별적인 해석에 대해서 말하기 시작한 거죠. 둘째는 왜 그 문학이 고전이냐고 물어보기 시작한 거예요. 「감자」에서 뭘 배울 수 있어요? 「날개」가 왜 중요해요? 그럼 그 여자는 몸 팔아가지고 남편 뒷바라지한 거예요? 그런데 왜 여기서 우리가 배워야 되는 게 식민지하 지식인의 자아예요? 다른 해석 하면 안 돼요? 이렇게요. (웃음) 그리고 셋째는 추천도서 목록에 있는 번역서에서 남자들은 반말하고 여자들은 존댓말하는 것. 그런 문제를 아이들이 제기하기 시작했다는 거죠. 저는 꼭 페미니즘뿐만 아니라, 이렇게 정전에 대한 주체적인 해석자가 된다는 게 대단히 중요하다고 생각해요. '한 학기 한 권 읽기'는 거의 현대문학을 대상으로 하기 때문에 고전을 가지고 다시 해석하게 만들지는 않는데, 교과서를 다루는 국어 수업에서도 그런 문제 제기가 거칠지만 아이들에게서 나오기 시작했다는 것이니까요. 여기에서 참고할 만한 게 영국의 A레벨이라는 시험인데요, 거기서는 예를 들어 입센의 『인형의 집』을 보여준 다음에 '남편 헬메르와 주인공 노라의 권력관계가 그들의 언어에서 어떻게 드러나는지를 설명하라'는 식으로 문제를 내요. 학교에서도 그런 식으로 가르치고요. 권력관계에서 아래쪽에 있는 노라는 말줄임표가 많고, 계속 헬메르에게 물어보고 확인을 받으려고 해요. 반면에 헬메르는 노라를 끊임없이 '종달새' '다람쥐' 이렇게 부르고요. 그러니까 우리처럼 여성은 어떤 어조고 남성은 어떤 어조라고 가르치는 게 실은 거꾸로 된 거고, '남성' '여성'이라는 말을 쓰지 않고 이 둘의 권력관계가 언어에 어떻게 드러나는지를 설명할 수 있어야 하는 거죠. 이런 식으로 아이들이 정전을 스스로 해석해낼 수 있는 수업이 더 많이 고민되어야 할 것 같아요.

김건형 언어를 주체적으로 분석해낼 수 있어야 한다는 말이 너무 공감이 되네요. 저는 어릴 때 '여류 소설가'라는 말이 아마추어 소설가라는 뜻인 줄 알고 무심코 쓴 적이 있는데, 그때 선생님께서 당황하시면서 그 말의 맥락에 대해 짚어주신 기억이 있어요. 또 노동자와 근로자의 함의의 차이에 대해서도 알려주시고. 그러면서 언어라는 것이 투명한 게 아니라 어떤 식으로든 입장이 담기는 것이라는 걸 어렴풋하게나마 느끼고 충격을 받았던 기억이 나네요. 언어에 대한 그런 메타적인 인식이 요즘 독자들에게도 중요한 이슈 같아요. 그런 면에서 요즘 자주 언급되고 오늘 좌담에서도 중요한 키워드인 '독자성'은 단순히 개별 독자/소비자의 총합을 의미하는 집합명사라기보다는 독자의 독서 행위가 텍스트와 상호작용하는 양상과 역사를 의미하는 것일 텐데요. 일방적으로 주어지는 텍스트를 자신의 정체성에 기반하여 변형하고 간섭하는 특유의 해석 태도이기도 하고 또 그것을 염두에 두고 창작된 서사의 구성력이나 특성이기도 할 것 같습니다.

'청소년문학'이라는 명명과 청소년 독자의 위상

오세란 조금 다른 이야기지만, 저는 제도권 국어교육과 청소년문학의 괴리에 대해서도 생각해봤으면 해요. 한국문학사를 통한 국어교육도 물론 중요하지만 청소년문학은 교과서에 거의 실리지 않잖아요. 제가 매년 수능 문제를 풀어보는데 정확하게 국어국문학과 전공 배분과 일치해요. 고전문학, 현대문학, 시, 소설, 국어학, 비문학, 이렇게요. 영문과 선생님들도 아동청소년 영어교육에서는 『구덩이』(루이스 새커, 김영선 옮김, 창비, 2007) 같은 청소년소설이 많이 읽히지만 대학 전공 교과에서는 영미권 청소년문학을 텍스트로 잘 다루지는 않는다고 해요. 공교육이나 제도권에서 청소년문학을 변방으로 놓고 정전에 대한 수업만 이루어지고 있는 거죠. 그러니까 열심히 문학 수업을 하는 선생님들만 청소년문학에 대한 관심이 높아지는 괴리가 생기고요. 우스갯소리로 제가 작가들에게 수능 지문에 청소년문학이 조금만 들어가도 아주 달라질 거라고 얘기하거든요. (웃음) 물론 정전을 공부하는 것도 필요하지만, 청소년들은 청소년문학의 당대 독자들이기 때문에 이들을 위한 청소년문학을 공교육에서 함께 다루는 것이 중요하다고 생각해요. 사실 1318이라고 해도 연령대가 다양하잖아요. 초등학교 6학년 어린이들과 책을 읽는 것과 고등학생에게 독서 수업을 하는 것은 상당히 다를 텐데요. 고등학교 수업의 경우는 '한 학기 한 권 읽기'도 청소년문학의 페미니즘 작품보다는 성인문학의 페미니즘 작품을 읽거나 페미니즘 비문학을 많이 읽고 있죠. 그런데 청소년문학에서 느낄 수 있는 감수성이라는 것이 있기 때문에, 지금의 현실을 반영한 페미니즘 청소년문학에 대한 관심이 필요하다고 생각합니다.

김건형　청소년 혹은 1318이라는 연령을 과연 묶어서 얘기할 수 있는가에 대해서 얘기해주셨는데요. 청소년문학이라고 하면 흔히 대상 독자의 연령을 기준으로 한 구분이라고 생각하게 되는데, 실제로 청소년들에게 권장되는 독서는 아까 말씀하신 것처럼 제도권 교육에서 강조하는 정전 혹은 명작과 청소년 자신의 문제를 다루는 청소년문학을 포괄하고 있어서 때로는 두 가지가 뭉뚱그려지기도 하는 것 같아요. 또 순전히 즐거움을 위한 독서도 있고요. 그런 차이가 청소년의 문학/독서를 어떻게 명명할지와도 관련이 있을 것 같습니다.

김은하 보통 청소년기에 배워야 할 리터러시를 두 가지 측면에서 이야기하는데, 첫째는 대학에 진학해서 학문을 배울 것을 목표로 하는 학문적disciplinary 리터러시예요. 물리학이라는 학문의 세계에서 하는 글 쓰기는 문학의 글쓰기와 다르잖아요. 시의 글쓰기, 그림의 글쓰기가 각 각 다른 것처럼요. 초등교육에서는 담임선생님이 여러 과목을 다 가르쳤다면 중고등학교에서는 그 학문만을 전공한 선생님이 그 학문의 언어로, 그러니까 대학 학과 언어의 쉬운 버전으로 가르치죠. 그러니까 수학능력 시험을 통해서 대학에서 학문을 읽고 배울 능력, 즉 수학 능력이 있느냐를 보는 거잖아요. 그래서 특히 정전과 같은 어려운 책을 읽어낼 수 있는 능력을 배워나가는 거고요. 둘째는 청소년기가 공교육에서 평생 독자를 만드는 마지막 단계라는 것과 관련이 있어요. 평생 독자의 가장 핵심적인 추동력은 즐거움이거든요. 읽기가 즐거워야 스스로 찾아 읽게 되니까요. 그래서 청소년의 삶과 결합된 책, 청소년들이 관심이 많은 책, 아니면 읽기가 쉬운 책을 많이 권장하는 거죠. 이 두 가지가 모순되는 것이 아니라, 청소년 읽기 교육의 목표가 이 두 가지 모두인 거예요. 오히려 두 번째 영역은 90년대 이후부터 본격적으로 시작된 면이 있어요. 이전까지는 『카라마조프가의 형제들』『난장이가 쏘아올린 작은 공』 같은 명작 중심으로 읽으라고 했다가, 이제는『아몬드』(손원평, 창비, 2017)나『회색 인간』 (김동식, 요다, 2017) 읽어도 괜찮아, 이렇게 말이죠. (웃음) 두 번째 영역과 관련해서 특히 우리나라에서 비어 있는 쪽이 청소년 도서관이에요. 도서 관에 청소년실이 없어요. 웬만한 선진국의 대도시들은 다 가지고 있는

데도요. 학교 도서실은 교육과 연관성을 가질 수밖에 없으니까 예를 들어 메이크업 잘하는 법, 타투하는 법에 대한 책은 두기 어렵죠. 하지만 공공도서관에서는 서가 중심부에 놓을 수 있거든요. 청소년의 다양한 관심사와 갈등을 담아내는 중간 영역의 책들이 있는데, 우리나라는 그 부분이 빠져 있는 셈이죠. 그런 책을 소개하는 곳도 없어요. 청소년 사서도 몇 명 없고, 문헌정보학과에도 청소년 사서를 기르는 코스가 없고요. 제가 북틴넷에서 구현하고 싶었던 것도 바로 그런 중간 영역의 책을 풍성하게 소개하는 것이었어요. 예를 들어 손흥민 자서전 같은 책은 수업시간에 꼭 다룰 필요가 없어요. 그렇게 문학적인 에세이도 아니고요. (웃음) 그런데 축구를 좋아하는 어떤 아이는 그 책을 읽고 너무 좋을 수 있죠. 그렇게 수업을 위한 책도 아니고 쾌락 위주의 책도 아닌 그 중간 영역을 북틴넷에서 많이 소개하고 있어요. 저는 두 번째 영역에 대한 관심이 더 커져야 한다고 생각해요. 동시대의 청소년문학을 소개하는 일은 최근에야 시작되었고 관심 있는 선생님들이 하고 있는 작업이지만, 그 물꼬를 더 많은 교사 모임에서 풀어주었으면 좋겠어요.

김건형　말씀해주신 도서관이라는 공간, 교과과정과 별개로 존재하는 독서의 중요성에 대한 이야기가 와닿네요. 그럼 '물꼬' 이야기가 나온 김에 국어 교사 연구 모임 '물꼬방'에서 활동하시는 김영희 선생님께서 이야기를 좀 해주시면 어떨까요. (웃음)

김영희　네. (웃음) 물꼬방을 모르시는 독자들이 계실 테니 짧게 설명하자면, 물꼬방은 수업시간에 단행본 한 권을 제대로 읽는 방식으로 독서 교육을 하는 교사들의 공부 모임이에요. 이제 만으로 십이 년이 되었습니다. 저희가 물꼬가 되고 싶어서 그런 이름을 지은 건 아니고, 사실은 첫 모임을 한 남양주의 식당 이름이 물꼬방이었는데 밥이 맛있어서 모임 이름을 그렇게 정했어요. (웃음) 제가 2008년에 발령받아서 일을 시작했는데, 그때는 학급문고가 있는 걸 관리자가 싫어했어요. 본인이 통제할 수 없는 책이 꽂혀 있으니까요. 교감선생님이 김대중 전 대통령의 전기가 있는 걸 보고 빼라고 하신 적도 있어요. 정치색이 불편하다며. 교사가 학생에게 읽히고 싶은 책을 읽히려면 많은 고난을 겪었던 시기죠. 지금은 당시에 비하면 엄청난 속도로 변했습니다. 정전에 대해 말씀하셨는데, 사실 지금은 학교에서 그런 책을 권하고 독서감상문을 써 오게 하는 식의 독서 교육은 거의 이뤄지지 않는 것 같아요. 말씀하신 것처럼 즐거움을 위한 독서가 좀 더 강조되는 면이 있고, 또 인문계 고등학교에서 수시 종합 전형이 대입의 주요 방식이 되면서 생활기록부에 기록되는 독서 상황이 중요해졌거든요. 그런데 책의 제목을 입력하는 난이 교과별로 나뉘어 있어요. 수학 관련 책, 사회 관련 책, 영어 관련 책, 이런 식으로 다양한 분야의 책을 읽고 식견을 쌓았는가, 전공과의 연관이 높은가를 보는 거예요. 그래서 전처럼 서울대 추천 고전 같은 책이 아니라 학생이 지원하려는 학과의 공부에 도움이 되는 책, 다양한 분야의 교양을 쌓을 수 있는 책을 읽는 식으로 독서 문화가 바뀌었어요. 교육계 내부에서 보기에는 독서의 경향이 전과 정말 많이 달라진 거죠. 그런 점에서 정책의 영향이 정말 크다고 생각해요. 대입 전형에서 독서가 강조되니까 청소년들의 독서법이 바뀐 거잖아요.

오세란 현장과 제도 간의 시차가 있는 거죠. 그래서 청소년문학이
라든지 영역을 넓히는 독서에 관심을 갖는 선생님이 더욱 중요하고요.
또 이런 교육제도에서는 교사들의 독서 편차가 크기 때문에 소모임을 조
직해서 지속적으로 책을 읽는 선생님 한 분 한 분의 노력이 소중하죠.

김영희 십 년 전에는 수업시간에 학생들에게 단행본을 읽히려면
교사가 정말 마음을 단단히 먹어야 했어요. 관리자도 싫어하고 동료들도
싫어해서. 그런데 지금은 학교에서 독서 교육에 거는 기대가 커졌어요.
대입에서 학생이 다양한 책을 읽고 사고하는 역량을 강조해서 보게 되었
으니까요. 교육의 본질 면에서도 기존의 문제 풀이 수업보다 책을 읽고
대화하고 글을 쓰는 일이 아이들에게 훨씬 도움이 되고요. 요즘은 학교
에서 초빙교사 공고를 낼 때 아예 '독서 교육에 경험 있는 자'라는 조건
을 붙여서 그런 분들을 모셔가기도 해요. 우리는 정책이 실천가들의 발
목을 잡는다는 말을 습관처럼 하는데, 교육정책의 변화가 최근 십 년간
독서 교육이 크게 확산되고 심화되는 데 많은 영향을 미친 건 사실이죠.
국어과 교육과정만 보더라도 학생들에게 가르쳐야 하는 내용이 많이 느
슨해졌어요. 교사의 자율성이 많이 강조되어서, 예상하시는 것처럼 '고
전만 읽어라'가 아니라 '책을 읽고 어떠어떠한 활동을 할 수 있다'라는
식으로 열려 있거든요.

오세란　그런 면에서 또 역설적인 얘기인데, 가령 현재 아동청소년 책 중에서 그림책 장르에 대한 관심이 늘어나는 추세거든요. 물론 그림책의 일러스트나 이미지에 대한 관심이 높아진 면도 크지만 한편으로는 텍스트의 분량이 짧아서 읽는 시간이 적게 들기 때문이기도 해요. 청소년문학은 아동청소년 도서 중에서는 가장 분량이 길어서 꾸준히 한 권씩 읽어가면서 그 동향과 흐름을 파악하기가 쉽지 않거든요. 그러다 보니 소수의 역량 있는 교사가 추천하는 도서를 독서에 반영하는 경향이 적지 않아요. 인터넷 서점 순위를 봐도 청소년문학은 문학상 수상 작품 정도가 신간 순위에 반영되고 대개는 오래된 스테디셀러가 차지하고 있거든요. 비문학 도서도 마찬가지고요. 그런데 평론가 입장에서는 왜 이 작품이 이렇게 오래 순위권에 있을까 의아한 경우도 있어요. 현재 상황에서는 독서 교육에 매진할수록 역설적으로 소수의 스테디셀러에 집중될 수밖에 없는 현상이 좀 안타깝기도 해요.

김은하　새 책을 발견하기 위해선 교사들이 읽기 시간을 확보할 수 있어야 해요. 청소년문학을 가지고 수업을 준비하려면 적지 않은 시간을 들여야 하는데, 읽고 토론하는 모임은 증거로 남는 게 없어요. 예산을 집행하는 쪽에서 요구하는 건 당장 수업에서 쓸 수 있는 교안, 아이들이 수업시간에 만들어낸 결과물, 그리고 이제까지 한 번도 해보지 않은 어떤 것이죠. 그래서 저는 교육청에 정책적으로 제안하고 싶은 것이, 학생들에게 읽기 자체를 위한 시간을 주는 것처럼 교사들에게도 아예 연수에 읽기 자체를 위한 시간을 배정했으면 좋겠어요. 아무런 결과물이 없더라도 그냥 읽고 토론하는 것 자체를 말이죠. 그걸 중심으로 교사를 지원하는 게 중요하겠다는 생각을 많이 해요.

오세란 교육청 연수를 하면 중고등학교 선생님들이 강사인 저에게 가장 크게 바라는 게 책 소개, 책 추천이에요. 김은하 선생님이 말씀하신 것처럼 연수에서 교사들끼리 책 한 권을 읽고 생각을 나누는 넉넉한 시간이 필요합니다. 교사들의 독서 시간이 확보되지 않기 때문에 청소년문학에서 나타나는 현상이 기획 앤솔러지가 많아지는 거거든요. 동일한 주제로 묶었고 또 단편이기 때문에 한자리에서 금방 읽고 이야기를 나누기가 좋지요. 그런데 단편과 장편은 전개 방식이 분명히 다르기 때문에 자칫하면 단편의 경우는 주제 중심으로만 토론이 될 수 있어요. 또 어떤 주제든지 주제에만 집중해서 토론했을 때 발언의 의도와 상관없이 그 자리에 있을 소수자 당사자가 상처받는 자리가 되지는 않을까 염려되기도 합니다.

김건형 추천 목록이나 입시제도에 관해서는 순문학 비평장에서는 그간 염두에 두지 않았던 점이라 무척 흥미롭네요. 방금 말씀해주신 것처럼 청소년문학 교육장에서 어떤 주제를 집중해서 다루는 경향이 있다면 혹시 그게 어떤 서사적인 패턴과 관련 있는 것은 아닐까 하는 생각도 해보았는데요. 제도권 교육의 방향과도 관련이 있을지 모르겠는데, 저는 문학 교육의 초점이 자기의 이해, 자기 언어의 형성을 통해 사회적 규범과의 균열과 연결을 발견하는 데 있지 않고 공동체에 대한 동일시 혹은 계급적, 사회적 타자에 대한 연민과 이해에 맞춰져 있는 것은 아닌가 하는 생각을 하거든요. 이러한 문학 교육은 잠정적으로 '온건한 경청자'를 상정하는 것일 텐데, 이것이 결국 차이를 봉합함으로써 타자를 동화시키는 방식, 혹은 차이로 인한 '고통'을 먼저 '납득'시켜달라는 요구가 당연시되는 사회적 통념이 재생산되는 것과도 연관이 있지 않을까 생각해보았습니다.

오세란　청소년소설은 독자를 중심에 둔 정체성을 가지고 있기 때문에, 근대 사회 형성기에는 단일한 정체성, 성장, 사회화와 같은 가치가 중요했다면 현재는 자신의 다양한 내면을 깨닫는 것도 청소년문학의 중요한 테마 중의 하나예요. 청소년문학은 사실 청소년의 현재진행형 문학이면서 분명한 본격문학이거든요. 그런데 청소년문학을 미성년의 문학으로 보기 때문에 여러 문제가 발생하는 것 같습니다. 사실 '온전한 경청자 되기'를 부인하지는 못하는 게, 소설의 모양은 당대 작가나 사람들의 생각과 깊은 관련이 있고 근대 사회에서 청소년은 미성년이자 주변인이기 때문에 어른들이 원하는 서사가 수용될 수밖에 없어요. 그래서 모순적이지만 성장 완료와 현재진행 두 가지를 다 가지고 있다고 볼 수 있죠. 하지만 저는 현재진행형인 청소년 당사자들의 모습에 더 초점을 맞추어야 한다고 봅니다. 성장이 패턴화되는 경향이나 온건한 경청자로의 유도가 일종의 장르 공식처럼 되어버리는 모양새는 지양해야 한다고 생각해요. '청소년소설다움을 넘어서자' '유사 청소년 되기의 서사를 지양하자'는 말을 제가 많이 하는데요, 사실 그게 지금 청소년문학이 가진 딜레

마인 거죠. 그래서 어쩌면 일반문학에서 볼 때는 어떤 고정적인 패턴이 있다고 보일 수도 있을 것 같네요.

김건형 제가 잘 모르면서 괜한 질문을 드렸나 봐요.

오세란 그렇지 않고 굉장히 중요한 문제를 말씀해주셨고요. (웃음) 청소년소설이 결국 온건한 시민을 만드는 결말을 짓고 있지 않느냐는 질문을 종종 받을 때가 있기 때문에 저도 이 문제에 대한 고민이 큰데요. 동화에서 출발한 청소년문학은 안전한 결말을 향한다는 암묵적 합의가 있지만, 예를 들어 박지리 작가의 『맨홀』(사계절, 2012)은 거기에서 제외되는 작품이에요. 사회에 진입하지 못하고 사회화를 거부하는 청소년의 모습을 그렸기 때문에 청소년소설의 일반적인 패턴을 따르고 있지 않고 굉장히 어둡다는 평가를 많이 받았거든요. 그 작품으로 북 콘서트를 한 적이 있는데, 한 청소년 독자가 와서 자기의 '최애작'이라고 하더라고요. 청소년문학이 이런 다양한 모습을 가지고 있기 때문에, 온건한 시민에 대한 통념에 대해서도 함께 고민할 필요가 있어요. 그리고 소설집 『다행히 졸업』(장강명 외, 창비, 2016)에 실린 이서영 작가의 「3학년 2반」이라는 작품은 2001년을 시간적 배경으로 한 레즈비언 서사예요. 그들이 어렸기 때문에 퀴어에 대한 고민이 일탈로 드러날 수밖에 없었고 그로 인한 상처가 깊어지면서 성인이 되었을 때까지도 상처를 안고 살아가는 내용인데요, 이것도 안전하고 행복한 결말과는 조금 거리가 있죠. 찾아보면 이런 작품이 드물지 않은데 성인들이 청소년에게 원하는 서사만 채택하고 재생산하는 측면도 있는 듯해요. 또 『영원의 밤』(이소민, 엘릭시르, 2020)이라는 장르소설이 있는데, 청소년소설은 아니지만 예술고등학교에서 벌어지는 성폭력을 다룬 이야기예요. 남자 교사 한 사람이 여학생들을 대상으로 성폭력을 저지르는데, 이걸 만약 리얼리즘 소설로 썼다면 결말이 어떻게 되었을지 모르겠지만, 이 작품은 장르물이어서 마지막에 학생들이 연대해서 이 교사를 화끈하게 제거해버리는 후련한 결말을 보여주거든요. 생각보다 훨씬 다양한 장르와 결말이 있으니 청소년 독자들이 자신의 취향에 맞게 선택해서 읽으면 좋지 않을까 싶어요.

김은하　김건형 선생님 말씀은 저도 생각해보지 못했던 지적인데, 우리 독서/문학 교육의 방향이 지닌 문제를 '온건한 경청자'가 목적화되었다는 것으로 언어화하는 점이 무척 인상 깊었어요. 왜 그럴까 생각해보면, 외국과 비교해서 우리 교육과정에서 완전히 배제된 영역이 소설 쓰기거든요. 그 점도 저는 짚어보고 싶어요. 우리는 소설이나 에세이를 읽고 이해를 얼마나 잘했나, 어떻게 느꼈나만 중요하게 다루지 이야기 만들기에 대한 본격적인 수업은 없잖아요. 그런데 외국에서는 한 달이나 두 달씩 이야기 만드는 활동을 시키거든요. 이야기를 만든다는 건 인물과 세계를 구축하는 것이어서 청소년 자신의 경험이 많이 들어갈 수밖에 없어요. 소설가들의 첫 작품이 대개 자신의 이야기를 발화하는 게 많듯이요. 하지만 자신이 오롯이 드러나는 에세이와 다르게 소설은 자기와의 안전한 거리가 있죠. 이야기 쓰기가 우리 문학 교육에 부재하니, 주로 타자를 다룬 작가의 이야기를 경청해서 거기에서 무엇을 배웠는지만 묻게 되기 쉬운 거라고 생각해요.

청소년의 자기 발화를 위한 문학/독서

김건형 김은하 선생님이 말씀하신 것처럼 자신의 경험을 스스로 서사화하는 경험이 무척 중요한 것 같아요. 타자를 이해하려는 '경청의 서사'와 구분해서 볼 수 있는 것이 자신의 정체성을 스스로 '발화하는 서사'일 텐데요, 어른들에 의해서 타자에 대한 이해와 화해에 이르는 것이 아니라 본인이 스스로 여성/퀴어이자 시민임을 발견해가는 서사에서 다른 방식의 주체성이 작동할 수 있지 않을까요. 또 오늘 말씀 들으면서 궁금했던 게, 띵동과 위티, 아수나로에 대한 이야기도 나왔었는데, 구체적으로 독서와 연관지어 청소년의 자기 발화를 어떻게 의미화할 수 있을지에 대해서도 의견들을 들어보고 싶습니다.

오세란 저는 청소년 활동가들에 대해서는 조용히 관심만 가지고 지켜보는 정도예요. 이 자리를 빌려 청소년 활동가들의 활동에 지지와 경의를 표하고요. 최근 청소년 인권 모임 아수나로에서 학교폭력과 교사와의 관계를 그린 모 웹툰에 문제제기를 했었죠. 또 청소년 페미니스트 모임 위티에서는 재작년에 하이틴로맨스에 관해 토론하는 모임도 열었고요. 청소년 성소수자 위기 지원 센터 '띵동'의 경우는 작년에 포괄적 차별금지법 제정 촉구 기자회견에 참여해서 직접 목소리를 냈는데요, 반가운 마음이 드는 것과 동시에 토론 과정에서 당사자들이 받게 될 상처를 이야기하는 대목에서 복잡한 마음도 들었습니다. 이들이 사회에 관해 당사자의 목소리를 내는 여러 활동이 아카이빙되는 과정에서 분명 유의미한 결과가 생산될 거라고 생각해요. 퀴어 담론과 관련해서 저는 우선 공교육에서도 퀴어 서사를 같이 읽고 계시는지 궁금하네요.[1]

김영희 솔직히 수업에서는 좀 무서워요. 동아리 학생들이랑 읽는 건 아무렇지도 않지만, 정규수업 수행평가에서 학생들에게 권하는 열 권 중에 한 권이 성소수자에 대한 내용이라면 학교가 뒤집어질 우려가 있어서… (웃음) 그런데 이 년 전만 해도 수행평가 제재로 페미니즘 소설을 넣으면서 혹시 학교로 전화가 오진 않을까 벌벌 떨었던 게 생생하게 기억나는데 지금은 정말 아무렇지도 않거든요. 지금부터 이 년이 지나면 제가 퀴어 서사를 권하는 일에 대해 이런 부담을 갖고 있었던 것이 무색해질 정도로 달라졌으면 좋겠어요. 그렇지만 아직은 수업에서 다루기 두려운 게 사실입니다. 그런데 아이들과 이야기해보니 페미니즘과 더불어 퀴어 서사가 많아지고 있다는 걸 이미 인식하고 있더라고요. 이 친구들이 영향을 받는 텍스트나 미디어가 교사가 제시하는 것 말고도 아주 많은데 제가 너무 좁게만 생각했구나 싶었어요. 그러니까 아이들은 이미 퀴어와 관련된 서사를 많은 곳에서 접하고 있으니, 앞으로 저희의 고민은 아이들이 생각의 방향을 어떻게 잡도록 지도할 것인가에 맞춰져야 할 것 같아요.

---

1 「청소년 성소수자에겐 차별금지법이 필요하다: 포괄적 차별금지법 제정 촉구 기자회견」, 띵동(https://www.ddingdong.kr/) 활동게시판 참조.

오세란 맞아요. 『문학동네』 지난 호에 '정년이' 작가 대담이 실린 걸 보고 무척 반가웠는데, 청소년들이 이미 이런 텍스트를 많이 접하고 있거든요. 또 뮤지컬이나 웹툰 등에서도 퀴어 서사가 계속 나오고 있고요.

김영희 네. 그런데 '정년이'까지는 수업시간에 다룰 수 있지만 그 이상은 좀 어려워요. 저희가 페미니즘과 여성 연대를 이야기하다 보면 자연스럽게 퀴어 이야기로 넘어간다고 인식하고는 있는데, 동성 간의 연대까지는 안내가 가능하지만 연애의 뉘앙스가 나오는 장면까지 나아가면 학교 수업에서 다루기가 부담스럽죠.

김은하 사실은 그게 어느 정도 정당성이 있는 것이, 수업에서 작품을 다룰 때는 수많은 작품 중에서 왜 이 작품을 골라야 하는지, 모든 아이들에게 읽혀야 하는 작품인지에 대한 고민을 할 수밖에 없어요. 그래서 요즘은 선생님들이 한 권이 아니라 서너 권씩 가지고 들어가시기도 하고, 그러면서 비정규직, 난민, 장애 등등 여러 문제 가운데 어떤 것을 포함할 것인가를 고민하게 되죠. 그래서 퀴어 문제에 대해서는 아직까지 아이들이 반드시 알아야 할 사회적인 이슈라고 하기에는 조금 이르다고 생각하시는 선생님들이 많은 것 같고, 저는 그런 식의 고려는 교사 입장에서는 충분히 가능하다고 봐요. 반면에 말씀하신 대로 정규수업 외의 공간, 예를 들어 학교 안팎의 독서 동아리나 학교 도서관의 큐레이션, 교사나 사서의 개별화된 도서 추천, 학급문고는 사정이 다르죠. '모든' 아이들이 읽어야 하는 것이 아니라 관심 있는 '어떤' 아이들이 읽을 수 있게 하는 영역이니까요. 당분간 퀴어를 다룬 책은 그런 훨씬 자유로운 영역에서 아이들이 읽고 얘기할 수 있을 것 같아요.

오세란 말씀을 듣다 보니 저는 평론가 입장에서 그동안 문학적 완결성만 집중해서 개별 작품 중심으로 비평했던 퀴어 청소년문학이 너무 소중하게 느껴지네요. 작가들이 묵묵히 쓰시는 건 알고 있었지만 작품을 평가하는 건 별개의 문제이기 때문에 항상 적이 될 수밖에 없는 처지였는데, (웃음) 쓴다는 자체에 대해서는 또 다른 가치평가가 이루어져야겠다는 생각이 듭니다. 공교육 독서 현장에서 배제될 수밖에 없는 현실이 안타깝네요.

김은하 북틴넷에서 '담임샘의 사랑법'이라고, 반 아이들이 북틴넷에 소개된 책들을 둘러보고 읽고 싶은 책을 고르면 담임선생님의 편지와 함께 그 책을 보내주는 캠페인을 했었어요. 제가 놀랐던 게, 방문 페이지 데이터를 살펴보니 아이들이 퀴어 큐레이션을 꽤 많이 클릭했더라고요. 추리, 공포, 로맨스 소설이나 재미, 유머, 이별, 세월호 같은 큐레이션들과 함께요. 개학이 미뤄져서 각자 집에서 접속했기 때문에 교사나 친구들의 시선에서 자유롭게 책들을 살펴봤을 거예요. 최종적으로 퀴어 주제의 책을 신청한 아이들은 적었지만, 조회 수는 굉장히 높았던 데서 퀴어 문학에 대한 청소년들의 관심이 상당하다는 걸 알 수 있었어요. 그리고 아이들의 피드백 중에서 가장 기뻤던 게, '들어가서 책 제목을 보니 어렵지 않게 무지개 마크를 찾아낼 수 있었다. 내가 봐온 그 어떤 도서 사이트에서도 성소수자에 관한 책 목록을 이처럼 자세히 다룬 적은 없었다. 신선한 충격을 받았다. 그래, 이게 당연한 것이다. 이 당연한 것을 내가 그동안 제대로 본 적이 없다. 다른 것을 틀리다고 인식하면 안 된다. 우리는 청소년기부터 제대로 배우고 알아야 한다. 그래서 좋았다', 이런 댓글도 있었고요. 미국도서관협회의 청소년 분과에는 아예 LGBTQ에 관한 지침이 있어요. 청소년을 위한 LGBTQ 도서목록도 잘 정리되어 있고요. 청소년 코너에 가 봐도 아예 별도의 섹션으로 구성되어 있어요. 그렇게 가시화될 필요가 있고, 꼭 따로 묶지 않더라도 사서나 교사들이 이런 주제의 도서들을 알고 있으면 여러 가지 방식으로 전달할 수가 있겠죠.

오세란 무척 중요한 접근인데요. 성소수자 청소년이나 퀴어에 대한 고민을 갖고 있는 청소년들은 그런 서사를 적극적으로 찾고 있지 않을까요. 자신을 위한 작품이 있다는 것에서 이 사회에 소속감을 가질 수 있으니까요. 한편으로는 가시화의 방식이 일방적이거나 대상화가 되지 않도록 주의해야 할 것 같고요. 그리고 이미 퀴어 담론을 무시할 수 없는 상황인 것이, 청소년들이 시선을 조금만 돌려도 다양한 매체에서 다루어지고 있으니 청소년문학에서도 자연스럽게 찾을 거라고 생각해요. 예를 들어 이번에 나온 『오, 사랑』(조우리, 사계절, 2020)도 퀴어 서사잖아요. 그동안 청소년 퀴어 소설은 주로 고난 서사, 인정투쟁 서사여서 대체로 진지하고 어두웠어요. 가령 가족 안에서 부모나 형제의 인정을 받는

140

것이 결말이 되는 경우가 많았는데, 사실 가장 설득하기 힘든 사람이 부모잖아요. 그리고 부모의 인정이 주체화에 필수적인 것도 아니고요. 그런 인정 투쟁의 반복이 청소년 퀴어 서사의 공식이 되는 경향이 있었는데, 『오, 사랑』에서 분위기가 밝아지고 가족 갈등이 줄어든 것은 좋은 방향이라고 봅니다. 중간에 학교에서 괴롭힘을 당하는 대목도 있는데 어떤 독자가 그 대목은 본인 생각이 나서 읽기가 힘들었다고 하더라고요. 그렇지만 이 작품은 이런 부분은 비교적 짧게 처리하고 인물들이 씩씩하게 갈등을 헤쳐나가죠. 청소년 퀴어 서사에 대한 문학적 평가도 이루어져야 하는데 저처럼 청소년문학 평론 하는 소수의 목소리만으로는 어렵고 일반문학 하시는 분들도 많이 관심을 가져주셨으면 좋겠어요.

김건형　저는 박서련 작가의 「당신 엄마가 당신보다 잘하는 게임」(『자음과모음』 2020년 가을호)이나 조남주 작가의 「여자아이는 자라서」(『릿터』 2018년 8/9월호)처럼 청소년 또래 집단의 여성 혐오적 경험을 성장 과정으로 내버려두지 않고 적극적으로 맞서고 다시 의미화하는 서사가 순문학에서 자주 보이는데, 한편으로는 청소년들의 젠더적 주체화 과정을 지켜보는 성인 화자가 도리어 청소년으로부터 무언가를 배운다는 패턴도 있는 것 같아요. 지금 청소년의 경험에 거리감을 느끼는 동시에 모종의 기대나 투사를 하는 것이기도 한 것 같고요.

오세란　저는 말씀하신 두 작품 무척 흥미롭게 읽었어요. 청소년소설에서 김려령 작가의 『우아한 거짓말』(창비, 2009)을 대표로 해서 십 년

넘게 많이 쓰이고 있는 테마가 여성 청소년들 간의 관계의 갈등이거든요. 이런 갈등을 부정하는 것은 아니지만 저는 페미니즘의 측면에서 봤을 때 이런 서사의 반복 재생산이 바람직하지 않은 면도 있다고 생각해요. 여성들은 또래 갈등을 통해 성장하거나 또래 갈등이 빚어질 수밖에 없다는 고정관념이 존재하는데, 물론 그게 현실을 반영한 것일 수도 있지만 반대로 여성 간의 연대도 분명히 있거든요. 조남주 작가의 『귤의 맛』(문학동네, 2020)도 관계의 갈등을 다루고 있지만 결말에서 여성 청소년 인물들이 어른들이 원하는 방향으로 가지 않고 같은 고등학교에 진학하는 반전이 나오죠. 그 부분이 인상적이었는데 「여자아이는 자라서」에서도 연대가 형성되잖아요. 물론 구체적인 사건과 관련된 윤리성의 문제는 또 다른 흥미로운 지점이지만, 여성 청소년들끼리의 연대가 만들어지고 거기에 공모자로서 엄마가 개입하는 결말을 취하지요. 말씀하신 대로 여러 작품에서 현재 청소년의 경험을 성인이 관찰하며 투사하는 구도를 취하는 점은 의미 있는 포착인 듯합니다.

김영희 저도 비슷한 생각을 했어요. 십 년쯤 전에 여성 청소년이 맺는 교우관계를 다루는 책들이 유행처럼 꽤 나왔잖아요. 당시엔 그 책들을 정말 고맙다고 생각하면서 읽었는데, 지금 생각해보면 자칫 여자아이들이 맺는 관계의 양상이 모두 그런 것처럼 인식하게 만들 수 있겠더라고요. '쟤들은 맨날 싸워' 하는 식으로, 여성들의 관계에 대한 '여적여' 같은 정형화된 상을 강화하는 방식으로 읽힐 수 있는 거죠. 그런데 『귤의 맛』을 보고는 무척 신선했거든요. 여성 청소년들의 연대의 상을 보여줄 수 있는 소설이라고 생각했어요. 아이들에게 연대의 상을 제시하는 제재가 아주 중요한 것이, 지금 여성 중고생들 사이에서 탈코르셋이 무척 핫하거든요. 그런데 탈코르셋을 접하는 건 큰 쾌감이지만 동시에 죄책감이 따라요. 완전히 실천으로 옮기지 못하니까 '이런 내가 페미니즘에 관심이 있다고 할 수 있나?'라는 자괴감을 갖는 거죠. 그런데 『붕대 감기』(윤이형, 작가정신, 2020)를 읽으면서 탈코르셋을 실천하는 여성, 미용업을 하는 여성, 그런 다양한 사람들이 연대를 하는 모습을 보고는 아이들이 마음이 많이 자유로워졌다는 말을 했어요. 아직 마음의 준비가 안 되었거나 여건이 안 되어서 탈코르셋을 실천하지 못하더라도 죄책감을 가질 일이 아니다, 연대하는 게 중요한 거다, 하고 생각하게 된 게 엄청나게 큰치유였다는 반응이 무척 인상적이었어요. 그 연대가 단순하거나 거창한것이 아니라 아주 섬세한 방식으로 그려지고 있잖아요. 페미니즘 소설을쓰는 작가들이 정말 고심을 많이 하시는구나, 하고 자주 생각해요. 그 고심이 분명히 독자들에게 작용하고 있다는 말씀을 드리고 싶어요. 퀴어문학에 대해서 덧붙여서 말씀드리자면, 처음 페미니즘 소설 교육을 할때는 여자 교사가 말하면 공격을 받으니까 남자 교사가 하자는 움직임도있었거든요. 남학생들이 거부반응을 보이니까 같은 남자가 말하면 좀 낫지 않을까 한 건데 지금 생각하면 웃기죠. 지금은 '여성의 문제를 왜 남성이 대신 말해야 하지?'라는 인식이 자연스러워졌잖아요. 퀴어 문학에대해 저희가 갖고 있는 두려움 중의 하나도 이것과 조금 비슷한데, 교사스스로 잘 모르는 소수자를 대변하는 과정에서 잘못된 정보나 개념이 전달될 위험성에 대한 고민도 있어요.

오세란 그런데 반드시 퀴어라는 당사자성을 짚지 않더라도 다양한 은유적 해석이나 확장이 가능한 작품들을 읽어보는 것도 전략이 될 수 있다고 생각해요. 예를 들어 판타지나 평행우주를 다룬 작품은 지금의 삶이 아닌 대안의 삶을 이야기하는 것이기 때문에 그런 은유나 상징을 통해 다른 자아로의 경험을 상상할 수 있고, 그것과 퀴어를 연결시킬 수도 있을 테고요. 포스트휴먼을 이야기하는 SF 장르로도 가능할 것 같고요. 결국 다양한 인물을 그린 문학을 통해서 정상성에 대한 의심과 열린 시선을 찾을 수도 있지 않을까요.

김은하 저도 그런 전략과 비슷한 얘기를 선생님들에게 들은 적이 있어요. 페미니즘 소설 읽기라고 드러내놓는 것이 아이들에게 커다란 용기를 줄 수 있지만, 경우에 따라서는 아이들에게 선생님이 원하는 대답을 요구하는 것이 될 수도 있다는 거예요. '나는 공산당이 싫어요!' 하고 얘기해야 될 것 같은. (웃음) 특히나 모범생이고 싶은, 선생님의 사랑을 받고 싶은 아이들에게요. 그래서 그보다는 이 사회의 여러 가지 양상을 보여주는 책들 가운데 성소수자에 대한 문제의식을 지닌 책을 함께 읽히는 것이 좋은 전략일 수도 있다고 하시더라고요.

해석하는 즐거움과 변화하는 서사들

김건형 마침 제가 궁금했던 점과 연결되는 것 같은데, 근래 들어 순문학장에서도 SF나 판타지 같은 장르문학에 대한 관심이 높아지고 있거든요. 청소년문학장의 상황은 어떤지 궁금합니다.

오세란　SF만 해도 너무나 다양한 갈래가 있어서 하나하나 짚기 어렵지만, 현재 청소년문학 역시 장르소설적 경향이 두드러지고 또 SF나 판타지는 웹소설과 밀접히 연결되고 있어요. 그런데 저는 좋은 장르 서사는 아무리 즐거움 자체를 위한 독서라고 해도 분명히 텍스트 밑바탕에 당대 사회를 짚어내는 예리함이 존재한다고 생각하거든요. 예를 들어 최근에 카카오페이지와 창비에서 론칭한 영어덜트 장르문학상의 대상 수상작인 『스노볼』(박소영, 창비, 2020)이라는 작품이 있는데, 스노볼이라는 공간에서 인기 스타인 젊은 여성이 실종되자 비슷하게 생긴 사람을 찾아서 이 여성인 것처럼 꾸미는데 알고 보니 이 과정에 엄청난 비밀과 음모가 숨겨져 있죠. (웃음) 제가 지금 대강의 이야기만 얘기했지만 이 작품은 여성 아이돌 캐릭터를 전유한 여성 연대의 서사로 읽을 수 있거든요. 이런 여러 겹의 해석을 포착해서 읽는 독자도 있을 것이고 그냥 즐겁게 읽는 독자도 있겠지만, 저는 이런 작품들이 웹소설을 선호하는 청소년 독자와 접합 지점을 가질 수 있다고 생각해요. 최근 웹툰 원작의 넷플릭스 드라마 〈스위트 홈〉에도 청소년 인물의 성장 서사가 나오는데 현대 사회에서의 성장을 괴물화와 연결해서 '나는 어떤 괴물이 될 것인가'를 고민하게 만들거든요. 매우 고전적이면서 현대적인 상징이죠.

김건형　말씀을 들으니 영화를 보고 나서 다른 각도의 해석이 궁금해 유튜브 같은 곳에서 리뷰를 찾아보게 되는 경우가 생각나네요. 문학에도 그런 식으로 다양한 리뷰를 비교해볼 수 있는 기회가 많아지면 좋겠다는 생각도 들고요.

김은하　웹소설은 리뷰의 기회가 많고 다양한 해석이 공유되죠. 아이들이 스스로 해석자의 위치가 될 수 있다는 것 때문에 읽기의 선순환이 이루어지거든요. 그것도 실시간으로 언제든, 수업을 하거나 동아리 활동을 할 때처럼 모이지 않고도요. 학교 수행평가에서는 모르는 걸 물어만 보면 점수를 못 받지만 웹소설 댓글로는 그래도 돼요. 모르는 건 영 모르겠다고 해도 되고요. 채점되는 게 아니니까 하고 싶은 말을 마음대로 할 수 있고, 또 익명이니 검열 없이 내 해석을 자유롭게 이야기할 수 있죠. 내 질문과 내 해석에 계속 댓글이 달리는 경험을 무척 재미있어하는 거예요. 쓰기 교육이 온라인 수업에서 더 잘된다고 말하는 교사들이 있어요. 코로나 이전의 수업이 말하고 쓰기였다면 코로나 이후에는 쓰고 쓰기가 되었어요. 구어로 먼저 쓰고 문어로 고쳐 쓰고. 기존의 수업에서는 아이들이 작품을 읽고 나서 손글씨 쓰기를 굉장히 귀찮아하고 힘들어했어요. 반면 온라인 댓글과 같은 쓰기는 훨씬 익숙하고 편하게 느끼죠. 구어체가 기본이고 고쳐 쓸 수도 있으니까요. 내 글에 친구가 댓글도 달아주고요. 수업에서의 쓰기가 자기가 평소에 즐기던 쓰기와 유사한 상황이 된 거예요. 물론 자기가 원해서 읽은 작품은 아니지만. (웃음) 또 제가 웹소설을 읽는 친구들에게 들은 얘기 중에 재미있었던 것이, 특히 BL을 읽는 친구들에게 어떤 점이 다르냐고 했더니, 첫째는 다른 데서는 보기 힘든 우정 같은 사랑이 그려진대요. 아직 미성년자여서 이 아이들이 읽는 건 다 순애보물인데, TV 드라마 같은 데에서 그려지는 이성애는 남자와 여자가 사귀게 되면 언제나 질투가 나오고, 질투를 유발하는 액션이 나오고, 다른 이성과의 관계를 의심하는 이야기로 흐른다는 거죠. 사랑을 시작하면 남자사람 친구, 여자사람 친구와의 관계를 다 끊게 되고요. 반면에 BL에서는 사랑을 우정처럼 시작하고, 기존의 친구와의 관계를 인정하는 방식이라 좋대요. 또 하나는, 이성애물을 읽을 때는 여주인공의 여성성을 계속 의식하게 되어서 밤길을 걷는 장면만 나와도 걱정이 되는데, (웃음) BL물에는 그런 게 없다는 거예요. 그러니까 페미니스트의 소망이 담긴 일종의 판타지일 수도 있다는 생각이 들어요. 밤길을 걱정하지 않으며 사랑하고 싶다, 데이트 폭력이나 임신을 걱정하지 않으면서 사랑하고 싶다, 동등한 존재로 사랑하고 싶다.

오세란 중요한 말씀 같아요. BL은 아니지만 작년에 나온 『독고솜에게 반하면』(허진희, 문학동네, 2020)도 사실 퀴어 서사거든요. 서율무도 여학생이고 독고솜도 여학생인데 표지의 일러스트부터 서율무가 독고솜을 쳐다보고 있잖아요. '반하면'이라는 단어도 깊은 호감을 내포하고, 서사에서도 둘이 좋아하는 사이로 나오고요. 그런데 만약 이성애물이었다면 이야기가 살짝 복잡해졌을 거예요. 남학생이 여학생과 데이트하는 장면에서 연출되는 기존의 장면이 이제 불편하게 받아들여지니까요. 그런데 문학에서 사랑은 귀한 테마잖아요. 그러니 이성애의 사랑에서 성인지 감수성 등 여러 면을 고려한 재조정, 재부팅이 필요한 시기인 것 같아요.

김영희 아이들과 대담 준비를 하다가 팬픽 이야기를 했는데, 제 세대에도 팬픽이 유행했지만 그때는 '내가 좋아하는 남자 연예인이 다른 여자와 연애하는 걸 보고 싶지 않아. 그러니까 멤버들끼리 연애를 시키겠어'라는 열망이 동력이었거든요. (웃음) 그런데 요즘은 그냥 잘생긴 남자애들 둘이 나와서 관계를 만들어나가는 게 흐뭇하다는 거예요. 아이들이 무척 세련되어졌구나 싶어서 좋았어요. 그리고 여성들이 퀴어물에 대한 반감이 크지 않은 게 팬픽으로 BL물을 자주 접했기 때문이지 않을까 하는 얘기도 하더라고요. 그것도 흥미로웠고요. 그런데 저희로서는 지금 이야기하는 팬픽이나 웹소설, 웹툰이나 게임 서사 같은 것을 독서 교육 영역에서 어떻게 다룰 것인가가 무척 고민이에요. 사실은 혼란기예요. 미디어 리터러시 차원에서 다룰 수도 있지만, 그것도 일단 구획을 짓고 비판적으로 읽어야 한다고 단정하는 거니까 폭력적인 면이 있다고 보거든요. 아까 이야기 나눈 것처럼 고전, 정전의 범위 자체도 엎치락뒤치락할 수밖에 없는데 말이에요. 그래서 저희는 지금은 배타적, 비판적으로 영역을 나누기보다는 이렇게 재미있는 게 많은데도 독서의 대상에 굳이 문학을 포함해야 하는 이유, 문학을 읽는 것의 가치를 가르치는 방향이 되어야 한다고 생각하고 있어요. 아까 아이들이 웹소설에 열광하는 이유 중 하나가 댓글을 달고 소통하기 때문이라고 하셨잖아요. 그것과도 관련이 있을 것 같은데, 저는 십 년 전과 비교해서 지금 아이들이 훨씬 더 똑똑해졌다고 생각하거든요. 자신을 표현하고 싶은 욕구를 넘어서 똑똑해지고 싶다, 말을 논리적으로 해서 누군가를 설득하고 싶다, 글을 멋있게 쓰고 싶다, 지성인이 되고 싶다는 열망이 있어요. 그저 성적을 잘 받고 싶다는 차원이 아니라요. 퀴어물에 대해서도 '평범한 사람인데 그냥 동성을 좋아하는 것뿐이잖아요?' 하고 반응하면서 그걸 인정하는 자신을 확인하는 게 좋다는 식의 이야기를 하더라고요. 이런 만족감이랄까 욕구를 저희가 독서 교육의 장에서 많이 활용해야겠다는 생각을 합니다.

오세란　무척 중요한 이야기네요. 저는 웹툰의 경우 주제에 따라 댓글이 일방적으로 편향되는 측면이 보여서 그 과정을 좀 더 살펴야겠다는 마음이 있습니다만, 어쨌든 독서 수용자가 적극적으로 텍스트를 해석하고 자기 생각을 표현하고 공유하는 것은 주목할 지점 같아요.

김건형　그동안 자기가 고양되는 것을 즐긴다는 건 교양소설 같은 정전에 나오는 지식인 인물들의 몫이고 독자들은 수동적으로 그것을 읽는 위치였는데, 지금의 청소년 독자 역시도 자기 교양에 대해서 효능감을 느낀다는 거잖아요? 무척 재미있는 현상인 것 같네요. 웹소설의 문법에 대한 이야기도 나왔는데, 한편으로는 유튜브 브이로그 같은 데서 보이는, 표면적으로는 아무런 서사가 없는 것처럼 보이는 서사 전략들도 최근 소설에 조금씩 등장하고 있는 것 같아요. 혹시 청소년문학 쪽에서도 그런 경향이 있는지 궁금한데요.

오세란　큰 서사가 조금 무너지고 있다고 할까, 그런 경향을 가진 작품들도 있지요. 예를 들면 최상희 작가의 장편이나 송미경 작가의 단편

중에서 큰 사건이 아니라 스몰토크나 묘사 위주로 진행되는 작품이 있어요. 큰 사건을 던져놓고 그걸 해결하는 방식이 아니라, 수다 속의 은유와 일상의 장면들이 모여서 다 읽고 났을 때 의미를 생성해내는 거죠. 가령 송미경의 『나는 새를 봅니까?』(문학동네, 2020)에 수록된 단편 「신발이 없다」에는 인터넷으로 신발을 구입하려는 주인공이 나오는데 주인공이 신발을 사기 위해 인터넷 판매자와 나누는 대화를 반복적으로 들으면서 독자는 결국 주인공이 신발을 신고 밖으로 나가는 행위를 의도적으로 미루고 있다는 사실을 전달받게 되죠. 그런데 독자들이 이걸 어느 시점에 어떻게 알아낼까 살짝 고민도 돼요. 리얼리즘 서사보다 모더니즘 서사를 읽어내기 어렵듯이요. 그렇다면 문학 교육에서 어차피 모더니즘 서사를 가르쳐야 하니 청소년문학의 모더니즘 서사를 같이 읽어보는 것도 좋겠다는 생각도 들어요. 참고로 아까 말씀드린 박지리 작가의 작품 중에 모더니즘 작품들이 좀 있습니다.

김은하 작품 자체의 서사가 인터넷에서 영향을 받은 면도 있지만, 저는 아이들과 워크숍을 하면서 아이들이 댓글을 달듯이 얘기한다고 느낄 때가 있어요. 보통 우리가 얘기할 때는 한 사람이 얘기하는 걸 듣고 다른 사람이 얘기하는 식인데, 아이들은 동시에 와글와글하잖아요. (웃음) 그래서 주의를 주려다가도, 이게 아이들에게 더 익숙한 방식이라는 생각이 들었어요. 그래서 방식을 바꾸어서 전지를 바닥에 깔아놓고 막 말하면서 쓰라고 해봤더니 훨씬 더 얘기를 잘하는 거예요. 이 친구들의 말하기에 이미 인터넷에서의 말하기가 많이 들어와 있구나 하는 생각이 들었어요. 남이 말할 때 와르르 같이 말하면서 자기 이야기를 정리하게 되는 식이죠.

김건형　저희도 지금 좀 그런 것 같은데요. (일동 웃음) 시간 가는 줄도 모르고 이야기를 나누었더니 벌써 마무리할 때가 되었네요. 마지막으로 못다 한 이야기가 있으면 들려주시면서 마무리하면 어떨까 싶습니다.

오세란　여러 선생님들과 대화를 나누다 보니 이런 자리가 정말 중요하다는 생각이 들고요. 최근 '부린이' '주린이' 같은 단어를 많이 듣게 되는데요, 어린이라는 존재가 지식을 포함해서 어른보다 뭘 모른다, 부족하다는 데서 나온 조어겠지요. 그런데 어린이나 청소년이 삶의 경험이나 지식이 적을 수는 있지만 그렇다고 온전한 인격체로 대접받지 못해도 되는 존재는 아니잖아요. 청소년을 대하는 우리 어른들이 그것을 좀 더 생각하고 우리 사회가 청소년문학을 포함해 다양한 장에서 청소년과 서로 존중하는 관계를 만들어나가면 좋겠습니다.

김은하　최근에 실시된 한 연구를 보면, 평생 독자가 되느냐 마느냐를 결정짓는 굉장히 중요한 시기가 청소년기라고 해요. 독서 빈도와 독서에 대한 긍정적인 태도가 청소년기에 현격하게 떨어지거든요. 청소년기에 읽기의 즐거움을 경험한 사람들은 입시나 취업, 육아 때문에 잠시 읽기를 쉬는 때가 있어도 다시 독자로 돌아오지만, 그렇지 않은 사람들은 돌아오는 경우가 거의 없어요. 순문학 독자의 확장은 청소년 독자, 청소년문학 독자의 확장에 달려 있다고 해도 과언이 아니에요. 청소년문학, 독서 교육, 문학 교육, 도서관의 청소년 공간에 대한 관심을 지속적으로 가져주시길 부탁드립니다.

김영희   대담 준비를 할 때 아이들과 대화를 나누면서 성인이 맡아야 하는 역할을 진지하게 생각해봤어요. 창작자는 힘 있는 여성들의 서사를 쓰고, 교사는 그것을 안내해주는 역할을 나눠 가져야겠다. '이런 세계가 있어' 혹은 '이 책 읽어볼래? 필요할 것 같은데'라고 말하는 사람이 되어야지. 저는 최근의 페미니즘 소설에서 발견할 수 있는 '앞으로 나아가는' 여성의 서사가 분명 이 운동에 힘을 보태리라 믿어요. 아이들에게 정말 좋은 역할 모델이 되거든요. 작가님들이 고심해서 쓰신 힘 있으면서도 동시에 섬세한 여성들의 운동과 연대를, 저희는 학교에서 열심히 권하겠습니다. 정규수업 시간에 이 문제에 접근하는 것이 중요한 이유는, 특별히 관심이나 의식을 갖고 있지 않던 친구들을 대상으로 삼기 때문이에요. 관심이 많으면 알아서 찾아 읽죠. 혼자서 긴가 민가 하는 친구들에게 영향을 미칠 수 있다는 것이 공교육 정규수업이 갖는 아주 강력한 힘이라 믿고 있어요. 페미니즘을 접하고 눈이 번쩍 뜨일, 그리고 동시에 기존에 갖고 지냈던 정체성에 혼란을 느끼는 아이들에게 '넌 틀리지 않았어'라는 확신을 주고 안정감 있게 뒤를 받치는 역할을 열심히 수행하겠습니다. 작가님들, 힘내주세요. 여러분의 노력은 분명 긍정적으로 작용하고 있습니다. (웃음)

김건형 오늘 많이 배웠고 또 너무 즐거웠습니다. 부족한 질문에도 중요한 이야기들 많이 해주셔서 감사합니다.

김건형 문학평론가. 「2018, 퀴어전사—前史·戰史·戰士」로 2018년 문학동네 평론 부문 신인상을 수상했다.

김영희 수원 천천고등학교 국어 교사. 전국국어교사모임 독서교육 분과 '물꼬방'에서 활동하고 있다. 저서로『함께 읽기는 힘이 세다 2』(공저) 등이 있다.

김은하 독서 교육 작가·강사·연구자·기획자. 책과교육연구소 대표. 저서로『영국의 독서 교육』『독서교육, 어떻게 할까?』『처음 시작하는 독서동아리』등이 있다.

인간과 비인간을 교차하는 존재
: 아동과 청소년에 대하여

거리에서 대여섯 살 정도로 보이는 두 명의 어린이를 보았다. 한 어린이는 머리에 토끼 귀 모양의 귀여운 머리띠를 했고 다른 어린이는 왕관을 쓰고 공주 드레스를 입었다. 어른들은 차마 입을 수 없는 옷을 입고 씩씩하게 거리를 걷고 있었다. 나는 어린이를 '의인화'된 존재라고 생각한다. 의인화는 사람이 아닌 무생물이나 동식물에 생명과 성격을 부여하여 사람처럼 표현하는 방식이므로 대상이 인간이 아니라는 전제가 있어야 한다. '어린이'는 당연히 이 조건에 해당하지 않기에 어린이가 의인화되어 있다는 말은 가능하지 않다. 그럼에도 어린이에게 성인과 다른 무언가를 기대하는 어른들의 시선은 일종의 의인화와 비슷하다. 청소년 역시 인간이면서도 일종의 괴물로 은유된다. 실제 괴물은 아닐지라도 성인들은 생애 주기에서 청소년기를 인간이 아닌 시기라고 입을 모은다. 인간이면서도 '의인화'되어 있거나 '괴물'로 은유되는 존재들, 아동과 청소년은 인간과 비인간을 교차하는 존재들이다.

최근 인간중심주의를 벗어나 인간 대 비인간, 인간 대 기계, 인간 대 자연과 같은 이원론적 대립 구도를 지양하는 경계 허물기/넘어서기가 시도되고 있다.[1] 그러나 인간중심주의를 반성하고 만물과 연대를 모색하는 새로운 국면에서도 어린이나 청소년에 관한 관심은 의외로 미흡하다. 이들은 근대 사회 성립과 더불어 개인에게 부여된 자유와 평등의 권리를 21세기까지도 누리지 못했으며 결과적으로 이들의 인권은 근대적 수준

---

[1] 이화인문과학원, 『인간과 포스트휴머니즘』, 이화여자대학교출판문화원, 2013, 64쪽.

에도 도달하지 못하고 있다. 그것은 이제 어린이나 청소년의 위치를 재고할 지점에 이르렀다는 의미이기도 하다.

흥미로운 것은 성인 모두 한때는 어린이나 청소년이었다는 사실이다. 그럼에도 성인이 되는 순간 어른들은 어린이나 청소년을 타자화하기 시작한다. 포스트휴머니즘에서 논의하는 다른 소수자와는 양상이 다르다. 어린이나 청소년의 타자화는 성인들이 자기 생애의 초반 이십여 년을 부정하면서 발생한다. 자신이 겪었던 경험과 기억을 왜곡하는 인지부조화적 태도는 성인들이 자신의 삶 중 일부를 누락시킨다는 점에서 주목을 요한다. 어쩌면 다리를 얻기 위해 마녀에게 아름다운 목소리를 내주었던 안데르센의 동화 속 주인공 인어공주처럼 인간은 어른이 되기 위해 무엇을 얻는 대신 소중한 무언가를 잃는 것은 아닐까? 인간중심주의, 성인중심주의에 내재한 비밀과 음모를 밝힐 수 있는 단서를 추적해보기로 한다.

근대 사회의 가족과 학교제도

근대 사회에서 어린이의 위치는 가족제도를 통해 재배치되었다.[2]

---

2   근대 가족의 개념은 가족의 형태적 특징, 기능적 분화, 규범, 가치 등의 측면에서 이전의 가족과 차별화된다. 좀 더 구체적으로 산업화 및 중간계급의 확대 등 근대 사회 경제적 변동의 맥락에서 논의될 수 있다. 19세기 후반 서구 가족의 근대성은 가정과 일터의 분리, 가정중심성domesticity의 강화, 아동기의 출현과 모성의 제도화, 성별분업의 강화와 가정주부의 제도화, 낭만적 사랑의 신성화 등의 특징을 보였다. 이후 20세기 중간 계급의 출현과 확대로 인해 근대 가족 또는 핵가족의 이상은 급격하고 광범위하게 확산되었다. 이재경, 『가족의 이름으로: 한국근대가족과 페미니즘』, 또하나의 문화, 2003, 111쪽; 김연주·이재경, 「근대 '가정주부' 되기 과정과 도시 중산층 가족의 형성: 구술생

한국 사회도 1930년대부터 중산층 핵가족을 이상적인 가족 모델로 제시한다. 동시 작가 윤석중이 쓰고 작곡가 정순철이 곡을 붙인 동요 '짝짜꿍'에 등장하는 '엄마'와 '아빠'라는 호칭이 시대의 변화를 보여준다. 특히 한국에서 '근대 가족'은 유교 사회부터 내려온 혈연의 가치와 자본주의의 중산층 핵가족을 조합한 것이다.

어린이는 근대 이전과 달리 보호의 존재로 인식된다. 어른들은 아기를 천사로 은유하는데 이는 어른들이 그들의 무의식을 투사한 것일 뿐 실제 존재와는 무관하다. 어린이는 귀여움을 느끼는 감응의 대상으로 여겨지며 이는 현대인이 반려동물을 볼 때 느끼는 감정과 유사하다. 어른과 몸집이나 인체 비율이 다르며 어눌한 소리로 말하는 특징을 우리는 귀여움이라는 단어로 인식한다. 일본의 아동문학지 『빨간새』에서 유래한 '동심천사주의'는 어른이 잃어버렸다고 인식되는 순수한 마음을 어린이라는 대상에서 찾는 방식을 말한다. 일본에서는 동심천사주의가 아동문학의 중요한 출발점이다. 반면 한국에서 아동문학의 출발은 인내천 사상을 가진 『개벽』과 『어린이』지 필진이 중심이 되어 펼친 '아동인권운동'이 바탕이 되었다. 한국에서 어린이의 피폐한 현실을 직시하며 아동인권을 주목한 자리에서 아동문학이 탄생했다는 사실은 중요한 의의를 가진다. 그럼에도 1930년대 이후 어린이의 가족 내 위계는 근대 가족의 모형을 따른다. 어른들은 어린이를 자신이 창조한 대상으로, 신과 피조물의 관계로 위치 짓는다. 부모는 보호자이자 책임자, 동시에 권력자

애사 사례 분석」, 『가족과 문화』 제25집, 2호, 2010, 30쪽 재인용.

가 되며 자녀는 피보호자가 된다. 부모라는 이유로 권력을 독점적으로 행사하는 것도 문제지만 그러한 권력 관계에서 어린이의 어린이다움이 고착되는 지점이야말로 성인 중심의 시선을 고스란히 보여준다.

어른들의 예상대로 순조롭게 성장할 것 같던 어린이가 청소년이 되어 어른의 노력에도 불구하고 "내 멋대로 자라겠어요"라고 선포하는 순간 어른들은 아이가 괴물이 되어버렸다고 느낀다. 실제로 이는 하나의 주체가 성장하면서 자연스럽게 독립의 과정을 밟는 것이다. 성인들이 이를 인정하지 않을 때 청소년 괴물설이 탄생한다. 이에 대한 세속적 표현은 '중2병'이다. 청소년이 품은 꿈과 욕망, 그리고 그것을 향해 달리는 것은 폭주로 치부된다.

어른들은 청소년의 이러한 특징을 호르몬과 뇌 과학의 문제로 접근하기도 한다. 『10대들의 사생활』(시공사, 2011)에서 데이비드 월시는 청소년기에 일어나는 각종 현상을 '뇌에서 일어나는 사건들' 때문이라고 주장한다. 이 책의 목적은 10대와의 소통을 위해 어른들에게 현명한 관계 형성을 제안하기 위한 것이지만 청소년의 뇌, 구체적으로 전전두엽의 미발달이라는 생물학적 이유를 제시하는 것은 청소년기를 생물학적 환원주의로 해석하는 방법이다. 뇌가 완전히 발달하지 않아서 혹은 불균형적인 발달 때문에 비행을 저지를 수 있다는 논리는 문제 행동을 저지르는 수많은 성인의 행동을 간과하는 듯 보인다.

무엇보다도 위의 책에 제시되는 근대 사회에서 청소년에게 금지되는 것들, 가령 '성'은 근대 이전에 허용되었다는 사실을 생각할 필요가 있다. 조혼이 바람직한 제도는 아니지만 근대 이전의 결혼 연령을 생각한다면 현재 청소년에게 금지되는 행위의 상당 부분이 인위적인 통제임을 짐작할 수 있다. 운전이나 음주 가능 연령이 국가마다 다르다는 것도 참고할 부분이다. 즉 청소년이 성장하면서 자연스럽게 관심을 가지게 되는 여러 가지 일들이 현대 사회에서는 18세 혹은 20세까지 지연되고 억압된다.

어른들의 생각대로 자녀를 키우기 위해 가족과 함께 형성된 또 하나의 제도는 학교다. 가족과 학교, 두 집단은 때로는 공모하고 때로는 충돌하며 아동과 청소년을 보호하고 통제한다. 가족이 사적 제도라면 학교는 사회와 국가가 지향하는 이데올로기를 전수하는 공적 제도다. 부모는 자식의 미래를 보증할 수단으로 자녀에 대한 권리를 학교에 위임하고 학교는 아동, 청소년의 미래를 보장해주는 제도가 된다. 학교는 자신의 권위를 세우기 위해 청소년의 신체와 시간을 통제한다. 청소년의 복장이나 신체의 억압은 복장 자체의 문제라기보다는 통제력을 과시하는 권력 기제다. 학교는 사회에 유익한 인물을 만든다는 아젠다를 내세워 국가가 원하는 국민 만들기에 매진한다. 한국의 공교육은 국가 정책과 공조한다. 가령 입시제도만 보아도 알 수 있듯이 청소년과 학부모의 삶은 공교육 제도와 그것을 기획하는 국가에 종속된다.

대한민국 사회에서 학교의 권위는 절대적이었다. 청소년은 학생일 때에만 신분이 보장되었다. 그러나 최근 고학력이 경제적 우위를 보증해주지 못하면서 대학 진학률은 떨어지는 추세다. 학교의 권위 추락을 가속화한 것은 코로나다. 가령 코로나로 인하여 실제 출석일수는 절대적인 것이 아니라 상황에 따라 조정할 수 있는 규칙이며 출석일수에 대한 완

강한 고집이 학교의 권위 세우기일 뿐이었음이 노출되었다. 앞으로 고교 학점제가 시행되면 뚜렷한 학령 구분도 사라질 것이다. 최근 학교라는 공간, 학령기라는 시간이 중심이었던 학습이 언제 어디서나, 어떤 생애 주기에서도 가능한 학습으로의 전환되는 것도 눈여겨볼 지점이다. 일반 학생과 탈학교 청소년, 청소년과 청년의 경계가 희미해지는 사회가 도래하면 청소년에 대한 경직된 관념도 변화할 것이다.

의인화의 경계를 넘는 이야기들

앞서 이야기했듯이 어린이는 교묘하게 '의인화'되어 있는데 공교롭게도 의인화는 아동문학의 대표적인 창작 방식이다. 근대소설은 개인의 내면을 '근대 이성'의 바탕에서 풀어내기 위해 근대 이전 사람들의 삶의 양식인 판타지를 비이성적, 비합리적이라는 이유로 성인문학에서 배제하였으며 아동청소년문학이 이를 수용하였다. 아동문학은 기본적으로 성인 작가가 아동 독자에게 메시지를 전달하기에 의인동화를 빌려 착한 아이 만들기라는 교육적 의도를 담은 작품을 생산해왔다. 그것은 나름대로 교육적 의미가 있지만 동시에 문학의 힘은 의외로 강해서 권력과 장르의 틀을 깨고 나가려는 전위적 속성이 있다. 최근 많은 아동문학 작품은 의인화를 전유하여 의인화를 고발하거나 의인화라는 시선에 의문을 제기하고 있다.

동시집 『레고 나라의 여왕』(김개미, 창비, 2018)에서 화자인 여자 어린이는 인형 놀이를 하며 인형과 자신을 동일시한다. 의인화된 인형에 스스로를 포개어놓는 것이다. 어린이와 인형은 동일 항으로 묶이지만 이

의인화된 존재들은 어린이다움을 넘어선다. 어린이는 인형의 위치를 빌려 분열된 내면을 드러낸다. 부모를 사랑하고 싶은데 사랑하지 못하며 미워하고 싶은데 미워하지 못한다. 아이는 자신이 서 있는 적나라한 현실을 너무나 정확히 파악하고 있기에 도리어 의인화된 인형의 집으로 도피한다. 송현섭의 「착한 마녀의 일기」(『착한 마녀의 일기』, 문학동네, 2018)는 보다 직설적이다. 이 동시에서 화자인 마녀는 어린이, 그의 모든 것을 통제하는 하느님은 '어른'에 대입된다. 불량식품에 눈독을 들이고 나쁜 손톱이 자라는 마녀를 통제하는 하느님은 청결하고 좋은 것만 주겠다는 부모의 강박증을 꼬집는 듯 보인다. 마녀는 하느님의 보호를 "생각하고, 고민하고, 의심하고, 추리"(17쪽)해본다. 그리고 "제장, 나는 분명 삥 뜯기고 있는 거야."(17쪽)라고 결론지으며 자신의 불량한(?) 행위를 정당화한다.

동화 『긴긴밤』(루리, 문학동네, 2021)은 장르로는 의인동화지만 동물을 인간의 완전한 대리물로는 내세우지는 않는다. 그렇다고 자연 다큐멘터리 같은 이야기도 아니다. 최근 의인화를 사용하는 아동문학에서 이러한 예외적 의인화가 늘어나고 있는데 그 까닭은 이제 독자들이 동물 의인화를 어딘가 불편하게 느끼기 시작했기 때문이다. 동화에서 코뿔소 고든은 코끼리들과 살며 자신을 코끼리라고 생각했지만 자신이 코끼리가 아님을 알게 된다. 이후에 고든은 펭귄 커플과 친해지는데, 펭귄 커플은 알만 남겨놓은 채 죽음을 맞고 코뿔소는 펭귄의 알을 거두어 가족이 된다. 코뿔소가 코끼리와 펭귄과 함께했던 묘한 동거는 종의 경계를 보여주기도 그것을 넘어서기도 한다. '훌륭한 한 마리의 코끼리가 되었으니 이제 훌륭한 코뿔소가 되는 일만 남았'(16쪽)다거나, '너는 이미 훌륭한 코뿔소이니 이제 훌륭한 펭귄이 되라'(115쪽)는 말은 경계를 넘어서는 자리를 지향하는 문장들이다. "날 믿어. 이름을 가져서 좋을 거 하나도 없어. 나도 이름이 없었을 때가 훨씬 행복했어."(99쪽)라는 고든의 말 역시 하나의 존재에 부여된 정체성이 존재를 가두는 감옥이 될 수도 있다고 해석된다. 또한 이 동화는 '나'가 누군가의 기억과 사랑과 슬픔과 죽음이 만들어낸 존재임을 이야기한다. 즉 나를 키워준 부모와 조부모와 더불어 지구 상의 모든 존재들이 훌륭하게 살아낸 결과로 지금의 나가 있음을, 인간과 자연과 지구는 결국 하나의 큰 생명임을 이야기한다.

때로 판타지동화는 의인화를 어떤 방향으로 활용해야 할지 제시하기도 한다. 「나를 데리러 온 고양이 부부」(『돌 씹어 먹는 아이』, 송미경, 문학동네, 2014)는 주인공 지은이에게 고양이 부부가 친부모라며 나타나는 이야기다. 이 동화는 지은이의 장래를 위해 잔소리를 하는 엄마와 현재를 누리며 살아가는 고양이 부부가 대조를 이루면서 최종적으로 독자에게 인간이 인간화됨으로써 잃은 것을 상기시킨다. 엄마가 준비하는 '김장'이 현대인의 삶의 태도를 상징한다면 지은이가 고양이 부부를 따라 나서며 슬며시 내려놓는 '가방'은 근대적 삶이 망각한 건강한 생명력을 지닌 자연인으로의 회복을 보여준다. 귀여움이라는 작고 만만한 틀에 가두어진 의인화를 거부하고 인간과 동물의 교감을 통해 인간이 거대하고 웅장한 자연의 세계에 들어설 수 있는 통로와 방향을 제시한다. 아동문학은 놀랍게도 근대와 탈근대의 지점을 포착해내는 장르로 이 시대의 한 구석에서 조용히 기능하고 있다.

괴물화가 되는 것의 의미

청소년문학의 경우 대부분의 서사는 인물이 갈등을 겪지만 결국 가족의 품으로 회귀하여 순조롭게 사회에 진입한다. 동시에 청소년문학은 갈등의 국면에서 고발과 저항의 사건을 통해 여러 청소년 인권에 주목한다. 이러한 인권 문제를 다루는 까닭은 청소년의 인권이 근대적 기준에도 미치지 못하기 때문이다.

청소년문학은 근대 성장소설의 구성과 형식을 빌려 휴머니즘에 접근하는데, 형식과 내용의 근대와 탈근대적 양가성에 관해서는 미국의 청소년문학 연구자 제이퀴즈의 논의를 참고할 필요가 있다. 제이퀴즈는 아동청소년문학의 특징으로 휴머니즘과 포스트휴머니즘의 혼재 혹은 모순을 지적한 바 있다. 포스트휴먼 아동청소년작품들이 휴머니즘을 반성하지만 결국 휴머니즘의 가치관을 벗어나지는 않는다는 것이다.[3] 제이퀴즈의 지적처럼 포스트휴먼 아동청소년문학은 휴머니즘의 이분법적 우월주의를 해체하지만 교훈을 위해 결말에서 휴머니즘으로 돌아가는 특성이 있다.[4]

이처럼 청소년문학은 보통 근대적 휴머니즘의 자장 내에서 움직이지만 그럼에도 청소년이 소속된 근대 제도에 의심을 품은 작품도 적지 않다. 청소년소설 『나는 무늬』(김해원, 낮은산, 2021)에서 주인공은 진희와

---

3   Zoe Jaques, *Children's Literature and the Posthuman: Animal, Environment*, NY: Routledge, 2018; 원유경, 「전갈의 아이 읽기 포스트휴먼 시대의 인간에 대한 고찰」, 『스토리앤이미지텔링 』 17호, 건국대학교스토리앤이미지텔링연구소, 2019, 242쪽 재인용.

4   원유경, 위의 논문, 242쪽.

문희라는 이름을 거친 후 할머니와 사는 조손가정의 청소년이다. 정상가족이라 인식되는 범주에서 벗어나 세상의 차가운 시선을 의식하며 살던 문희는 할머니의 죽음에서 만난 또 하나의 사건을 겪으며 '무늬'로 거듭난다. 이 작품은 정상가족의 정상성에 의문을 제기한다. 또한 무늬는 또래 친구들과 청소년 배달노동자의 죽음에 얽힌 비밀을 파헤치면서 어른들이 말하는 정의, 평등, 진실 같은 단어가 전혀 지켜지지 않는 타락한 사회를 목격한다. 그리고 어른들이 만든 공동체가 원칙에 의해 움직이는 성숙하고 믿음직한 사회인지, 어른들이 어린이에게 했던, 거짓말하지 말라는 규칙을 스스로 지키고 있는지 반문한다.

나아가 무늬와 친구들은 이 사회의 모순에 순응하지 않는다. 그들은 청소년이 가졌다고 여겨지는 당돌함과 철없음을 전유하여 자신들이 옳다고 믿는 가치를 바탕으로 세상에 돌을 던진다. 이 작품은 청소년이 품은 생각과 힘은 미성숙한 것이 아니며 도리어 성인들의 모습이 더욱 괴물적임을 고발한다. 괴물인 줄 알았던 청소년은 괴물이 아니었고 인간인 줄 알았던 성인들이야말로 괴물이다. 이처럼 청소년문학은 근대적 인권으로 봉합한 자리에 균열을 낸다.

나아가 청소년문학은 판타지를 통해 스스로에게 붙여진 '괴물'이 무엇인지 정의 내린다. 자신들을 괴물로 칭하는 어른에 맞서 자신의 괴물성을 전유하여 그들의 존재를 다시 한번 세상 밖으로 내보낸다. 청소년소설 『버드 스트라이크』(구병모, 창비, 2019)와 외전 「초원조의 아이에게」(구병모 외, 『두 번째 엔딩』, 창비, 2021)에는 청소년 인물 비오의 사연이 나온다. 날개를 가진 종족을 어머니로, 외부 종족인 벽안인을 아버지로 둔 비오는 자신이 속한 종족과는 다른 외형으로 태어난다. 작품 속 공동체에서 '날개'는 다른 생명체를 보호하고 치유할 수 있는 기능이 있기에 매우 중요한 신체 기관이지만 비오는 남들보다 왜소한 날개를 가졌다.

> 다친 동물을 감싸기 위해서는 양어깨의 날개를 앞으로 모두 모아야 한다. 따라서 날개가 큰 자일수록 더 큰 동물을 보살필 수 있다. 태어나면서부터 새의 보호를 받고 누구에게나 공평하게 새의 영혼이 깃들어 있는 그들은 때가 되거나 필요한 순간이 오면 모두 일정 크기 이상의 날개를 펼칠 수 있다. 그러나 아무리 펼쳐보아도 비오의 날개는 그 자신의 등을 덮기에도 모자랄 만큼 짧고 작았다. (『버드 스트라이크』, 14쪽)

"이 아이는 이렇게나 작은데, 내 날개는 그보다 더 작아서, 감싸줄 수도 낫게 해줄 수도 없어요."(15쪽)라는 비오의 안타까운 목소리에 비오를 키운 아버지는 "그냥 그대로 꼭 안아주면 돼, 너의 두 팔로, 너의 가슴에."(15쪽)라는 말로 희망을 준다. 남들과 다른 왜소한 날개가 무리에서 밀려나는 차별의 원인이 될지 그것을 자신만의 정체성으로 수용하여 강한 치유의 능력을 키워나갈지는 선택의 문제다. 우리의 삶은 이미 제시된 정답을 좇아 움직이는 것이 아니라 각자 처한 자신의 삶을 바탕으로 고민하면서 다양하고 광활한 세계에서 길을 찾는 것이다. 청소년문학은 우리 모두는 괴물이며 그것을 긍정하여 '괴물화'가 되어 비상하자고 말한다. 괴물은 이상한 형상과 몸짓을 하고 막무가내로 힘을 과시하는, 비이성적인 존재, 기이하고 비정상적인 존재가 아니다. 멋진 괴물이 되는 것은 지금보다 훨씬 큰 자아를 품고 넓은 세계를 만날 수 있는 가능성을 품은 존재가 되는 것이다.

누락된 꿈의 데이터를 복원하기 위하여

인간중심주의란 곧 성인중심주의이다. 처음에 언급한 대로 성인은 한때 어린이나 청소년이었다는 점에서 다른 소수자 문제와는 다르다. 어린이나 청소년 시기를 부인하는 것은 곧 자신의 경험, 기억, 과거를 망각하는 것이며 자신의 과거 데이터를 누락시키는 것이다. 성인은 사회화의 과정에서, 이른바 '인간이 되기 위해' 소중한 기억을 잃는다. 어른들은 어린이와 청소년을 미숙한 존재로 타자화한 후 성인이 된 자신의 처지를 정당화하고 합리화한다. 어른들의 사회화는 어린 시절과 청소년기를 통과하며 마주친 사회의 억압을 수용한 결과다.

어린이와 청소년 시기 꿈꾸었던 많은 데이터를 누락시키며 어른들이 잃어버린 능력이 몇 가지 있다. 어른들은 자연의 소리를 듣지 못하게 되었다. 의인동화는 근대 사회에서 '동물'과 '자연'을 인간의 틀에 욱여넣는 귀엽고 팬시한 서사로 축소되었지만 '동물과 자연의 소리'를 듣는 능력은 본래 그렇게 왜소한 것이 아니다. 판타지로 자연과 교감하는 것은 인간이 비인간과 자연의 소리를 들을 수 있는, 지구인 문학의 시사점을 제공하기도 한다.

또한 어른들은 세상을 보는 능력도 잃어버렸다. 판타지의 어원은 '보이지 않는 것을 보이게 하는 것'이다. 성인들은 보이는 것만 믿으면서 보이지 않는 것을 보는 능력을 잃어버렸다. 청소년들이 보이지 않는 길

166

을 찾으며 갈등할 때 어른들은 그 길을 보지 못하고 현실의 탄탄대로만을 강요한다. 근대 이전 설화인 「날개 달린 아기장수」에는 날개를 가지고 태어났다는 이유로 죽임을 당하는 젊은이가 등장한다. 이 이야기에는 날개 달린 존재가 왜 사회에서 배제될 수밖에 없는지 그 원리가 가슴 아프게 재현되어 있다. 현대 사회에서 청소년들 역시 날개를 잘리는 존재들이며 어른들은 자신에게 날개가 있었다는 것도, 그것이 제거된 순간도 망각한다. 그래야 성인의 삶을 살아갈 수 있기 때문이다.

어른들은 자신이 이성적이고 논리적이며 합리적이라는 나르시시즘을 얻었지만 인간 이외의 존재와 생명에 대한 존중, 연대, 경외감과 상상력을 잃었다. 인간중심주의에서 말하는 '인간'은 결국 결여된 인간일 수밖에 없다. 그 결여의 속내를 들여다보려면 자신에게 대체 무슨 일이 일어났는지 돌이켜보아야 한다. 이때 내면에 숨어 있는 어린이나 청소년을 불러내어 자신의 온전한 삶을 복원하고, 어린이와 청소년의 인권을 복권하기 위해 아동청소년문학 읽기는 유효한 방법이 될 수 있다.

청소년소설 속 아이들은,
자기 서사의 주인공이고 싶다

청소년과 청소년소설

청소년소설이 제자리걸음을 하고 있다. 2000년대 중반 청소년독자를 위한 문학으로 지평을 넓혀가던 때와는 양상이 다르다. 2000년대 초 회고담에 가까운 성장소설을 읽다가, '요즘 아이들' 이야기가 나오기 시작했을 때 독자들은 얼마나 반가웠던가? 다소 거칠지만 다양한 소재와 서사를 실험해보려는 움직임은 또 얼마나 치열했던가? 그러나 지난 몇년간 출간된 청소년소설에는 도전정신은 줄고, 정형화된 캐릭터와 설득력 없는 서사가 늘어났다.

청소년소설은 '인간이란 무엇인가'를 이야기하기에 적합한 장르다. 청소년은 기성세대에 편입되지 않아 자유로운 시선으로 사회를 비판할 수 있고, 동시에 조직화된 사회권력 관계에서 언제나 을乙이며, 신체적으로도 정서의 진폭을 예민하게 느낀다. '문학적 자아'가 되기에 이보다 마땅한 존재가 어디 있을까? 그런데 도발적이고 매력적인 텍스트가 될 수 있음에도 이를 전혀 활용하지 못하는 건 무슨 까닭일까?

간혹 청소년소설은 인간과 세상을 성찰하기에 한계가 있다고들 말하며 그 이유로 미성년을 의식하여 서사나 묘사를 끝까지 밀어붙일 수 없기 때문이라고 한다. 예를 들어 청소년에게 세상에 대한 비극적 전망을 솔직하게 털어놓을 수 없기에, 결국 서사적 한계가 있다는 것이다. 그렇지 않다. 동화「강아지똥」만 봐도, 강아지똥의 결말은 비극인 동시에 희망이다. 아스트리드 린드그렌의「메리트 공주님」(『난 뭐든지 할 수 있어』, 강일우 옮김, 창비, 2015) 역시 사랑과 죽음의 문제를 깊이 있게 다룬다. 소설에서 서사나 묘사의 수위는 청소년소설 자체의 한계가 아니라 장르 설정의 문제다. 청소년소설에서 한계를 순순히 인정하는 순간 작가가 하고 싶은 이야기는 날개를 펼치지 못한 채 꺾여 버린다. 그리고 문학정신이 빠진 자리를 당위적 교훈으로 메꾸게 된다.

청소년소설은 어른이 인물을 빌려 자신이 하고 싶은 말을 청소년 독자에게 들려주는 장르가 아니다. 어른들이 원하는 주제를 서사로 만들어, 원하는 결과를 도출하는 장르도 아니다. 백번 양보하여 문학의 기능에 일정한 메시지(교육, 교훈) 전달 기능이 있다고 쳐도, 문학에서의 메시지 전달 방식은 윤리, 도덕의 그것과는 다르다. 최근 몇몇 청소년소설에서 인물의 입을 빌려 청소년에게 들려주는 직접화법을 읽고 있으면 가슴이 답답하다.

청소년소설로 인기가 높다는 '재석이' 시리즈를 살펴보자. '재석이' 시리즈는 2009년 『까칠한 재석이가 사라졌다』(고정욱, 애플북스)를 시작으로 2016년 현재 총 3편이 나왔다. 문제아였던 재석이가 폭력서클을 탈퇴한 후 어려운 상황에 처한 아이들을 도와주는 이야기다. 서사는 빠르게 전개되어 쉽게 읽히며, 주제는 나쁘지 않은 교훈을 담고 있다. 그런데 '재석이' 시리즈를 과연 우리가 지향해야 할 청소년소설이라고 평가할 수 있을까?

시리즈 중 첫 작품인 『까칠한 재석이가 사라졌다』는 문제아였던 재석이가 여러 경험을 통해 모범생으로 거듭 나는 줄거리다. 여기에 등장하는 할아버지는 어른들이 청소년에게 하고 싶은 말을 직설적으로 발언한다.

"그래. 하루에 담배 한 갑을 피우면 피우지 않는 사람보다 폐암 발생률이 여섯 배란다. 어디 그뿐인 줄 아냐? 너희처럼 어린 나이에 피우기 시작하면 나중에 피운 사람보다 폐암 발생률이 다섯 배가 높아. 폐가 아직 완성되지 않은 시기에는 담배 연기가 폐에 들어가기 때문이야. 그러니 너희는 오 곱하기 육, 삼십 배나 폐암에 걸릴 확률이 높은 거다."

부라퀴는 아주 부드러운 목소리로 흡연의 폐해에 대해 으름장을 놓았다. 심장 근육에 문제가 생겨 협심증에 걸리고 뇌출혈 가능성이 크고, 위에도 나쁘며, 심지어는 불임이 될 수도 있다는 식으로 말을 이어나갔다. 담배 연기 안에 16종류 이상의 발암물질이 함유되어 있다는 말이 이어질 때 보담이가 말했다.

"할아버지, 그만하세요. 애들이 질렸잖아요."

사실이었다. 재석과 민성은 막연히 흡연이 나쁘다는 것만 알았지, 이렇게 구체적인 수치까지 들어가며 그 해악에 대해 접해본 적이 없었다.

(중략)

"이 녀석아, 성장 호르몬은 꼭 키 크는 데에만 도움이 되는 게 아니야. 몸이 다 크고 나면 체지방을 분해하고, 근육량을 늘려준단 말이야. 그러니 늦게 자면 이런 효과가 없어. 아침에 일어나 맑은 정신으로 공부를 해봐라. 얼마나 머리에 쏙쏙 잘 들어오는데."(100~101쪽)

언뜻 보기에는 재석이 보담이라는 여학생을 사귀기 위해 할아버지의 말도 듣고 착한 아이로 변하는 서사로 읽힌다. 그러나 재석은 기본적으로 어른들이 원하는 대로 움직이는 인물이다. 문제아였던 재석은 폭력서클에서 탈퇴하고, 고전문학을 읽고 글도 쓰면서, 부적절한 환경에 빠진 아이들을 구출해준다. 물론 어떤 청소년들은 이 이야기를 재미있게 읽을 수도 있다. 그러나 청소년의 시선에서 볼 때 그들의 고민을 진지하게 성찰하고 청소년 독자와 민주적으로 교감하려는 이야기라 평가하기는 힘들다. 이 작품에서 청소년 인물은 흡연에 대해, 공부에 대해, 폭력에 대해 스스로 고민하지 않는다. 어른들이 생각하는 청소년 흡연의 폐해, 공부나 독서의 유익함을 들려주면 재석의 태도는 그로 인해 변한다. 청소년 인물은 주체가 아닌 가르침을 받는 대상이 되며, 청소년 독자는 타자화된다.

얼마 전 개봉한 존 커니 감독의 영화 〈싱 스트리트〉에도 고등학생들이 흡연을 하는 장면이 나온다. 재미있는 것은 극 중에서 어른이 "담배 피우지 마라." 말하는 장면 바로 뒤에 아이들이 모여 담배 피우는 장면을 배치하여 어른의 잔소리와 그것을 듣는 척하지만 실제로는 전혀 듣지 않는 아이들을 동시에 보여주는 편집이다. 즉 '재석이' 시리즈에서 나오는 흡연 장면과는 정반대의 상황이다. 흡연이 나쁜 것은 말할 필요도 없다. 그럼에도 모든 시대에 걸쳐 청소년 시기에 흡연을 시작한다면 거기에는 이유가 있을 것이다. 아이들은 왜 몰래 흡연을 하는가? 청소년문학은 훈계를 할 것이 아니라 그 사건의 속내를 보여주어야 한다.

좋은 청소년소설이 되기 위해서는 청소년소설을 한계가 있는 장르라 규정하기 이전에 청소년이라는 존재와 청소년문학의 속성을 이해해야 하는데 지난 몇 년간 청소년소설은 앞으로 나아가지 못하고 있다. 그렇다면 현재 청소년소설이 좋은 문학으로 거듭나기 위해 꼭 필요한 것은 무엇일까?

나는 캐스린 흄Kathryn Hume의 주장에서 그 고민을 시작하고 싶다. 캐스린 흄은 판타지가 리얼리즘 소설과 대척점에 있다는 기존의 장르 개념을 깨고, 판타지를 리얼리즘의 연장선상에서 생각하였다. 즉 문학의 충동은 세상을 정확하게 재현하려는 충동, 즉 미메시스와 그것에서 벗어나서 세상을 보려는 상상의 충동의 결합이라는 것이다. 여기서 캐스린 흄이 말하는 판타지는 우리가 합의하는 수준의 리얼리티로부터 일탈된 상태이며, '괴물에서 은유'에 이르기까지 수많은 변형으로 나타날 수 있다.[1] 나는 캐스린 흄의 주장을 약간 변형하여 생각해보고자 한다. 나는 소설에 어떤 상상이 동원되든 결국 그것이 현실을 가리키고 있다는 점에서 판타지조차 리얼리티를 반영한다고 생각한다. 또한 현실을 재현하려는 미메시스에 어떤 식으로든 작가의 문학적 해석과 상상이 더해질 때 비로소 좋은 문학으로 거듭난다고 생각한다.

그래서 오늘 주제는 문학에서 현실과 상상의 문제다. 첫째, 지난 몇 년간 청소년소설에서 가장 중점을 둔 목표는 인물이 살고 있는 세상을 충실히 재현하는 작업인 듯한데, 중요한 것은 현실의 재현과 함께 그 이면을 밝히는 것이다. 청소년소설에서 일상이란 무엇인가를 고민해보고 그것과 이어지는 사건의 의미를 이야기하고 싶다. 둘째, 작품은 작가의 취재가 일차적이지만 사실 그 이상의 것이다. 기록의 서술과 작가적 상상의 관계에 대해 고민하려 한다. 셋째, 언뜻 현실과 전혀 다른 세계를 그

---

1   캐스린 흄, 한창엽 옮김, 『환상과 미메시스』, 푸른나무, 2000, 21쪽 참조.

리는 외국 영어덜트 장르물을 통해 우리가 상상해야 할 지점을 함께 공유하려 한다.

청소년소설과 일상성의 관계

1. 근대 사회, 소설, 개인 그리고 청소년

근대 사회는 개인을 발견했다. 탈근대 철학에서는 개인의 정체성을 관계의 총합이라 보지만 일반적으로 근대 사회에서는 '개인'이 사회의 기초 단위가 되고, 근대소설 역시 '개인'에서 출발한다. 따라서 근대소설은 개인의 생각과 행동에서 출발하는 장르다. 문제는 서양 근대 사회에서 '개인'이라는 개념이 점진적이면서도 때론 급진적인 투쟁의 결과로 확립되어갔다면 우리 사회에서 '개인'은 가족 중심의 유교 사상과 근대 사회의 인권이 뒤섞여 혼란스러운 형태의 결과물로 남아 있으며, 청소년의 경우 그 간섭이 더욱 심하다.

'청소년' 또한 근대적 개념이며, 청소년소설은 청소년[2]의 시선에서 만난 세상이다. 여기서도 중요한 것은 '청소년 개인'이다. 근대 사회는 '개별 자아'의 권리가 '개별 자아'에게 있다는 것에서 출발한다. 근대 사회에서 어른은 어린이나 청소년의 보호자(후견인)이지 그들의 권리를 독

---

2   청소년이란 어떤 존재인가? 1318 세대라 불리는 청소년은 생물학적인 구분을 넘어 사회학적으로 세대를 구분한 것이다. 사회의 여러 규정, 민법이나 형법 혹은 선거권 등을 보면 청소년과 성인을 구별하는 기준 연령이 약간씩 다르다. 그럼에도 청소년은 성인이라는 독립적 지위를 얻기 전, 그러나 어른의 전면적인 보호와 양육이 필요하다고 여겨지는 어린이에 비해서는 신체와 정신에 대한 스스로의 권리의식이 훨씬 커지는 시기이다.

점할 수 없다. 그렇다면 청소년소설 역시 청소년 개인의 생각과 행동을 먼저 지지하고, 청소년에게 전달하고 싶은 메시지가 있다면 그것을 서사에 잘 용해시켜 전달해야 한다. 요약하자면 우리에게 '개인과 인권'은 사회학적인 개념이 아니라 문학적인 개념이다.

21세기 들어 SNS의 영향으로 세계가 좁아지면서 한국 청소년은 다른 사회 청소년들의 모습을 매우 가깝게 접한다. 청소년과 청년들의 의식은 '개인'을 사회의 기초 단위로 여기는 인식으로 전환 중이다. 그리고 세계적 기준으로 돌아볼 때 한국 청소년은 가장 심하게 구속당하는 집단이다. 학교에서 외모, 복장 등의 프라이버시 규제와 함께 일과 시간마저 철저하게 단속당한다. 엄밀하게 자유 시간은 수면 시간 외에는 없다. 외국에서는 아이들이 아프면 집에서 푹 쉬라고 말하지만 한국에서는 죽어도 학교 가서 죽으라고 말한다. 어른들은 지나치게 권위적이고 꼰대스럽다.

또한 근대문학 양식인 근대소설은 시간예술로 개인이 시간을 어떻게 사용하는지가 서사와 밀접하게 연관되어 있다. 즉 인물의 일상이 중요한 장르다. 인물의 일상에 대한 탐구는 근대 시민사회의 성립 때부터 본격적으로 전개되었다. 고전소설에 영웅이나 신비적 인물이 등장했다면 근대소설에서는 평범한 인간이 살아가는 시간에 시선을 집중한다.[3] 즉 일상적 삶을 소재로 쓴다는 것 자체가 근대소설이 가진 정체성이다. 근대소설에서 사건은 일상의 균열에서 시작한다. 주인공이 사건을 겪는

---

3   김병덕, 『한국소설에 나타난 일상성』, 국학자료원, 2009, 23쪽 참조.

동안 일상은 유보되거나 파괴되지만 사건이 마무리되면 다시 일상이 찾아온다. 결말에서 주인공이 찾은 일상은 서두의 일상과 유사하거나 아니면 전혀 다를 수도 있다. 정작 중요한 것은 일상이 달라졌든 그렇지 않든, 주인공의 내면에 흔적을 남겼다는 점, 주인공 주변의 처지나 상황이 달라졌어도, 아무것도 변하지 않았어도, 그의 내면은 달라졌다는 것이 근대소설이 말하고자 하는 핵심이다.

2. 사건에 감추어진 '일상'의 발견

한국 청소년소설사에서 2004년에 나온 『어느 날 내가 죽었습니다』(이경혜, 바람의 아이들)가 중요한 이유는 바로 현재를 살고 있는 아이들의 일상과 그 균열을 감지했다는 데에 있다. 그러나 한국 청소년소설은 이후 몇 년 동안 임신, 성적으로 인한 자살, 이분법으로 나눈 학교 폭력 등 일상보다는 큰 사건에 무게중심을 두는 쪽으로 기울었다. 또한 『완득이』(김려령, 창비, 2008)를 거치며 주목하게 된 명랑소설 스타일의 인물 캐릭터도 영향을 주었다. 지난 몇 년 동안 청소년소설은 캐릭터화된 인물이 벌여나가는 모종의 사건이 중심 서사로 정착되고, 삶의 토대인 일상은 뒤로 밀려났다. 물론 이 말은 큰 사건을 이야기하는 작품이 중요하지 않다는 뜻이 아니다. 큰 사건의 서사도 중요하다. 하지만 주인공에게 일어난 사건이 그의 일상에 기초하여 발생된 일임을 포착하는 작품도 의미가 있으니 일상이 무엇인지 이 자리에서 한번 고민해보자는 의미다.

일상이란 무엇일까? 근대 사회 속 일상은 인간을 인위적으로 강제하는 속성이 있어 근대인들은 정도의 차이는 있지만 일상에 답답함을 느긴다. 반대로 일상의 반복에 비로소 안정감을 느끼는 경우, 그것은 사건이 일어나는 것을 두려워하는 불안과 위기의식이 만들어낸 강박이다. 특히 청소년들의 일상은 자연인과 사회인과의 괴리에 청소년을 규제하려는 규칙까지 더해진다. 청소년들의 일상 뒤에는 그들을 억압하는 기제가 숨어 있다.[4] 그러니 일상은 작고 반복적으로 이루어지는 행위지만 사소한 것은 결코 아니며, 청소년의 '일상'을 관찰해보면 청소년과 세상에 대한 이해를 넓힐 수 있다.

"당신의 몸은 전쟁터이다"Your body is a battleground라는 예술가 바바라 크루거의 말이 있다. 바바라 크루거는 1987년 자신의 작품을 통해 육체는 본인 스스로 통제 가능한 것이라 착각하기 쉽지만 육체야말로 사회적 영향권 아래 놓여 있는 것이라고, 때로 육체는 인종을 구분짓는 상징이 되고, 계급을 반영하며, 젠더화되기도 한다고 선언한다. 미셸 푸코도 "신체는 권력이 새겨지는 장소"라 말했다.

청소년의 몸과 일상 역시 권력의 전쟁터다. "여학생들이 화장을 한다. 교복이 짧다"고 어른들은 한숨 쉬지만 청소년의 화장을 규제하는 것은 억지스러운 현실 논리로 포장한 인권의 침해다. 그들의 시간 역시 철저히 강제된다. 아침 등교 시간부터 방과 후 학습과 야간 자습까지, 외국 청소년들에 비하면 상상할 수 없을 정도의 시간 동안 교실에 붙잡혀 있다. 아이들에게 피시방에 가지 말라고 하지만 아이들이 학원 중간중간 거리에서 헤맬 공간은 편의점, 피시방, 노래방, 카페 정도가 전부다. 피시

---

4   오세란, 『청소년문학의 정체성을 묻다』, 창비, 2016, 6쪽 참조.

방과 노래방이 시간 단위로 돈을 책정한다는 사실만 보더라도 이 시설이 '시간을 때우는 용도'임을 알 수 있다.

따라서 청소년소설 속 인물들이 겪는 '일상'을 더욱 미시적으로 관찰하고 분석할 필요가 있다. 현재 청소년소설 일부에서 '일상'은 모종의 큰 사건이 일어나기 전 잠시 보여주는 생활의 모사(묘사가 아닌) 정도로 서술된다. 청소년들의 욕설 섞인 대화나 SNS 대화, 교실의 수업 장면 등은 사건이 일어나기 전 거쳐가는 장면에 불과하다. 그러나 독자들은 작품 속 일상이 자신들의 생활과 흡사하게 묘사된 것만으로는 감동받지 않는다. 혹은 얼마나 큰 사건이 발생했는지에도 감동받지 않는다. 청소년의 일상에 잠재해 있는 어떤 어긋남, 유리 같은 일상이 종내 깨질 수밖에 없는 균열, 그런 것을 포착하여 이야기를 시작할 때, 그것을 우리는 비로소 사건이라 부른다. 즉 청소년의 일상 자체에 내재해 있는 문제를 구체화하여 사건으로 확대해나가야 한다. 그러니 일상의 미메시스적 재현은 단지 모사가 아닌 사건을 태어나게 하는 바로 그 인큐베이터로 기능해야 한다.

청소년소설 작가 중에 차분하고 자연스럽게 일상을 끌어오는 작가가 김혜정이다. 김혜정은 다이어트나 음식 등 일상에서 만나는 소소한 소재로 이야기를 만든다. 그럼에도 청소년소설『잘 먹고 있나요?』(자음과모음, 2014)의 경우 일상과 사건의 결합에 아쉬운 면이 있다. 주인공인 고등학생 재규와 누나 재현은 부모님이 돌아가신 뒤 둘이 산다. 재규는 그림을 잘 그리고 장래에 미술 계통의 일을 하고 싶다. 누나는 어머니가 살아 있을 때 운영하던 식당을 해보겠다고 하면서 여러 가지 일에 휘말린다. 여기서 그림을 좋아하는 고등학교 2학년 재규의 일상 생활과 식당에서 일어나는 크고 작은 사건과 엮이는 지점은 거의 없다. 즉 청소년 인물 재규의 일상은 중심 사건과 결합하지 못한 채 서사 중간중간 나열된다.

> 준모는 책상에 엎드리는 것으로 수업 준비를 했다. 0교시는 자율학습이다. 다른 반은 보충수업을 하지만, 예체능인 우리 반은 보충수업이 없다. 우리가 해야 할 일은 옆 반 수업에 방해되지 않게 조용히 해주는 것이다. 예체능반은 1학년은 없고 2, 3학년만 있다. 우리 학교에 예체능반이 생긴 건 3년 전인데, 예체능반이 만들어진 것은 예체능을 하는 아이들 때문이 아니다. 예체능을 하는 아이들이 다른 아이들에게 방해가 된다며, 예체능 아이들을 한 반으로 따로 몰아놓았다. (12쪽)

예체능으로 진로를 잡은 학생들이 학교에서 겪는 에피소드가 실감 나게 그려져 있지만, 이런 에피소드들이 제각각으로 흘러가면서, 그림 그리는 재규의 '일상'에서 사건이 일어나고 해결되는 서사로 이어지지는 않는다. 일상은 일상대로, 사건은 사건대로 만드는 것이 최근 청소년 소설의 패턴이다.

청소년의 일상에서 사건이 태어나는 작품은 주로 최근 단편에서 나오고 있다. 아무래도 사건이 중심이 되는 장편에 비해 미시적으로 청소년의 삶을 들여다볼 수 있기 때문일 것이다. '일상이 깨지는 것'에 대해 이야기한 단편을 예로 들어보자. 「그래도 될까?」(최상희, 『복수는 나의 것』에 수록, 탐, 2016)와 「세븐틴 세븐틴」(박지리, 『세븐틴 세븐틴』에 수록, 사계절,

2015) 두 작품은 모두 '결석'과 관련된 이야기이다. '가출'이 아니고 결석이다. 결석은 가출에 비해 훨씬 일상적 사건이다. 일상과 비일상의 중간 지점이자, 일상의 가벼운 균열이다. 두 작품은 모두 주인공이 결석한 친구를 궁금해하는 데에서 이야기를 시작한다. 아주 사소하고 흔한 일, 사건은 이렇듯 작은 데에서 출발한다.

「그래도 될까?」는 학교에 결석생이 늘어나는 이야기이다. 이 작품은 학교에 결석생이 늘어나도, 학원에 수강생이 줄어도, "아무도 신경 쓰지 않는"(188쪽) 현실의 어떤 증상을 포착한다. 학생에게 등교는 일상이고, 결석은 균열이다. 그런데 여러 명의 결석이라면 대단한 사건의 발생 아닌가? 그런데도 '중간고사, 체육대회, 수행평가, 기말고사' 등 학사 일정을 바쁘게 쫓아가느라 선생은 물론 아이들도 늘어나는 결석생에 관심을 두지 않는다. 학교에서 아이들이 사라진다는 것은 현실에 대한 무서운 메타포인데, 이것을 인지하지 못하고 관심도 없다는 점이 더욱 괴이하다.

주인공이 결석생이 많아진 것에 관심을 갖게 된 이유는 친한 친구인 송이가 결석을 했기 때문이다. 주인공은 시간 여유가 생기자 결석한 아이들을 방문한다. 결석생인 윤주호의 집을 찾아갔을 때 윤주호는 몸이 많이 아픈 상태다. 그는 자신의 아픈 느낌을 '유치원에서 가지고 놀던 장난감을 빼앗겼을 때 느꼈던 거랑 비슷한 기분이었다'고 말한다. 이 발언은 곧 병의 원인을 암시한다. 윤주호는 어린 시절 친구들에게 무언가를 빼앗길 때 느끼던 통증과 비슷한 증상으로 병약해지면서 결국 식물인 상추로 변한다. 친구인 송이 역시 수박넝쿨이 되어버린다. 주인공은 송이와 나누었던 추억을 떠올리며 그때로 돌아가고 싶지만 주인공 역시 결국 통증을 느끼기 시작하고 이왕이면 꽃이 되길 바라면서 작품은 마무리된다.

인간이 식물이나 다른 생명체가 되는 소설로는 언뜻 카프카의 「변신」이나 한강의 「내 여자의 열매」가 떠오른다. 그런데 이 두 작품은 작품 속 인물이 변하는 이유가 제시되어 있는 데 비해 「그래도 될까?」에는 그 이유가 제시되지 않는다. 자신이 원치 않는데도 통증을 동반하면서 식물로 변신하는 것으로 볼 때, 이 변신이 긍정적인 변화로 보이지는 않는다. 그럼에도 변신이 무엇을 의미하는지 관념적이다. 마지막 장면의 주인공이 꽃으로 변하기를 바라는 대목은 감상적으로도 느껴진다. 「내 여자의 열매」의 경우 아내는 식물이 되고자 하는 강한 동기를 가지고 있었으며 그것은 동물성에 대한 저항이었다. 「그래도 될까?」의 인물들은 스스로 식물이 되길 원한 것이 아니라 어떤 연유인지 식물이 될 수밖에 없는 상황에 놓여 있다. 괴물도 아니고, 다른 동물도 아니고 왜 하필 식물인지를 전달하는 단서들은 상징적이지만 그럼에도 왜 주인공마저 식물로 변해버리는지를 포함한 전체 서사의 연유와 과정은 내적 논리를 갖췄다고 보기엔 모호하다.

「세븐틴 세븐틴」은 자신을 긍정하지 못하는 폭식증 여주인공이 좋아하던 반장이 결석을 하면서 시작된다. 교실에서 반장을 보는 것을 유일한 낙으로 삼아 등교하던 주인공에게 '반장의 결석'만큼 큰 일이 어디 있겠는가? 그 후 여러 경로를 통해 반장이 희귀한 병에 걸렸음을 알게 된 주인공은 "세븐틴 생일을 축하받지 못한 사람은 평생 엉망이 될 수밖에 없어."(11쪽)라는 영화의 대사를 떠올리며 부끄러움을 무릅쓰고 반장의 생일을 축하해주러 찾아간다. 그런데 희귀한 병에 걸린 반장은 매우 야위고 수척해진 모습이지만 주인공에게 다음과 같이 말한다.

"나는 내가… 어떤 변신을 하고 있다고 생각해."

변신?

처음으로 반장과 눈이 정면으로 마주쳤다.

"네 말대로 세븐틴 생일이 그렇게 특별하다면, 난 지금 변신을 하고 있는 거야. 온몸의 근육이 다 빠져나가고 뼈도 약해져서 이렇게 서지도 걷지도 못하게 되었지만, 다시 맨 처음으로 돌아가서… 말하자면 막 태어났을 때의 서지도 걷지도 못하는 상태로 돌아가서 다시 시작하는 거야. 이게 다 끝난 뒤에 내가 어떤 모습이 되어 있을지는 모르지만…, 단지 지금은 그 변신의 한가운데 있는 것이라고, 그러니까 이게 끝이 아니라고, 나는 그렇게 생각해."(34쪽)

반장의 입을 빌린 이 발언이 작가가 청소년에게 들려주고 싶은 메시지이자 작가의 청소년에 대한 정의일 것이다. 그런데 이 대목에서 작품이 마무리되면 반장은 너무 멋진 말만 하는, 그야말로 (재수 없는) 모범생인 상태로 끝난다. 작가는 반장이 모범 답안을 이야기하는 장면 뒤에 주인공이 눈치 없이 '장애인이 되어 엉망으로 되어버렸는데도 그런 말을 하다니 대단하다'고 진실을 폭로하는, 그러고는 주인공이 그 말을 내뱉은 자신이 역겨워 우는 장면을 넣는다. '장애인이 되었고, 엉망이 되어버렸다'는 한마디로 반장은 폭식증 여주인공과 다름없이 볼품없는 차원

182

으로 전락한다. 전도유망하던 반장이 어쩌면 죽을 수도 있는 병에 걸렸으니 얼마나 큰 불행을 만난 것인가? 그렇게 반장의 불행을 폭로해버린 주인공의 눈치 없음과 그 눈치 없음을 빌미로 폭식증인 자신을 혐오하는 주인공의 한풀이에 가까운 눈물이 이어진 뒤 비로소 작품은 '변신' 즉 존재가 다시 태어나기 위해 필요한 것은 무엇인지 밝힌다.

> 어쩌면 아빠도, 엄마도, 할머니 할아버지도 굴다리 속 아저씨도 그리고 여기, 차가운 눈빛으로 내 곁을 지나가는 거리 위 많은 사람들도 모두 다 세븐틴 생일을 축하받지 못했는지 모른다고. 그래서 모두 조금씩 화가 나 있는 것인지 모른다고. (중략) 다들 겉으론 아닌 척해도 속으로는 여전히 다정한 축하를 받길 원하고 있는지 모른다고. 우리는 영원히 누군가를 기다리고 있는 세븐틴이라고. (38~39쪽)

일상의 균열인 결석 뒤엔 가장 비극적 상황이 놓여 있었고, 그 상황에서 인간은 넘어질 수도 다시 태어날 수도 있다. 다시 태어나기 위해 인간에게 필요한 것은 이 작품의 경우 존재에 대한 축복이라 말한다. 아픈 반장의 생일을 축하하러 이전보다 뚱뚱해졌어도 찾아온 주인공의 용기야말로 반장을 다시 태어나게 만들어주는 힘이다. 내 삶의 많은 것이 엉망이 되어도, 누군가가 나를 진심으로 축복한다면 나의 삶은 그 자체로 의미가 있다. 일회一回의 인생에서 그 이상 뭐가 더 중요하겠는가?

중요한 것은 이 두 작품이 청소년의 일상을 토대로 발생한 사건을 통해 그 사건 이면을 의미화하려 시도하고 있다는 점이다. 일상을 그리는 자체보다는 그 일상 속에 감추어진 의미를 찾아 전달해주는 작품을 많이 만날 수 있기를 바란다.

취재보다는 상상의 힘으로

모든 소설가가 그렇듯 청소년소설 작가 역시 자신의 직접 경험, 주위 사람을 만난 경험, 여러 경로의 취재와 공부 등을 토대로 작품을 창작한다. 특히 작가가 자료를 수집하고 취재하고 공부하고 정리하는 과정은 쉽지 않다. 그럼에도 경험을 포함한 다양한 취재와 연구 자료는 창작물의 생산에 밑바탕이 됨과 동시에 걸림돌도 될 수 있다.

소설가 오한기의 『의인법』(현대문학, 2015)은 소설에 관해 쓴 메타픽션을 모은 단편집이다. 이 중에 「유리」라는 단편에서 주인공의 직업은 작가이며 소설을 구상하고 있다. 그는 형과 아우가 오갈 데 없는 시체를 묻고 묘비를 세우는 일을 하며 사는 이야기를 쓰고 싶다. 그런데 그는 집필 중 이런 의문이 생긴다.

시체를 묻어봤는가? 어느 정도 소설을 써 내려가던 중 이런 의문이 고개를 치켜들었다. 후일담소설을 쓰면서 학생운동 참여 여부를 따지는 것처럼 유치한 질문이었지만 당시 나는 심각했다. (중략) 그렇다고 내가 어떻게 하겠는가. 이태준이 만들어낸 「장한몽」의 도시 빈민들처럼 공동묘지를 파헤칠 수는 없는 노릇 아닌가. (118쪽)

이 예문은 소설이란 '경험' 이상의 것임을 이야기한다. 여기서 내용을 조금 더 소개하자면 소설 속 주인공은 자신의 작품에서 형의 죽음 뒤 아우가 형의 묘비에 어떤 문구를 쓸지 고민하는 대목이 나온다.

> 나는 하루종일 형의 묘비에 무엇을 새길지 고민하다가 결국 작가들의 유언을 뒤적거리기 시작했다. 그들의 유언은 철학적이고 독특했지만 나는 도무지 매력을 느낄 수 없었다. 〈매시노프〉처럼 의도를 갖고 사실과 허구를 접목시키는 작업이 작위적으로 느껴지기 시작했다. 그러던 중 우연히 창밖 주차장에 세워진 푯말을 봤다. 푯말에는 '자전거를 세워두지 마시오'라고 쓰여 있었다. 이 문구를 옮겨 적은 이후 나는 무언가에 홀린 듯이 소설을 쓰기 시작했다. (137쪽)

이 대목은 소설가가 멋지지만 만들어진 유언(창작)의 작위성에 대해 고민하다가 가장 사실적이고 실용적인 기록을 떼어 묘비 문구(소설)에 인용하는 부분이다. 이후에 주인공의 친구들이 묘비에 사용된 '자전거를 세워두지 마시오'라는 문장과 실제 자전거 푯말을 동시에 보고 웃는 장면이 나온다. 그들이 웃는 이유는 '문학' 즉 픽션에서 가장 사실적이고 실용적인 문장, 즉 기록 자료를 직접 인용했기 때문이다. 참고로 묘비에 '자전거를 세우지 말라'는 말은 실제 묘비가 자전거 지지대가 될 수도 있기에 한층 우습다. 이는 픽션이 실용서가 되어버리는 상황과도 유사하다. 문학은 사실도, 경험도, 취재도 아닌, 그것을 모두 모아, 화학 반응을 통해 전혀 다른 물질이 된 무엇이다. 그렇다면 화학 반응을 일으킨 촉매는 무엇일까? 나는 그것을 '상상력'이라고 생각한다.

2부 청소년, 자기 서사의 주인공

이 지점에서 취재와 상상의 관계를 설명하기 위해 청소년 역사소설을 예로 들어보려고 한다. 모든 소설이 그렇지만 역사소설은 특히 사실과 허구의 결합에 상당히 민감한 장르이다. 사실과 조금이라도 달라지면 고증이라는 부분을 들어 비판하고, 그렇다고 사실만 이야기하면 논픽션과 다를 바가 없어지기 때문이다. 그렇지만 역사가 '과거'를 시간적 배경으로 했더라도 역사소설 속 시간적 배경의 대부분은 작가가 직접 볼 수 없다는 점에서 사실상 우리가 겪지 않은 미래나 다를 바 없다. 즉 과거를 배경으로 한 이야기 속에도 여전히 상상력은 필요하다. 이 상상력은 판타지와는 달리 취재를 통해 얻게 된 역사적 자료에 귀를 기울이는 과정에서 그 자료들이 스스로 말을 시작할 것이다. 즉 역사소설의 경우 취재와 자료는 소설을 구성하는 토대이지 곧 소설 자체는 아니며 자료를 통한 해석과 문학적 상상력이 중요하다.

지난 몇 년간 청소년 역사소설을 창작한 작가로는 해방 직후의 철원을 배경으로 한 『1945, 철원』(창비, 2012)과 후속작으로 한국전쟁이 배경인 『그 여름의 서울』(창비, 2013)을 쓴 이현, 일제 강점기를 배경으로 한 『야만의 거리』(창비, 2014)와 근대 초기를 다룬 『굿바이 조선』(비룡소, 2015)의 김소연, 일제 강점기 경성을 배경으로 한 『뽀이들이 온다』(사계절, 2013)에 이어 조선시대 화가들의 모습을 추리소설로 쓴 『밤의 화사들』(한우리문학, 2015)의 윤혜숙, 일본에 사는 조선 도공 이야기인 『히라도의 눈물』(다른, 2015)의 한정영 등이 있다.

이들의 작품을 읽으면 모두 역사소설을 쓰기 위해 방대한 양의 취재와 자료를 바탕으로 마치 직접 겪은 것처럼 이야기를 만들어나가는 치열함과 구성력이 돋보인다. 그런데 아쉬운 점은 때로는 취재한 자료가 인물이나 서사에 녹아 있는 것이 아니라 서술에 그대로 노출되는 경우가 있다는 점이다. 인물의 입을 통해 혹은 지문을 통해 만나게 되는 취재의 흔적은 픽션을 읽는 재미를 반감시킨다.

『야만의 거리』는 일제 강점기 일본 동경을 주요 배경으로 삼은 역사소설이다. 소설에는 주인공 동천이 대학교에서 마르크스주의를 공부하는 일본 학생들과 토론하는 장면이 나온다.

"일본 정부가 조선 민족을 몽땅 일본화하겠다며 억지를 쓰느라 쏟아 부은 비용이 얼마나 되는지 알고 있나? 작년 경제학지에 보고된 통계 자료에 의하면 반도에서 거두어들인 수입보다 반도를 통치하느라 지출한 비용이 거의 세 배에 가깝다는군. 그 비용이 모두 어디서 나오나? 바로 우리 노동자 계급의 주머니에서 세금이라는 명목으로 뒤져간 돈 아닌가. 대륙의 시작인 조선과 만주를 얻었다고 잘난 척하는 정부가 속으로는 식민지 유지 비용 때문에 허덕이는 실상을 국민 중 몇이나 알고 있을까?"

(중략)

"온건파가 친일도 배일도 아닌 중도파라고? 난 그렇게 보지 않아. 만약 반도인의 대부분을 차지하는 온건파들이 진정한 중도파라면 1919년 만세 소요 같은 사건이 어떻게 일어났겠나. 삽시간에 반도 전체로 번져나간 소요는 단순히 불령선인의 선동과 폭거에 의한 것으로 평가할 수 없다고 보는데, 통신이 발달하지 못한 반도임에도 만세 소요가 경성에서 부산까지 번지는 데 겨울 사흘이 걸렸네. 그리고 한 달 사이 전국 단위로 퍼졌지. 내

가 생각하기엔 온건파란 결국 잠재적 배일파가 아닐까 하네.” (291~292쪽)

이 대화는 대학생들이 사회주의가 일본 제국주의와 일본의 조선점령, 조선독립에 어떤 영향을 주는지 자신의 의견을 발표하고 토론하는 장면이다. 물론 이런 토론을 읽으며 독자들은 당시 상황을 깊이 있게 돌아볼 수 있다. 그러나 이런 식의 서술은 박진감 있는 서사 진행을 방해한다. 특히 이 작품은 한반도와 일본 그리고 만주까지 이어지는 대서사이기에 속도감 있는 전개가 중요한데 긴 설명을 위해 정지되는 장면들은 독자를 답답하게 만든다. 역사소설이라면 서사 속 사건과 인물, 그리고 그것을 통한 역사적 해석으로 자료를 풀어내야 한다.

『밤의 화사들』 역시 조선시대 후기 그림에 대한 깊은 취재와 연구의 결과물이다. 그런데 독자가 작품 속에서 ‘작가의 공부 흔적’을 발견하는 것이 기쁜 일만은 아니다.

약방 거리 깊숙이 들어갈수록 역한 담배 냄새가 진동했다. 가게 쪽마루에 둘러앉은 사내들이 장죽을 꼬나물고 연신 연기를 뿜어냈다. 딴에는 세상일에 아랑곳하지 않는 신선인 양 굴지만 내 눈에는 볼썽사나운 거들먹거림으로 보였다. 봉사나 의원들이 담배가 심장에 안 좋다고 겁을 줘도 사람 목숨은 하늘에 달려 있다며 콧방귀를 뀌었다.

언젠가 아버지는 내게 정조 임금도 담배라면 누구 못지않은 골초이자 예찬론자였다고 말한 적이 있다.

임금은 “답답한 속을 풀어주고, 꽉 막힌 심정을 뚫어주니 사람에게 유익한 것은 남령초(담배)만한 것이 없다"라고 말할 정도였다. 생전엔 과거 시험의 시제로 '남령초'를 내걸기도 했다. 정조 때부터 정승 판서에서 가마꾼에 이르기까지 담배가 대유행이었다는 말끝에 담배를 태우던 아버지의 모습이 지금도 눈에 선했다. (42~43쪽)

위의 지문은 주인공 진수가 약방으로 가는 도중에 길에서 어른들이 담배 피우는 모습을 보는 장면인데, 당시 담배와 흡연에 관한 정보는 소설의 주요 주제와 큰 관련이 없다. 이 작품은 추리소설로, 3년 전에 돌아가신 주인공의 아버지를 죽인 살인범으로 주인공과 각별하던 사이인 인국이 체포되는 장면에서 흥미진진하게 시작한다. 과연 인국이 범인인지, 밀고자는 대체 누구였는지 독자들은 그것이 알고 싶다. 추리소설은 범죄나 범죄의 이유 등 몇 가지 사실을 감추어두고 독자가 읽으면서 그 단서를 찾게 한다. 즉 추리소설의 기법을 사용하는 것은 서사에 긴장감을 주기 위해서다. 그런데 추리소설에 이런 취재의 기록들은 작품의 긴장감을 떨어뜨린다. 이 경우 주변의 서술을 과감히 덜어내는 것이 오히려 흥미진진한 서사를 만들어낼 수 있다.

『푸른 늑대의 파수꾼』(김은진, 창비, 2016)은 일제 강점기 종군 위안부라는 무거운 소재를 어둡지 않게, 시간 이동이라는 판타지로 접근하고 있다. 시간 이동이라는 장치가 아동청소년문학에서 자주 쓰이기는 하지만 역사소설에서 자연스럽게 문학적 재미를 만들어냈다는 점에 의미가 있다. 이 작품 역시 아쉬운 점은 있지만 역사소설에서 새롭게 돌파한 지점은 위안부 사건 등의 역사적 정보를 좀 더 상세히 기술하려는 유혹을 참고, 상상력을 발휘하려 노력했다는 점이다. 물론 주인공을 포함한 등장인물의 행로에 대해서는 여러 의견과 평가가 있을 수 있다. 그러나 그런 토론거리를 만들어내는 것 또한 자유로운 역사적, 문학적 상상력에서 나온다.

　결론적으로 작가가 역사적 사건에 대한 자료를 많이 찾았어도 작품 안에는 거의 쓰이지 않을 수도 있다. 그러나 결국 그 공부는 주인공의 성격과 일상과 사건에 고루 녹아든다. 그것이 역사 논픽션과 픽션의 자료 활용 방식의 차이고, 문학의 흥미로운 점이다. 더불어 최근 역사소설에서 작가의 역사관은 보이지만 시대와 사건에 대한 작가만의 구체적이고 과감한 해석은 찾기 힘들다는 것도 아쉽다. 작품에서 취재 기록보다는 그것에 대한 해석과 상상을 많이 만날 수 있기를 바란다.

　판타지를 통해 만나는 청소년

　청소년 독자들이 청소년소설을 많이 읽지 않는다는 말이 있다. 완전히 틀린 말은 아니기에 더욱 안타까운 일이다. 그런데 도서관에서 인기 있는 대출 도서들이 바로 『헝거 게임』(수잔 콜린스, 북폴리오, 2009)이나 『다이버전트』(베로니카 로스, 은행나무, 2013) 같은 영어덜트 장르물이다. 청소년들이 한국 청소년소설을 읽지 않는다는데, 십대 주인공을 내세운 영어덜트 장르물은 인기가 있다는 소식은 뭔가 호기심을 불러일으킨다.

　일단 영어덜트 문학이라는 단어는 우리나라의 청소년소설이라는 단어와 완전히 일치하지 않는다. 우리나라의 청소년소설이 주로 1318 세대를 위한 문학으로만 여겨지는 것에 비해 영어덜트물은 십대의 주인공이 등장하지만 그 연령층 이상의 독자가 작품을 공유한다. 또한 영어덜트물은 십대를 위한 문학 전체를 뜻하지만『트와일라잇』(스테프니 메이어, 북폴리오, 2008)이나『헝거 게임』과 같은 청소년을 주인공으로 한 시리즈 장르물을 좁혀 부르는 명칭이기도 하며, 특히 미래 가상 세계를 배경으로 청소년들이 생존 게임을 펼치는 판타지 시리즈가 다수를 이룬다.

영어덜트물의 인기 비결은 문학 외적인 이유가 더 크다. 일단 소설인 원작보다는 영화로 재생산된 작품들이 대중에게 다가가는 직접 통로가 된다. 또한 이러한 장르에 대한 마니아층이 있다는 것도 작품이 알려지는 경로다. 이른바 책을 읽지는 않았어도 제목을 알고 있는 경우가 많다. 또한 영어로 된 소설과 영상물은 독자나 관객이 전 세계에 걸쳐 있다는 것도 유리한 점이다. 이렇듯 영어덜트 장르물의 인기 비결은 문학 외적인 이유도 상당히 크다.

하지만 문학적으로도 이 작품들이 우리에게 시사하는 바가 적지 않으므로 이 자리에서는 문학적인 부분만을 따로 떼어 살펴보려고 한다. 대략 최근 영어덜트물은 해리 포터 시리즈까지 거슬러 올라갈 수 있지만 2000년대 중반부터는『트와일라잇』과 같은 인간과 뱀파이어 혹은 늑대 인간과의 만남을 그린 로맨스물과『헝거 게임』과 같은 SF로 나눌 수 있다. 대표적으로 통제 사회에 저항하며 자유를 찾아가는 십대의 이야기가 많은데,『메이즈 러너』(제임스 대시너, 문학수첩, 2012)는 지옥 같은 폐쇄 공간 탈출하기,『헝거 게임』은 미디어를 통제하는 독재권력 파헤치기,『다이버전트』는 인간의 본성을 인위적으로 나눈 통제를 거부하기 등을 주제로 한다.

이 중 대표적으로 『트와일라잇』과 『헝거 게임』을 짚어보려 한다.[5] 읽어본 바로 두 작품이 완결성이 가장 높았고 다른 작품들의 경우 두 작품이 가지고 있는 특징에서 주로 서사를 파생시키는 패턴이었기 때문이다. 참고로 『타임』지에서 100권의 전통적인 영어덜트 도서를 추천한 바 있는데 전통적 작품 사이에 위의 두 작품이 포함되어 있으며 영화보다 원작 소설이 완결성이 더 높기도 하다.[6]

'트와일라잇'Twilight 시리즈는 『트와일라잇』『뉴문』『이클립스』『브레이킹 던』 총 4권으로 이루어졌으며 뱀파이어를 소재로 한 판타지 로맨스 소설이다. 연약한 소녀 벨라가 뱀파이어 에드워드를 만나 사랑에 빠지는 이야기로, 작품 안에 『폭풍의 언덕』과 『로미오와 줄리엣』이 직접 언급될 정도로 고전적이고 로맨틱한 사랑의 변주다. 둘 사이에 늑대 소년 제이콥이 등장하여 삼각관계를 형성하기도 한다. 이 작품은 전형적인 로맨스 장르물로 남녀 간의 사랑에 관한 서술 비중이 상당히 높다. 두 사람의 대화는 로미오와 줄리엣의 대사같이 로맨틱하다. 소녀 벨라는 연약한 소녀이고, 에드워드는 뱀파이어지만 차갑고 매력적인 프린스 차밍이며 늑대 소년 제이콥은 터프한 매력의 소년이다.

언뜻 보기에 다소 유치한 장르물인 듯한 소설이 영어덜트물의 대표

---

5   영어덜트 장르물은 무수히 많지만 늑대인간 소년과의 사랑을 그린 매기 스텝베이터의 『Shiver』, 외계인의 침공에 가족의 몰락을 딛고 일어서는 캐시의 이야기인 릭 얀시의 『제5침공』(RHK, 2016), 붉은 피와 은색 피로 계급을 나눈 사회 속에서 투쟁하는 소녀 메어의 이야기 『레드 퀸 적혈의 여왕』(빅토리아 애비야드, 황금가지, 2016) 등이 있다.

6   http://time.com/100-best-young-adult-book

작이 된 가장 큰 이유는 일단 청소년이 가진 '욕망'(그것이 성적 욕망이든, 순수한 사랑에 대한 갈구이든)을 매우 솔직하고 과감하게 그렸다는 점에 있다. 이 작품에 실제 성관계 장면은 많이 나오지 않지만, 벨라를 사냥감으로 느끼는 욕망과 연인으로 느끼는 욕망을 동시에 감당해야 하는 뱀파이어 에드워드의 아이러니한 상태나 그 욕망을 함께 느끼는 벨라의 심리 묘사가 매우 구체적이다. 벨라와 에드워드가 느끼는, 언제나 충족될 수 없는 성적 욕망은 십대들이 느끼는 욕망의 정체와 흡사하다.

작품은 처음에는 벨라가 매우 여성적인 존재로 에드워드가 남성적인 존재로 그려져 전통적인 성역할을 강조한 듯 보일 수도 있다. 그러나 서사가 진행되면서 벨라는 사랑을 찾아, 부모를 거부하고 인간으로의 인생마저 거부하며 뱀파이어가 되길 강력히 원하고, 결국 뱀파이어의 아이를 낳는다. 그것이 자신의 인생에 평탄치 않은 길임을 예상하면서도 사랑이라는 자신의 욕망을 솔직하게 찾아 나선다. 특히 약한 소녀에서 강한 뱀파이어 여성으로 변신하는 서사는 전통적인 여성 성장의 원형이기도 하다.[7]

한국에서 이러한 성과 사랑에 대한 이야기를 만나기는 쉽지 않다. 단지 한국 사회가 성적으로 보수적이기 때문만은 아니다. 한국 사회는

---

[7] 이것은 한국 청소년의 성에 대한 기준과 외국 청소년의 성에 대한 기준이 다르기 때문일 수도 있다. 『내가 사는 이유』(멕 소로프, 미래인, 2009)에서도 이종 사촌끼리의 육체적인 사랑 이야기가 나온다. 부모에 대한 애정 결핍과 독립 사이에 있는, 외로운 두 사춘기 소년, 소녀의 풋사랑은 독자에게 설득력 있게 다가온다. 뒤이어 전쟁이 두 사람을 갈라놓고, 비극 뒤에 두 사람은 다시 만나게 된다. 외로운 두 아이가 나누는 사랑 때문에 이들의 이별을 유발한 전쟁이 더욱 비극적으로 전달된다.

청소년의 욕망 자체를 인정하지 않기 때문이다. 그렇다면 한국 청소년들은 욕망이 없는 걸까? 물론 그렇지는 않다. 그런데 중요한 것은 문학에서 욕망은 서사를 이끄는 추진력이다. 등장인물에게 욕망이 부재하거나, 욕망이 있더라도 그것이 억압되어 있으면 서사는 뻗어나가지 못한다. 우리 청소년소설에서 청소년의 욕망은 찾기 힘들고, 욕망이 억압된 자리에서 돋아난 증상만 발견된다. 억압의 증상보다는 욕망을 찾아 떠나는 아이들이 그려져야 한다.

이번에는 미국에서 영어덜트물의 주인공이 왜 십대인지 생각해보자. 영어덜트물의 독자는 단지 청소년일 뿐 아니라 청소년을 포함한 성인이다. 그런데도 언제나 청소년이 주인공이다. 청소년이 영어덜트 장르물의 주인공으로 적합한 것은 청소년이야말로 삶의 주인공이 될 자질을 가졌기 때문이다. 십대 주인공이 서사의 주인공이 되어 자신의 길을 찾아 나서는 것, 그것이 현실적 어려움과 손해를 가져올지라도 그 길을 선택하겠다는 것, 그것이 청소년소설의 주인공인 청소년들이 가진 힘이다.

『헝거 게임』의 캣니스는 본래 '헝거 게임'에 선발되지 않았다. 헝거 게임에 뽑힌 동생을 대신하여 출전한 것이다. 그리고 제국에 생방송되는 서바이벌 게임에서 자신의 생존만 챙기는 것이 아니라 타인을 살리는 행동을 하여 주목받게 되고 결국 영웅이 된다. 여기서 중요한 것은 캣니스는 미디어를 통한 통제 방식에서 수동적으로 '보이는 자'였으나 그 시스템을 이용해 능동적으로 '보는 자'가 된다. 이 전환점으로 그는 자기 서사의 주인공이 된 것이다.

이것은 『트와일라잇』에서도 유사하게 나타난다. 벨라가 행하는 위험한 일에 대해 벨라의 생물학적 부모는 벨라를 안전하게 보호하려 애쓴다. 그러나 벨라는 부모를 속이고, 자신의 의지대로 나아간다. 그러다 위험에 닥쳤을 때의 상황을 보자.

> "당신에게 있어 벨라는 가족인가요?"
>
> "그래. 벨라는 이미 내 딸이란다. 사랑하는 딸."
>
> "하지만 당신은 벨라가 죽게 내버려두고 있잖아요."
>
> 한동안 그가 말이 없었으므로 나는 고개를 들었다. 칼라일의 얼굴은 아주, 아주 피곤해 보였다. 그의 기분을 나는 알 수 있었다.
>
> "네가 어떻게 생각하는지 알고 있어. 하지만 난 벨라의 의지를 무시할 수 없단다. 벨라 대신 결정을 내리고 그걸 강요하는 건 옳지 않으니까."
>
> (261쪽)

벨라가 뱀파이어 아이를 임신하여 목숨이 위태로워졌을 때 벨라의 친구 제이콥과 뱀파이어 의사 칼라일이 나누는 대화다. 영어덜트물에서는 안전을 이유로 서사 속 주인공의 의지를 작품 속 어른이 나서서 차단하지 않는다.

그렇다면 한국 청소년소설에서는 십대 주인공을 어떻게 그리고 있을까? 서사 속 주인공으로 자기의 운명과 앞길을 스스로 열어나가고 있을까? 『푸른 늑대의 파수꾼』에서 주인공 수인은 위안부가 될 운명이다. 그러나 하루코가 행한 행동의 결과로 위안부가 되지 않는다. 작가는 '위안부' 할머니들의 존재와 비극을 알리기 위한 장치로 수인이 위안부가 되거나, 위안부가 되지 않는 두 가지 결말을 제시한다. 그런데 위안부가 되는 것도 그의 의지가 아니지만 위안부가 되지 않는 결말 또한 수인의 의지로 이루어지지 못했다는 점에서 그는 항상 자기 서사의 주인공이 되지 못한다. 이는 위안부가 되지 않은 수인이 평탄하고 다복하게 살았다는 짧은 요약을 통해서도 확인된다. 초반의 씩씩했던 주인공 수인은 행복하고 평탄한 삶을 살면서 더 이상 서사의 주인공 역을 하기 힘들어진 것이다. 문학에서 인물은 비극을 비껴가는 것이 아니라 비극과 맞설 때 삶 속에 숨겨진 비밀을 찾아낼 수 있다.

오시은의 『고리의 비밀』(바람의아이들, 2016)은 영어덜트물과 함께 이야기해볼 수 있는 SF 판타지로 작가의 상상력이 특히 돋보이는 작품이다. 열다섯 살이 된 소녀 나리아는 12번째 고리 시대인 '바론'에서 '올해의 아이'로 뽑힌다. 같이 공부하던 모범생 수리치가 선택될 것이라는 예상을 깨고 올해의 아이가 되었지만 사실 그 행사의 비밀은 사회에 도움이 되는 엘리트를 선출하는 것이 아니라 통제사회를 위협하는 브레이커를 가려내는 것이었다. 브레이커로 판명되어 목숨을 잃을 위기에 처한 나리아는 우연히 13번째 고리 시대인 '코레'로 이동하고 그곳에서 통제사회 바론을 무너뜨릴 기회를 잡게 된다.

그런데 이 작품이 과연 청소년 서사인가 의문이 든다. 나리아의 심리나 서술방식 등이 청소년소설보다는 아동소설에 가까운데, 그것은 단지 열다섯 살인 나리아에 어울리는 에피소드, 가령 로맨스라든지 사춘기적 행동이 부재하기 때문만은 아니다. 『기억 전달자』(로이스 로리, 비룡소, 2007)에서 주인공 조너스가 기억 전달자로 선택되거나 『다이버전트』에서 트리스가 다이버전트로 판명되는 것은 어린아이였던 주인공들이 사회에 새로운 역할을 맡아 진입하는 것을 의미할 뿐 아니라 자신조차 깨닫지 못하던 자신의 정체성을 밝힌다는 상징이기도 하다. 영어덜트물은 대부분 제목부터 주인공의 정체성을 정의하며, 그 정체성은 바로 자신이 속한 사회의 문제를 해결할 주체임을 의미한다. 즉 주인공들이 담당한 역할은 통제사회의 모순을 상징하는 동시에 그들이 싸워나가야 할 자기 삶의 주인공임을 뜻하기도 한다. '세계와 싸우는 동시에 자기와 싸우는 사람'[8]이다.

나리아 역시 '올해의 아이'로 뽑히지만, 올해의 아이는 정체성을 찾는 역할로 부여된 것이 아니라 단순히 사회에서 제거되어야 할 존재를 색출할 목적으로 만들어진 것이다. 따라서 『기억 전달자』의 조너스가 '기억 전달자'라는 역할을 부여받아 그 역할을 통해 자신이 속한 사회의 모순을 깨달아가는 데 비해, 나리아는 외부 세계로 나갈 수밖에 없다. 즉 청소년 장르물에서는 주인공의 서사와 작품의 서사가 합일을 이루며 나아간다. 이러한 장르는 청소년에게 역할과 정체성을 부여하고 그것을 통해 세상을 바꾸는 힘을 실어주는 전통적 성장 서사이기 때문이다.

이야기의 날개를 꺾지 말기를

영화 〈싱 스트리트〉에는 '학교 폭력', '가정불화', '권위적 교사의 폭력' 등 청소년 서사의 단골 소재가 모두 등장한다. 이런 종류의 소재는

---

8 김성윤, 『덕후감』, 북인더갭, 2016, 399쪽.

사실 언제 어디서나 벌어지지만 그것을 어떤 시각으로 바라보느냐에 따라 다양하게 해결된다. 이 영화의 경우, 이러한 에피소드들을 매우 객관적 태도로 취급한다. 한마디로 호들갑을 떨지 않는다. 이런 사건들은 실제 벌어져서는 안 되지만 청소년들은 언제나 이런 말도 안 되는 사건들을 먹고 자란다. 즉 이 소재를 어떻게 겪고 어떻게 대항할지가 사건의 발생 여부보다 중요하다.

영화에서 힘없는 주인공은 이것을 어떻게 해결할까? 주인공은 음악 밴드를 시작한다. 그의 일상이었던 음악으로 사건 해결의 실마리를 만든다. 학교 폭력을 행사하던 아이에게 "너는 항상 부수기만 하지만 나는 노래를 만든다. 네가 나를 때릴 수는 있지만 나를 변화시킬 수는 없다."고 맞설 만큼 자란다. 또한 자신을 폭력적으로 억누르던 교사에게는 풍자 섞인 노래 가사를 만들어 학교 콘서트에서 부른다. 노래밖에 할 수 없었기에, 노래로 저항하는 것이다. 이렇게 맞서면서 소년은 자란다.

여기서 학교 폭력이나 교사 폭력이 있을 때 영화 속 부모는 어떤 일을 했을까? 부모는 자신들의 인생사가 고달파서 이 사실을 알지도 못했다. 이 영화는 아이에게 벌어지는 여러 문제와 갈등을 해결하는 주체가 바로 주인공 자신이어야 한다는 것을 말해준다. 우리도 청소년을 욕망을 가진 개인으로 인정하고, 스스로 성장할 수 있는 인격체로 여기고, 그들이 해결할 수 있다는 믿음을 가져야 한다. 그래야 청소년의 시선으로 세상을 보는 건강한 서사가 만들어질 수 있다.

마지막으로 '아기장수 설화' 이야기를 하고 싶다. 아기장수 설화에서 부모는 날개 달린 아이의 앞날이 두려워 아이의 날개를 꺾고 만다. 이

어린 장수를 '이야기의 씨앗'이라고 생각해보자. 수많은 이야기의 날개를 꺾어, 날아오를 수 없게 검열하는 것은 다름 아닌 어른들일지도 모른다. 청소년소설 속 아이들이 다양한 날개를 달면 우리가 만들어놓은 우리 사회 청소년의 틀에서 벗어날까 봐 스스로 통제하면서 기존 관념에 어울리는 청소년과 그들의 이야기만 무한 반복하고 있는지도 모른다. 청소년소설을 통해 청소년들의 삶이 자유로워지고, 세상이 나아지기를 바란다면, 날개 달린 이야기들이 날아오르도록, 이야기의 날개를 꺾지 않았으면 좋겠다. 크고 아름다운 날개를 단 이야기가 청소년소설로 나오길 기대한다.

퀴어링Queering을 위한 출발선,
아동청소년문학

'비장소非-場所'의 개념으로 알려진 인류학자 마르크 오제는 『나이 없는 시간』(플레이타임, 2019)에서 '나이'와 '시간'을 구별한다. 노년기에 대한 일반적인 생각에서 벗어나 나이에 얽매이지 않고 '현재'에 집중할 수 있는 가능성을 모색한다. 이 책에 근거하자면 아동청소년기 역시 미래를 준비하는 시기가 아닌 현재 자체로 의미를 지닌다.

근대 사회는 아동청소년기를 미성숙의 시기, 내일을 위한 준비기로 규정해왔다. 이 규정은 아동청소년에게 기존 사회 규범을 주입시키는 것에 정당성을 부여하며 그것은 '보호/통제'라는 단어로 포장된다. 보호가 반드시 부정적인 것은 아니므로 근대 사회에서 어린이의 인권과 환경은 분명 개선된 면이 있으나 교육을 통한 이데올로기의 내면화 역시 부인할 수 없는 사실이다.

기존 사회의 규범을 내재화하려는 시도는 동화나 동요같이 어린이에게 전달되는 문화에서 쉽게 찾아볼 수 있다. 아동청소년 인권이나 그에 대한 배려가 부족한 한국 사회는 정치적으로 진보적인 사람조차 어린이 문화에 둔감한 경우가 많다. 가령 많은 사람들이 우리나라에서 인기를 끈 동요 '상어 가족'의 "어여쁜 엄마 상어, 힘이 센 아빠 상어"라는 가사를 무비판적으로 듣는다.

이 노래에는 "귀여운 바닷속 아기 상어"라는 구절도 있는데 '어린이는 귀엽다'라는 표현 역시 어른이 어린이를 대상화하여 바라보는 시선이다. 어린이를 귀여운 존재로만 한정 지을 때 어린이의 성과 사랑은 배제될 수밖에 없다. 어린이를 순진무구한 존재로 볼 때 어린이라는 존재는 제한된 울타리에 가두어진다.[1] 두 명의 남자아이가 등장하는 그림책 『첫사랑』(브라네 모제티치 글, 마야 카스텔리츠 그림, 박지니 옮김, 움직씨, 2018) 속 아이들의 사랑은 부정되며[2] 그림책『꽁치의 옷장엔 치마만 백 개』(이 채 글, 이한솔 그림, 리잼, 2015)처럼 남자아이 꽁치의 치마를 입고 싶은 욕망 은 성역할 고정관념이 경직된 사회에서 수용되기 어렵다.

젠더가 사회적으로 구성되는 것[3]이며 섹슈얼리티 역시 이데올로 기[4]라면 사회의 이데올로기가 비판 없이 전달되는 아동청소년기야말로 퀴어 담론에서 주목해야 할 시기이다. 기존 사회의 통념이 전달되는 공 간을 전유하여 다양하고 열린 담론의 장으로 재편할 필요가 있다. 그것 을 위해 아동청소년문학이 퀴어라는 소재를 어떻게 형상화해왔는지 살 피는 작업이 선행되어야 한다.

인권투쟁의 서사

한국 청소년소설은 2000년대 이후 본격적으로 자리매김하였는데 이때의 원동력은 인권 문제였다. 소아 성추행 문제를 다룬『유진과 유진』 (이금이, 푸른책들, 2004), 두발 규제를 소재로 한『열일곱 살의 털』(김해원,

---

1   김이구,『해묵은 동시를 던져 버리자』, 창비, 2014, 227쪽.

2   "그러던 어느 날 드레이크네 가족이 이사를 떠났어요. 드레이크는 다른 유치원에 다니게 됐 지요. 더 이상 우린 서로를 만날 수 없었습니다. 나는 그 애를 사랑했어요. 그 애도 아마 그랬을 거예 요."『첫사랑』, 44~45쪽.

3   로이스 타이슨, 윤동구 옮김,『비평이론의 모든 것』, 앨피, 2012, 696쪽.

4   박이은실,「퀴어 이론가 이브 코소프스키 세즈」,『여성이론』30호, 도서출판 여이연, 2014, 142쪽 참조.

사계절, 2007)을 비롯하여 성적지상주의, 입시, 십대의 성, 임신, 학교 폭력 등의 주제가 쏟아져 나왔다. 청소년 인권 사각 지대인 한국에서 청소년 인권에 주목하면서 작가들은 작품 세계를 넓혀갔다. 인권 관련 소재는 다양한 자리로 시선을 넓혔는데 퀴어에 대한 조명 역시 이와 궤를 같이 한다.

퀴어 청소년소설은 대체로 이경화의 『나』(바람의아이들, 2006)부터 거론된다. 알려져 있다시피 이 소설은 2003년 타계한 19세 청년 고 육우당六友堂을 모델로 삼은 청소년소설이다. 인권 차원에서 작품의 의의는 있지만 중심 인물들인 게이 소년들의 외모나 성격 등이 다소 스테레오 타입화되어 있고 갈등이 해결되는 방식도 작위적이라는 지적[5] 또한 타당하다. 문학에서 '정치적 올바름'의 주제를 다룰 때는 자칫 메시지를 위해 인물이나 서사, 미학적 부분이 희생되지 않는지 고민해야 한다.

인권의 차원에서 퀴어 청소년을 주목한 작품을 보면 작품의 서술자는 대개 이들과 혈연관계인 경우가 많으며 퀴어에 관한 지식에 무지하다가 퀴어 당사자에 의해 계몽되는 양상을 보인다. 작품을 이끌어나가는 '서술자'가 비판적인 관찰자가 되면서 인물 간 대화는 극단적이 되고 서사는 갈등이 고조된다.

『나는 즐겁다』(김이연, 사계절, 2011)는 여동생 이란의 눈으로 커밍아웃을 한 오빠 이락을 보고 있다.

---

5   별, 「K의 LGBT 서가를 위하여: 국내에서의 퀴어 청소년소설 수용현황 검토」, 『삐라』 창간호, 2012, 176쪽.

① 오빠가 게이라는 사실을 알았을 때, 나는 오빠가 정말 싫었다. 더럽고, 추악하고, 징그러웠다. 왜 우리 집에 이런 일이 닥친 건지 원망스럽기만 했다. 차라리 사라져주었으면 하고 바란 적도 있다. 오빠가 안타까운 눈빛을 보낼 때마다 구역질이 났다. 살갗이 닿는 것도 싫었고 같은 세탁기를 쓰는 것도 몸서리가 쳐져 따로 빨래를 하기도 했다. (143~144쪽)

② "그건 그래, 오빠. 나는 옛날에는 게이라고 그러면 다 목소리 가느다랗게 여자 흉내 내고, 걸음도 팔 흔들면서 이상하게 걷고 웃을 때도 호호, 뭐 이런 사람들인 줄 알았거든. 근데 오빠는 완전 남자잖아. 정지민도 그렇고." (149~150쪽)

③ "아니야. 여성스러운 분위기를 풍기는 게이들도 분명 많이 있어. 백 명의 사람이 있으면 백 명의 성격이 모두 다른 것처럼 게이들도 각자 다 다른 개성이 있다고." (150쪽)

④ 그러나 나는 몰랐다. 내 생각에 빠져 허우적대고 있을 때, 오빠가 얼마나 힘든 하루하루를 보내고 있었는지. 사람들로부터 얼마나 멸시를 당하고 있었는지. 현관문 밖에 쓰인 그 낙서들을 보며 나는 오빠를 지켜야겠다고 다짐했다. 그런데 어떻게? 아, 고민된다. (144쪽)

①과 ②는 게이 정체성에 관해 잘 알지 못하는 여동생의 발언이고

③은 이러한 생각이 잘못되었음을 알려주는 오빠의 설명이며 ④는 생각이 변화한 여동생의 모습이다.

이러한 구성은 동화 『아빠와 나 그리고 아빠?』(이기규, 휴먼어린이, 2018) 역시 마찬가지다. 이 작품은 초등학생 딸이 서술자가 되어 이혼 후 남성과 같이 사는 아빠의 모습을 관찰한다.

① 아빠가 동성애자라니, 아니, 그럴 리 없다. 하지만 두 사람이 포옹하고 있는 걸 내 두 눈으로 똑똑히 봤잖아. 엄마 말처럼 동성애자는 전염되는 걸까? 아빠가 동성애자니까 나도 크면 동성애자가 되는 걸까? 그럼 어떡하지? 그럼 준우하고 결혼도 못 하게 되는 걸까? (29쪽)

② "게이들은 다 여성스럽다는데 그렇게 여성스러워서 이런 장보는 것도 재밌나 봐요?" (61쪽)

③ "게이들이라고 다 여성스럽지 않거든. 그리고 장보기에 여성스럽다, 남성스럽다가 어디 있니? 그거 큰 편견이다. 이건 내가 여성스러워서 좋아하는 게 아니라 그냥 내가 하고 싶어서 하는 거야." (61쪽)

①과 ②는 성소수자와 성역할에 편견을 가진 딸의 말이고 ③은 아빠의 동성 연인인 연우민이 잘못된 생각을 지적해주는 대목이다.

위의 작품들이 선의의 의도를 가졌고 정치적 올바름을 견지하려고 노력한 것은 분명하지만 여러 면에서 독자를 계몽하려는 의도가 과하다.

독자는 여러 정보를 학습받기보다는 작품 속 인물과 속 깊은 대화를 나누고 싶다.

작품의 후반부로 접어들면 학교에서 받는 불이익 등 외부의 적을 물리치기 위해 가족이 단결하는 수순을 밟는다. 이 과정에서 퀴어 인물들은 가족과 사회를 향한 '인정 투쟁' 혹은 '인권 투쟁'을 벌인다. 『나는 즐겁다』에서는 이락이 자신이 게이임을 아버지에게 커밍아웃하고, 아버지는 아들의 상황을 인정하지 못하다 이락이 학교에서 불이익을 당하고 있음을 알게 되면서 아들을 지지하게 된다. 이락은 교문 앞에서 자신의 인권을 위해 1인 시위를 벌이고 기자인 아버지도 이에 동참한다.

한편 『아빠와 나 그리고 아빠?』는 서술자인 딸이 아빠의 상황을 인정하지 못하다가 여러 곳에서 그들이 불이익을 당하는 모습을 보며 그들을 인정하게 된다.

연우민이 봉투를 열어보았다. 그 봉투 속에는 내가 예쁘게 꾸민 청첩장이 들어 있었다. 지난주에 만든 건데 좀 쑥스러워서 이제야 내밀게 된 거다.

"이런 청첩장도 버릴 거예요?"

연우민이 빙그레 웃으며 말했다.

"아니, 이 결혼식은 어떤 일이 있어도 꼭 참가해야겠는데?"

연우민의 눈가에 이슬이 맺혔다. 울리려고 한 건 절대 아닌데.

(173~174쪽)

이 작품은 퀴어를 오해하다가 아빠 커플을 인정하는 아이의 변화가 서사의 중심이 되면서 정작 아빠 커플은 대상화되는 면이 강하다. 가족의 인정은 중요하지만 그것이 반드시 서사의 최종 목표가 될 필요는 없다. 사회가 소수자를 열린 시선으로 바라보는 것도 중요하지만 모두를 설득시킬 수도, 그럴 필요도 없다. 소수자 담론은 주류 사회의 인정이 아니라 정당한 권리에 대한 주체적 문제 제기로 모아져야 한다. 한 글자 차이지만 인정 투쟁과 인권 투쟁은 다르다. 인정 투쟁을 위해 달려가는 서사가 독자에게 인물들의 심정을 곡진하게 전달하여 독자들의 마음을 움직일 수 있었는지 궁금하다.

정체성의 작동 방식

인권 담론으로 접근하는 작품들이 세상을 향해 외치는 방식을 선택하는 한편에는 자신의 정체성에 대한 고민 혹은 커밍아웃에 대한 내적 갈등을 이야기하는 작품들도 있다. 물론 정체성은 고정적인 것이 아니라 자신을 인식하고 설명하기 위한 허구[6]적 장치이며 벽장을 나올 것을 고민하는 것보다 '벽장을 만드는 힘과 싸우는 것', 벽장을 통해 작동, 유지[7]되는 사회적 전략을 꿰뚫는 것이 중요하다. 따라서 사회가 제시한 이성애 중심의 정체성에서 이들이 어떻게 탈주하는지 그 양상을 살필 필요가 있다.

---

6   오혜진, 「지금 한국 퀴어문학장에서 퀴어한 것은 무엇인가(1)」, 『문학과사회』 31호, 문학과지성사, 2018, 84쪽.

7   오혜진, 위의 글, 88쪽 참조.

남유하의 「여자 친구」(『창비어린이』, 2019년 여름호)는 여자 친구인 지나가 주인공인 초등학생 오하리에게 하얀 레이스 브래지어를 보여주면서 시작한다. 오하리는 브래지어를 한 지나의 가슴을 본 순간 지나에게 성적인 감정을 느끼고, 자신의 감정이 당황스러워 레즈비언인 고모를 만나 고모 커플이 함께 사는 모습을 보게 된다. 그리고 결말에서 주인공은 당황스러워하면서도 자신의 감정을 인정하게 된다.

> 고모, 고모의 여자 친구, 그리고 지나의 얼굴이 차례로 눈앞을 스쳐갔다. 운동장에서 나를 바라보던 지나의 얼굴이 떠오르자 충치가 생겼을 때처럼 마음이 욱신거렸다. 엄밀히 따지고 보면 지나를 탓할 이유는 없었다. 그렇다고 지나를 좋아하는 내 마음을 탓하고 싶지도 않았다. (51쪽)

오하리가 사회에서 주입받아온 이성애 중심의 사고는 자신의 눈으로 여자 친구의 몸을 보는 순간 깨진다. 이 '당황스러움'은 자신의 내면에 실재하는 어떤 느낌을 발견했기 때문이다. 그리고 오하리는 이성애만이 사랑이라는 실체 없는 통념보다 자신의 감정을 믿는 편을 선택한다.

송경아의 『누나가 사랑했든 내가 사랑했든』(창비, 2013)은 누나가 좋아하는 남자 선배를 우연히 사랑하게 된 성준의 이야기로 나의 행동이 나를 만듦을 보여준다. 성준은 자신이 사랑하는 희서 형이 퀴어에 대한 편견을 가지고 있음을 알면서도 고백한 후 거절을 당한다. 거절당할 걸 알면서도 고백을 하는 주인공의 심리는 무엇일까? 주인공의 고백은 선배에게 하는 것이 아니라 자기 자신에게 들려주는 결단이다. 희서의 생각이나 대답은 중요하지 않다. 제목이 뜻하는 것처럼 '누나의 사랑은 이성애이고 성준의 사랑은 동성애'지만 그 감정의 색깔은 크게 다르지 않다. 다만 내가 누구인지 나 자신에게 설득하고 선언하는 것, 그것이 타자가 구성하는 정체성을 벗고 한 발짝 나아가는 방법이다.

이 행동을 좀 더 구체적으로 보여주는 것이 『루나』(줄리 앤 피터스, 정소연 옮김, 궁리, 2010)다. 이 작품은 열여섯 살의 여학생 레이건의 입장에서 서술된다. 레이건은 같은 학교에 다니는 친오빠 리엄이 사실은 트랜스젠더임을 알게 되고, 스스로를 루나라고 명명한 오빠를 돕는다. 이 소설에서 루나가 쇼핑몰을 걷는 장면은 특히 인상적이다. 주위에서 알아챌 것을 두려워하면서도 자신의 정체성을 오픈하는 모습이 루나의 용기를 보여준다. 루나는 익명의 사람들에게 여성으로 인지될 것을 꿈꾸지만 그럴 가능성은 거의 없다. 여성으로 보이고 싶지만, 여성으로는 보이지 않는, 기이한(퀴어한) 사람으로 보일 수 있는 것이다. 그럼에도 용기 있게 여성의 복장을 입고 거리를 걷는 일을 반복하는 루나의 내면과 용기가 설득력 있게 그려진다. 새로운 정체성은 새로운 행동에 의해 강화된다.

마지막으로 정소연의 「마산 앞바다」(『옆집의 영희 씨』, 창비, 2015)는 청소년 시절 자신이 레즈비언임을 발견했던 주인공이 당시 함께했던 친구가 죽었다고 판단하여 고향에 내려가며 벌어지는 이야기다. 죽은 이의 얼굴을 볼 수 있는 림보의 바다에 친구의 얼굴이 떠오를 거라 예상하고, 애도를 계획했으나 그곳에서 친구는 죽지 않았음을 알게 된다. 바닷가에서의 애도는 이른바 자신의 과거와의 이별 의식을 뜻한다. 그러나 주인공의 과거, 죽지 않은 친구, 바다에 떠오르는 얼굴, 이것들은 모두 주인공이 지우고 싶어도 지울 수 없는 정체성이다. 어쩌면 죽지 않은 친구는 곧 나를 상징한다. 친구가 죽지 않았음을 알게 된 후 주인공은 과거와 단절하고 애도하려는 계획을 거두고 현재 자신에게 고백한 레즈비언 후배에게 전화를 한다. 자신의 정체성을 버리러 왔던 곳에서 도리어 자신을 각성하는 반전을 통해 주인공은 과거와 현재의 나를 통합한다.

이처럼 퀴어의 정체성은 이성애 중심의 사회에서 새로운 자신을 만나 그것을 솔직하게 성찰하고 새로운 길로 떠나는 모험에서 만들어진다. 이는 성 정체성뿐만 아니라 솔직하게 자신을 만나려는 모든 이들이 공감할 수 있는 서사이기에 퀴어 너머로의 단초를 제공한다.

평행우주에서 나의 세계 찾기

우리는 이 세계에서 살아가지만 우리가 모두 보이는 것은 아니다. 보이는 사람과 보이지 않는 사람이 있다. 때로는 보이고 싶은 사람이 있는가 하면 보이고 싶지 않은 사람도 있다. 우리는 물리적으로 존재하지만 심리적으로 혹은 사회학적으로 존재와 비존재로 나뉜다. 퀴어링Queer-ing이 의미가 있는 것은 보이는, 보이지 않는, 보이고 싶은, 보이고 싶지 않은 그 모든 순간을 의미 있게 담아낼 수 있기 때문이 아닐까?

여기서 보이지 않는 '틈'과 그 틈을 읽어내는 '독자' 혹은 '시선'은 흥미롭다. 최근 청소년 시절 동성과의 관계를 직접적 언급이나 설명 없이 '보여주는' 대중 서사가 많아졌다. 이것을 본격적인 동성애가 아니라 동성애 '코드'[8]라고 읽을 수도 있지만 어쨌든 '보여주기만' 하는 전달 방식에서 '보이지 않는 무엇'을 감지하는 것이 퀴어적 독해이다. 영화 〈별새)에서 은희가 영지를 갑자기 포옹하는 장면은 두근거리던 마음으로 영화를 보던 관객이 감정의 정체를 말없이 자문하게 만든다. 『올해의 미숙』(정원, 창비, 2019) 또한 미숙과 재이가 여행을 가서 나란히 잠자리에 든 장면을 보며 독자는 다음 장면을 떠올리게 되고, 그 장면이 왜 떠올랐는지 스스로 묻게 된다.

한편 정소연의 「비거스렁이」(『옆집의 영희 씨』 수록, 창비, 2015)는 퀴어적 상황이 등장하지는 않지만 정체성 탐색의 방향에서 퀴어 너머의 서사로 읽을 수 있는 작품이다. "이 작품은 평행우주 속에서 자신의 세계를 찾지 못하는 청소년의 이야기이다. 주인공 지영은 자신이 '여기에 없는 것 같'고 '붕 떠 있는 것 같은, 금방이라도 발밑이 사라질 것 같은 느낌'이지만 '여기가 내 자리라는 느낌을 받고 싶'고 '제대로 여기에 있고 싶'다고 생각한다. 열여섯 살 지영의 이러한 고민은 일반 청소년소설에서 줄곧 보아왔던 청소년의 고민과 현실을 넘어 우주적인 시각으로 확장되면서 청소년기 정체성의 고민에 대한 색다른 시야를 선사한다."[9]

하다못해 공간만 불일치했다면 지금처럼 힘들지는 않을 텐데, 지영은 실제 나이와 표면 나이도 몇 달 정도 차이가 나는 시공간 불일치 케이스였다. 그러니 존재감이 약할 수밖에 없었다. 열여섯이 될 때까지 버틴 것만

8   듀나, 「퀴어 소녀: 소녀에겐 미래가 필요하다」, 조혜영 엮음, 『소녀들』, 여성문화이론연구소, 2017 참조; 오혜진, 앞의 글, 81쪽, 재인용.

9   김유진, 「최근 SF 아동청소년문학의 여성주의적 분석」, 『아동청소년문학연구』 22호, 한국아동청소년문학학회, 2018년 6월, 222~223쪽.

도 대단했지만, 이제 서서히 한계에 다다르고 있는 것이 보였다. 희미하게 비치는 지영을 교실에서 처음 보았을 때는 깜짝 놀랐다. 열세 살이 넘도록 자신의 세계가 아닌 곳에서 정체성을 유지하는 사람은 거의 없었다. 대부분은 발견되기 전에 사라졌고, 정연처럼 남은 몇몇 사람들은 더 이상 어디에도 '자신의 세계'를 갖지 않았다. (147쪽)

이 작품은 '정체성'을 보이는 것과 보이지 않는 것으로 시각화하여 표현한다. 홍지영은 자신의 세계가 아닌 곳에 머물 때 희미하고 보이지 않는 반면 나의 세계를 찾자 뚜렷하게 보인다. 나의 시공간이 아닌 곳에 머물 때 우리는 비존재다. 그러나 나의 시공간을 찾았을 때 우리는 '존재'가 된다. 퀴어를 언급하지 않으면서도 자신의 세계를 찾아야 하는 절박함을 통해 퀴어 너머의 보편성을 이야기한다. 「비거스렁이」와 앞에서 언급한 작품 「마산 앞바다」의 작가이자 『루나』의 번역자이기도 한 정소연은 이성애가 기본값인 청소년소설에서 의도적으로 LGBTQ 인물을 등장시켜 그들을 '가시화'해야 한다고 말한다.[10]

10   오세란·정소연·김영선, 「〈그 작품 그 작가〉(17) 옆집의 영희 씨의 작가, 정소연을 만나다」, 『창비어린이』 2016년 겨울호, 53~54쪽.
      오세란: (중략) 이번에는 성 정체성 이야기를 해보고 싶어요. 선생님 작품 안에는 성 정체성에 대한 이야기들이 자연스럽게 스며들어 있는데요.
      정소연: 제 작품에 의식적으로 넣는 부분이 있다면 LGBT에 대한 이야기예요. 실제로 존재하는데 가시성이 굉장히 낮은 소수자 집단 중 하나잖아요. 그래서 저는 이들이 존재한다는 것을 반드시 보여줄 필요가 있다고 생각해요.
      오세란: 한국 사회에서 표면화되기 어려운 종류의 이야기죠.
      정소연: 네. 청소년기에는 특히 2차 성징을 거치기 때문에 혼란이 클 텐데 그 문제에 대해 아

「비거스렁이」가 평행우주만큼이나 다양한 시공간에서 자신의 길을 찾아나가는 청소년을 이야기한다면 이금이의 동화 『망나니 공주처럼』(사계절, 2019)은 페미니즘 동화이면서 열린 결말을 통해 퀴어 너머로 나아가는 이야기이다. 이 작품에는 두 번의 패러디가 들어 있다. 첫 번째 패러디는 기존 왕자와 공주 이야기의 패러디이다. 작품에서 망나니 공주와 왕자는 사랑하고 결혼하는 커플이지만 기존의 성역할과 다르게 행동한다. 즉 지금까지의 공주 스토리의 형식에 새로운 왕자와 공주의 성격을 부여한다. 두 번째 패러디는 이 이야기를 옛이야기처럼 듣는 앵두와 자두, 두 여자아이가 망나니 공주 커플의 행동을 따라하며 발생한다.

공주가 가까이 다가가자 왕자 얼굴은 더 빨개졌어요. 그 순간 흰바람을 타고 달릴 때처럼 공주 가슴도 두근거리기 시작했어요.

예 침묵하는 경우가 너무 많아요. 예를 들면 10대 때 저는 성 정체성이라는 말이 존재한다는 것조차 제대로 몰랐어요. 어떤 고민에는 그 고민을 표현하는 언어가 존재하고, 언어가 존재할 만큼 많은 사람들이 거기에 대해 생각해온 거예요. '있다'라는 메시지를 강하게 전달해야 하는 부분이 LGBT인 것 같아요. 장애와는 좀 다른데, 내가 장애인이 아니더라도 장애 자체의 존재는 가시성이 있어요. 나랑 멀다고 잘못 생각하거나 오해할 수는 있겠지만 장애인이 없다고 생각하는 사람은 별로 없거든요. 그런데 LGBT 경우에는 없다고 생각하는 사람이 아직도 정말 많아요. 내 친구 중에는 없어, 우리 학교에는 없어. 그런데 그럴 수가 없어요. 그러니까 반드시 등장시켜야 한다고 생각하고, 가능하면 자연스럽게 존재하는 상태를 구현하려고 해요. 신경을 많이 쓰는 부분 중 하나예요.

오세란: 작품 속 등장인물들의 성 정체성은 의식적으로 선택하신 경우가 많은 거군요.

정소연: 네, 대체로 상당히 의식적이에요. 인물을 설정할 때 이성애자가 기본인 작가들이 사실 더 많을 거라고 생각해요. 그런데 저는 애당초 그게 아닌 거예요. 그 부분이 공백인 상태에서 시작하고 어느 쪽으로든 갈 수 있지만, 사회 전체적인 균형이 안 맞는 상태니까 저는 조금 더 LGBT 쪽에 기울어서 작품을 쓰기도 하죠.

"너 참 귀엽다."

공주가 속삭였어요.

"넌 참 멋져."

왕자도 말했어요.

"너 참 귀엽다."

자두가 앵두를 보며 할머니 말을 흉내 냈어.

"넌 참 멋져."

앵두도 따라 했지. 둘은 키득거리며 서로를 콩콩 때렸어. (43~45쪽)

이 장면은 이야기 속 인물을 단순히 모방하는 행위로 보일 수도 있다. 그러나 서사에서 '따라하기'가 여러 차례 반복되면 그것은 분명 모종의 의도로 전달된다. 이것은 새로운 길을 만들기 위해 반복을 수행하는 과정이다.

"나도 망나니 공주처럼 새로운 전설의 주인공이 될 거야."

앵두가 다짐했어.

"그 전설에 나도 나오는 거지?"

자두가 물었어.

"당연하지. 그 이야기의 주인공은 우리야."(중략)

앵두와 자두는 말 위에 올라탔어.

앵두와 자두를 태운 말들이 달리기 시작했어. 바람처럼 새처럼. 그리고

망나니 공주처럼! (81~82쪽)

앵두와 자두, 두 소녀가 망나니 공주 커플처럼 말을 타고 "새로운 전설의 주인공"이 되기로 결심하는 에피소드는 망나니 공주와 왕자 커플의 서사를 따르고 있다는 점에서 눈 밝은 독자라면 충분히 읽어낼 수 있는 퀴어 서사다.

한국 아동청소년문학에서 퀴어 서사는 인권 문제에서 출발하여 정체성에 천착하되 조금씩 퀴어 너머로 연대해가고 있다. 결국 퀴어링은 자신을 솔직하게 들여다보는 데에서 출발한다. 봉합된 정체성에 갇히지 않고, 맞지 않는 옷을 입고 살지 않겠다는 의지이다. 이것은 자유에 관한 이야기이다. 그러므로 퀴어 너머를 지향하는 서사는 굳이 크게 외치지 않아도 이미 근대를 넘어선 자리에서 개인의 자유, 평등 그리고 인권의 보편성에 관해 이야기하고 있다.

타자의 이야기를 듣다
: 최근 출간된 해외 청소년소설 살피기

　이 글은 올해(2017년) 번역된 해외 청소년소설 몇 편을 소개해야겠다는 소박한 의도에서 출발했다. 지난 몇 년간 주목할 만한 작품이 꽤 여러 편 출간되었는데도 여건상 소개되지 못했기 때문이다. 로이스 로리 Lois Lowry의『기억 전달자』(비룡소, 2007)는 후속편 세 권이 모두 번역되었고, 영국 작가 팀 보울러 Tim Bowler의 작품도 '블레이드' 시리즈(놀, 2012)를 비롯해서 여러 편 번역되었다. 중국 작가 창신강常新港의 작품도 마찬가지다. 올해 개봉되어 주목받은 영화 〈몬스터 콜〉의 원작 소설『몬스터 콜스』(시본 도우드·패트릭 네스, 웅진주니어)도 2012년에 이미 번역된 바 있다. 현실과 판타지를 엮어낸 영상은 탁월했지만 가족 문제로 중심축이 이동한 영화보다는 주인공의 성장이 중심인 원작이 서사적으로는 더 설득력이 있지 않나 싶다. 그 밖의 작품들도 소재 활용면에서 학교 폭력, 인터넷 사용 등 우리 청소년소설과 견주어볼 이야깃거리가 차고 넘친다. 해외 청소년소설이 그리는 세계에는 삶과 문화는 다르지만 청소년이라는 교집합 안에서 발견할 수 있는 시선이 있다. 그런 부분을 함께 나누고 싶었다.

　최근 작품에서 특히 우리가 받아 안아야 할 지점은 바로 타자를 그리는 작가의 시선이라는 생각이 들었다. 이를테면 여성을, 동물을, 외국인을 대하는 시선이 상당히 진지하다고 할까? 그리고 그것은 탈식민주의 페미니스트 가야트리 스피박 Gayatri Spivak의 "하위 주체는 말할 수 있는가?"라는 질문과도 연결된다. 본래 이 물음에서 '하위 주체'란 사회적 약자로서의 여성, 특히 제3세계 여성을 뜻한다. 하지만 포괄적으로 보면 아동이나 청소년, 외국인, 나아가서는 동물까지 사회의 주류에 위치하지 않아 제 목소리를 내기 힘든 모든 존재를 의미한다. 그리고 '말할 수 있는가?'라는 의문은 작가가 약자의 눈과 귀와 입이 되어 그들 내면의 목소리를 듣고 전달하는 것에 대한 깊은 고민에 다름 아니다. 사회적 약자가 그들의 이야기를 직접 말하기 어려울 때 그들의 언로言路가 되어주어야 하는 작가들은 어떻게 이야기를 써야 할까?

작가는 본래 타자의 목소리를 대언하는 사람이다. 인간은 시간과 공간의 좌표에 갇힌 존재이기에 자신의 울타리를 벗어난 시선으로 세계를 진단하기 쉽지 않다. 그러나 작가에게는 그 경계를 벗어날 수 있는, 그리고 벗어나야 하는 역할이 부여되어 있다. 최근 출간된 해외 청소년소설을 살피고 우리 작품을 돌아보며 그 이야기를 나누어보려 한다.

여성의 눈으로 살피다

올해 우리 사회의 뜨거운 담론은 여성주의다. 종전의 페미니즘 논의가 양성평등이라는 다소 무난한 차원의 문제 제기였다면 최근에는 여성 자신의 시선으로 여성 문제를 적극적으로 해석하고 표현하려는 방향으로 나아가고 있다. 이전에 언급하기 어려웠던 지점도 과감하게 발언하기 시작했다. 여성의 성욕을 포함한 성과 몸 담론이 터져 나왔고, 남성이 여성을 대하는 언술, 대상화하는 시선 등도 민감하게 지적해나가고 있다. 이처럼 여성주의 담론은 사회 여기저기에서 발화되는 중이다.

올해 출간된 해외 청소년도서 중 주목받은 책 한 권을 고르라면 단연 『나에 관한 연구』(안나 회그룬드, 우리학교, 2017)일 것이다. 2015년 스웨

덴에서 출판되어 2016년 볼로냐 라가치상 픽션 부문 스페셜 멘션에 오른 이 작품은 한국과 스웨덴의 물리적 거리만큼이나 두 나라 청소년문학 간의 거리도 멀다는 것을 알려주었다. 장르는 청소년 대상 도서지만 삽화 이상의 역할을 하는 그림, 여성사 같은 정보를 요령 있게 정리한 서술 등 한국의 장르 개념으로는 뭐라 단일하게 규정하기 어려운 책이다.

이 책의 첫 장은 사춘기 소녀가 손거울로 자신의 생식기를 비춰보는 파격적인 그림으로 시작한다. 이는 2차 성징이 나타나며 시작될 수밖에 없는 자신의 몸에 대한 궁금함, 새록새록 솟아나는 성에 대한 고민, 이성 관계에 대한 호기심, 남성들의 잘못된 이성 관념 비판 등으로 이어지는데 소녀의 목소리는 때론 모순적이라 도리어 진술하다. 독자의 이해를 돕는 페미니즘 역사 서술은 깔끔하고, 주인공의 초경으로 마무리되는 마지막 장면의 삽화도 인상적이다. 몸에서 시작하여 여성이라는 존재, 남녀의 관계를 짚고 다시 몸으로 되돌아오는 구성도 훌륭하다. 물론 한국과 스웨덴의 문화 차이를 생각하면 한국에서는 이 책의 주제가 바로 수용되기 어려운 부분도 있다. 다만 이런 책을 볼 때면 멀리 앞서가고 있는 남의 자식을 부러워하는 부모의 심정이 된다.

『어서 와요, 공주님』(뜨인돌, 2017)은 『우리 아빠는 백수건달』(대교출판, 2005)로 우리에게 이름을 알린 대만 작가 장유위張友漁가 2014년에 펴낸 작품으로 열다섯 살 소녀의 예기치 못한 임신을 다룬다. 우리와 가까운 동양권에서 쓰인 작품이기에 10대 소녀의 임신으로 인한 파장을 우리 사회상과 견주어볼 수 있다. 제목의 '공주님'은 주인공이 배 속의 아이를 부르는 호칭으로, 작품은 배 속의 아이에게 들려주는 여학생의 독백으로 진행된다. 일찍이 『이름 없는 너에게』(벌리 도허티, 창비, 2010)에서처럼 대부분의 청소년소설에서 임신은 소녀들의 인생을 크게 바꿔놓지만 상대적으로 소년들은 소극적 입장을 취한다. 이 작품 역시 큰 틀에서는 여기에서 벗어나지 않는다. 다만 한국 작품에서 대개 청소년 주인공들이 어른들의 차가운 시선으로 한층 난관에 처하는 것과는 상황이 다르다. 이 작품에서는 소녀를 보살피는 외할머니나 동네 이웃들의 따뜻한 시선, '인생에서 벌어질 수 있는 일이라면 어떤 것이라도 받아들이려는 여유'가 느껴지기도 한다.

우리 청소년소설인 이금이의 『얼음이 빛나는 순간』(푸른책들, 2013)에서도 여학생 은설과 남학생 석주 사이에 동일한 사건이 벌어지는데 임신을 소재로 한 청소년소설로는 드물게 남자아이의 심정을 드러내면서 남학생과 여학생 간의 시각 차이를 엿볼 수 있다. 결말에서도 아기 아빠인 석주가 은설과 함께 부부로 살아가는 장면을 보여준다. 그럼에도 은설의 "집에 가고 싶으면 가." "그리고 영영 안 오더라도 원망 안 할 기다." "내는 절대로 오빠 안 잡아. 앞으로도 그럴 기다. 오빠 인생 망친 사람 되는 거 싫어. 내랑 수아랑 오빠 방해물 되기 싫단 말이다."(293쪽)와 같은 발언은 작가가 은설에게 지나치게 성숙한 자세를 바라는 듯 읽힌다. 그리고 좋아하는 남자를 위해 자기 혼자 문제를 감당하겠다는 은설의 태도가 과연 바람직한가 싶기도 하다.

더욱이 여성주의 관점에서 볼 때 '임신은 생명을 잉태하는 것'이니 반드시 출산을 해야 한다는 결말도 재고해볼 여지가 있다. 자신에게 일어난 몸의 변화를 어떻게 감당할지에 대한 결정권은 원칙적으로 여성에게 있기 때문이다. 사회적으로도 여성의 '임신 중단'과 자기 결정권에 대한 담론이 제기되는 추세이다. 임신 중단과 출산 중에 어떤 것이 반드시 옳다는 당위성을 떠나 다양한 길을 보여줄 용기 있고 솔직한 문제작도 필요하다고 본다.

최근 한국 사회에서는 여성주의 담론이 한창 진행 중이지만 청소년 문학은 별개라는 듯 문제적 요소가 걸러지지 않은 채 출간된 청소년소설도 있다. 『헬로 바바리맨』(유영민, 자음과모음, 2017)은 '바바리맨'으로 궁지에 몰렸던 아버지가 동네에서 작은 영웅이 되는 이야기다. 슈퍼맨 같은 유명 히어로가 아닌 짝퉁 히어로로도 동네를 지킬 수 있다는 명랑물이다. 사실 바바리맨이라는 소재는 다소 민감하지만 소설에 도입 불가능한 것은 아니다. 그렇지만 주인공의 아버지가 팬티에 바바리코트만 걸치고 길에서 소변을 보는 추행을 목격한 여학생도 바바리맨을 영웅이라고 생각할 수 있을까? 바바리맨을 옹호하기 위해서 피해자와 동일시되는 여학생 집단까지 동원하는 방식은 지나치다. 또한 바바리맨을 짝퉁 히어로로 패러디하는 동안, 바바리맨이 저지른 범죄는 별일 아닌 사건이 되어버린다. 다른 여러 에피소드도 바바리맨이라는 비루한 캐릭터가 좌충우돌을 겪으며 자기 회복에 도달하기 위한 소재로 가치 판단 없이 동원될 뿐이다.

특히 이 작품의 문제점은 사건의 관찰자인 6학년 소년과 삼촌의 시각[1]이다. 예를 들어 "인물이 좋은 것도 아니고 몸짱도 아닌데 동팔이는

---

[1] 이 밖에도 이 작품에 등장하는 문제적 진술을 몇 문장 더 옮겨본다. "언덕길 꼭대기에는 여자고등학교가 있다. 어른들 말로는 매년 서울대도 몇 명 보내는 명문이라고 하는데, 학생들이 공부만 해서 그런지 물이 영 별로다. 게다가 매일 아침마다 등산을 하는 덕분에 다들 종아리가 역도 선수 저

동네 암캐를 죄 건드리고 다닌다. 특히 엄청난 체급 차이가 나는 약국집 리트리버와도 짝짓기에 성공한 걸 보면 존경스럽기까지 하다. 그게 가능하냐고? 가능하다. 정말이다. 내가 봤다."(26쪽)라든가 "평소에 하는 짓은 덕후가 맞는데, 어떻게 여자를 꼬시는지 모르겠다. 나리 누나 말고도 삼촌이 알게 모르게 만나는 여자가 여럿이다. 삼촌과 동팔이는 개과 동물인 것도 그렇고, 번식력이 우수한 것까지 똑같다."(28쪽) "삼촌의 컴퓨터에 저장된 백여 편의 미드(백여 편의 일드도 있다. 그런데 어떻게 된 게 대사가 야메떼, 기모찌 두 단어뿐이다.)"(16쪽)와 같은 소년의 목소리를 빌린 서술은 굳이 필요치도 않고, 농담이나 유머라기에도 과하다.

　　서사학적으로 작품에서 '인물'은 그의 말과 행동, 태도, 사건을 바라보는 가치관 등이 모여 만들어진다. 그리고 독자들은 『헬로 바바리맨』의 주인공과 삼촌의 언술과 태도를 읽으며 그들을 판단한다. 주인공과 삼촌은 여성에 대한 편견이 상당하고 성적인 부분에 관심이 많다. 이런 인물의 등장 자체가 문제는 아니다. 이들은 어쩌면 현실에서도 발견 가능한 인물이다. 중요한 것은 이런 인물이 실재하느냐가 아니라 작품에서 인물들이 각각 어떤 좌표에 배치되어 있느냐다. 그런데 이 작품에서 인물들은 배치되어 있지 않다. 거의 모든 인물이 가진 성차별적 고정 관념은 비판적 거리 두기가 없는 상태로 서술된다. 문제 발언들은 그저 농담

리 가라다."(9쪽) "삼촌이 다가오자 동팔이는 더욱 거세게 꼬리를 치며 펄쩍 뛰어올랐다. 동물은 유독 삼촌을 좋아한다. 같은 개과 동물이라서 친근감을 느끼는 게 분명하다. '너, 이 녀석, 이번에는 어느 처자랑 놀다 왔어?' 삼촌이 목덜미를 주무르며 은밀한 목소리로 묻자 동팔이는 대답이라도 하듯, 컹, 짖어댔다. 역시 둘 사이에는 내가 모르는 교감이 있다."(27쪽)

처럼 흘러간다.

앞서 언급한 『나에 관한 연구』에서도 주인공 언니의 전 남자 친구는 그 또래에서 볼 수 있는 마초적이고 지질한 남성 인물이다. "그놈과 그놈만큼이나 밥맛 없는 친구 놈은 여자들을 안줏거리 삼아 헛소리하기를 좋아했다. 한번 걸레는 영원히 걸레다, 같은 말들. 두 놈은 자기들이 지껄이는 재미없는 농담에 낄낄 웃어댔다."(54쪽) 작품은 언니의 전 남자 친구를 경멸하고 분노하는 주인공의 가치관과 남자들의 태도를 대비하면서 독자에게 남녀 관계는 어떠해야 하는가 생각할 기회를 준다.

말과 행동으로 서로 다른 가치를 대표하는 인물 간의 갈등을 통해 독자에게 작가의 언중을 전달하는 것이 소설이다. 흔히 소설은 교육성을 가지고 있지 않다고 착각하지만 교육 역시 소설이 가진 대표적 기능 중 하나다. 다만 직설적으로 거론하는 것이 아니라 다양한 가치를 대위법적으로 보여주어 독자들이 책을 읽는 동안 판단에 이르도록 돕는다.

동물, 말을 하든지 못 하든지

〈어서 와 한국은 처음이지?〉라는 텔레비전 프로그램에 친구를 찾아 한국에 온 독일인들이 '고양이 카페'에 간 장면이 나왔다. 그곳은 차를 마시며 다양한 종의 크고 작은 고양이와 노는 카페였다. 처음에 귀여운 고양이에게 반했던 독일인들은 카페를 떠나며 "독일에 이런 곳이 있으면 동물 보호 단체에서 가만두지 않았을 거야."라고 말한다. 최근 한국 사회에서 고양이가 인기다. 각종 SNS에는 고양이나 강아지의 귀여운 영상이 올라온다. 그러나 그중에는 무리하게 연출한 장면도 보여 과연 고양이를 정말 아끼는지 의구심이 들기도 한다. 동물을 예뻐하는 것과 동물을 위하는 것은 다르다. 또 동물 보호라는 말과 동물 역시 생명체로서 권리를 가지고 있다는 말도 미묘하게 다르다.

아동문학에는 어떤 장르보다 동물이 자주 등장한다. 우화든, 의인화든, 판타지든 모두 동물에게 인간의 언어를 구사하게 하여 그들의 말을 전달한다. 그런데 청소년문학에서는 동물이 등장하는 작품이 급격히 줄어든다. 동물 이야기는 동화에 국한된다고 생각하는 듯하다.

본래 동물은 인간과 별개의 대상이 아니다. 인간 역시 동물이되, 다소 특별한 동물일 뿐이다. 즉 동물 대 인간으로 이분화하는 것 자체가 잘못된 분류다. 일찍이 찰스 다윈은 "인간은 동물에서 유래했고, 인간이 가진 선과 악조차 동물에서 유래했다."라고 말했고 이는 최근 발전한 뇌과학에서도 속속 증명된다. 그러기에 독자의 연령이 높아져도 동물 이야기는 여전히 필요하다.

마침 올해 번역 출간된 해외 작품 가운데 동물 중에서도 '늑대'를 등장시킨 이야기 두 편이 있다. 독일 청소년소설『늑대를 지키는 밤』(하네스 크루그, 푸른숲주니어, 2017)은 외로운 소년 빅터와 떠돌이 늑대의 이야기를 빅터와 늑대의 시점을 번갈아 사용하여 서술한다. 늑대는 의인화되지 않았으며 작가는 늑대의 행동을 치밀하게 묘사하는 방식으로 늑대의 상황을 전달한다.

어딘가에서 탈출하여 독이 든 먹이를 먹고 쓰러진 늑대를 발견한 빅터는 늑대에게 물을 주고 '떠돌이'라는 이름도 붙여준다. 그러나 늑대는 어른들에 의해 야생 공원의 일반인 출입 금지 구역인 검역소 우리에

간힌다. 떠돌이 늑대를 찾아 야생 공원까지 간 빅터는 사육사 아저씨에게 늑대가 어쩌면 안락사당할지도 모른다는 소식을 듣는다.

이 작품의 주제는 늑대를 포함한 떠돌이 동물들의 안락사 찬반 논쟁과 동물 불법 매매다. 작품은 방사할 수도, 계속 보호할 수도 없는 동물을 인간의 입장만 생각하여 안락사시키는 사례를 보여준다. 동시에 떠돌이 늑대가 어디에서 도망쳤는지 이유를 찾아가면서 동물을 밀렵하여 불법 매매하는 실태를 고발한다. 동물 보호의 선진국이라는 독일에서도 희귀한 동물을 독점하려는 인간의 이기심 때문에 동물 불법 매매가 일어난다. 결말로 가면서 이야기가 다소 성급하게 마무리되는 면은 있지만 인간의 관점에서만 동물을 바라보는 상황에 문제를 제기한다.

그런데 이 작품에서 동물 보호라는 메시지 이상으로 눈여겨볼 점은 바로 늑대의 생태나 습성에 관한 깊이 있는 묘사와 설명이다. 늑대를 자세히 관찰하고 취재한 흔적이 드러나는 서술은 동물을 의인화하지 않고도 그릴 수 있음을 알려준다. 특히 빅터와 늑대가 어느 정도 친밀한 관계가 되었음에도 빅터가 늑대를 괴롭히던 인간을 만난 뒤 우리에 들어가자 빅터에게서 풍기는 냄새를 맡고 늑대가 빅터를 무는 장면을 주목해야 한다.

이 장면은 동물과 인간의 관계에 대한 근거 없는 짐작보다 훨씬 정확하게 동물의 행동을 전달한다. 인간의 관점에서 자기 식으로 동물을 해석하는 방식은 재고되어야 한다.

한편 늑대에 관한 또 다른 작품 『만이』(논장, 2017)는 『뉴욕 쥐 이야기』(논장, 2014)나 『웨인스콧 족제비』 『못된 마거릿』(이상 논장, 2006) 등 주로 동물을 의인화하는 작품을 쓰는 토어 세이들러Tor Seidler의 소설이다. 작품의 화자는 미국 몬태나주 목장 근처에서 맏이로 태어난 까치, 매기 이다. 매기는 우연히 국립 공원에서 탈출한 늑대 블루보이를 만난다. 둘의 여정 중에 블루보이는 암컷 앨버타와 부부가 되어 새끼를 낳아 기르며, 군집 생활을 하는 늑대 무리의 우두머리가 되어 집단을 보살핀다. 한편 블루보이의 첫째 아들 라마는 다른 종인 코요테의 아름다움에 반하기도 하고 강한 수컷과는 조금 다른 모습을 보이는 등 첫째답지 않은 늑대로 살아간다.

이 작품은 의인화가 동물이라는 존재에 단순히 인간의 옷을 입히는 것이 아니라 도리어 독자인 인간을 자연의 세계로 안내해주는 시도가 될수 있음을 알려준다. 의인화는 동물을 빌려 인간의 이야기를 비유하는 선에서 머물 수도 있다. 그러나 인간 역시 자연에 귀속되었던 동물로서의 기억이 몸에 새겨져 있기에 의인화를 통해 인간 사회 너머의 더 큰 그림을 그릴 수도 있다. 근대 사회에서 인간은 스스로를 동물과는 다른 존재로 여겨왔다. 근대 이전에 동물과 교감하던 기억은 추억으로 돌려버리고, 이제는 동물을 타자화하는 동시에 인간을 동물계에서 소외시켰다.

이것은 인간에게서 '동물성'을 거세하여 인간을 특화하려는 시도였다. 그러나 인간과 동물이 교감하거나 인간이 동물이 되는 옛이야기의 원형 상징은 인간 역시 자연의 아들딸임을 말해준다. "인간을 객관적으로 보려면 우리 스스로 부여한 특권적 지위에서 물러나야 한다. 인간 중심주의, 인간 우월주의에서 벗어나 우주와 자연의 일부로서 인간을 탐구할 때 인간의 실체와 본성에 다가갈 수 있다."[2]라는 말처럼 문학에서든 자연에서든 동물은 인간을 위해 존재하는 것이 아니라 그 자체로 존재한다. 이를 수긍하고 그들의 이야기를 그대로 옮겨야 한다.

김중미의 『그날, 고양이가 내게로 왔다』(낮은산, 2016)는 고양이의 시점과 주인공 연우의 시점이 교차하는 이야기다. 엄마가 돌아가신 뒤 아빠와 둘이 사는 외로운 연우에게 저마다 사연이 있는 고양이들이 모여든다. 시장에서 다친 모리, 앞을 못 보는 크레마, 주인이 키울 수 없게 된 마루 등 그들 각각의 사정과 연우네 집으로 오기까지의 과정이 그려진다. 그리고 그것은 묘하게 연우의 외로움과 닮아 있다. 어쩌면 인간이든 고양이든 태어나서 가족과 함께하다 언젠가는 이별하고 슬픔을 극복하며 조금은 외롭게 살아가는 여정이 몹시 닮았기 때문일 것이다. 특히 이 작품 속 길고양이들은 인간의 흔적이 드문 야생에 사는 것이 아니라 시장통에 사는 거리의 아이들이다. 누추한 거리에서 어슬렁거리며 인간이 만든 위험에 노출된 채 살아야 하는 고양이들의 처지는 인간과 근접한 곳에 있어 독자에게 공감의 폭을 한층 넓혀준다.

이렇듯 동물을 인간을 위한 보조자로 축소하지 않고 그들의 삶을 온전히 옮겨내는 작품이 계속 나오길 바란다. 동물을 충실하게 그린 서사는 독자를 인간의 삶을 넘어선 자리로 데려다준다.

경계를 넘는 작가와 국경을 넘는 인물

해외 청소년소설을 읽다 보면 미국, 캐나다, 독일 작가가 자신의 국

---

2   정인경, 『과학을 읽다』, 여문책, 2016, 238쪽.

적을 떠나 남미나 아프리카, 중동, 아시아 지역의 청소년 이야기를 쓰는 경우가 있다. 볼리비아, 탄자니아, 베트남 등지의 이야기를 쓰는 작가들의 작품에는 책을 통해 이들 나라 청소년의 어려운 처지를 국제 사회에 알려야 한다는 책임감이 담겨 있다. 작가가 생각하는 공동체는 국적을 넘어선 전 지구적 차원으로 확장되어 있다.

독일 작가 카롤린 필립스Carolin Philipps는『커피우유와 소보로빵』(푸른숲주니어, 2006)에서 외국인 노동자 문제를 다루었다.『황허에 떨어진 꽃잎』(뜨인돌, 2008)에는 중국에서 태어나 독일로 입양된 소녀의 이야기,『눈물나무』(양철북, 2008)에는 멕시코 소년의 삶, 그리고『메이드 인 베트남』(검둥소, 2010)에는 운동화를 만들어 유럽으로 수출하는 베트남의 아동청소년 노동 문제를 담았다.

국제 구호 단체에서 일하는 부모님을 따라 어릴 때부터 여러 나라에 체류한 경험이 많다는 미국 작가 타라 설리번Tara Sullivan은 탄자니아에서 하얀 피부를 가진 알비노들에게 가해지는 신체적 위험을 그린『골든 보이』(주니어김영사, 2016)에 이어 아동·청소년 노동에 관한『나는 초콜릿의 달콤함을 모릅니다』(푸른숲주니어, 2017)를 썼다. 이 작품은 아프리카 코트디부아르에서 카카오 열매를 얻기 위해 아동·청소년 착취를 서슴지 않는 자본과 어른을 고발하는 내용이다. 아쉬운 점은 아무래도 사건을 알리려는 의도가 강하다 보니 주제 중심의 서사로 달린다는 점이다. '브레드위너' 시리즈(나무처럼, 2017)로 이름을 알린 데보라 엘리스Deborah Ellis 는『택시 소년』(천개의바람, 2014),『택시 소년, 지지 않는 잎』(천개의바람, 2017) 연작으로 볼리비아에서 코카 잎을 재배하는 코카렐라들의 상황을 전했다. 실화를 바탕으로 한 같은 작가의 『아홉 시에 뜨는 달』(내인생의책, 2016)은 1980년대 이란에서 사형당할 위기에 처한 여성 동성애자 청소년이 국경을 넘어 탈출하는 이야기이다.

실화를 효과적으로 전달하기 위해 픽션을 택한 『돌아보지 말고 뛰어!』(리아 배서프·로라 데루카, 봄볕, 2015) 역시 남수단 소녀의 삶을 깊이 이해하고 1인칭으로 서술해 긴장감이 넘친다. 이 이야기는 내전으로 부모를 잃은 남수단 소녀 포니가 피란을 떠나 케냐의 카쿠마 수용소를 거쳐 미국행에 오르기까지의 여정을 그렸다.

남수단은 질병에 의한 유아 사망률이 높고, 일부다처제에 나이 든 남자가 어린 여자아이를 사는 빈곤국이다. 북쪽의 수단과 오랜 내전 중인 남수단의 포니가 사는 마을에도 민중 해방군이 들어오고 본격적인 내전이 시작된다. 갑작스러운 폭격이 마을을 뒤덮은 날, 열두 살 포니는 "돌아보지 말고 뛰어!"라는 엄마의 외침을 뒤로한 채 달린다. 그리고 여러 차례 험난한 여정에 오른다. 포니는 사람들이 끊임없이 죽어가는 피란길에서 기적적으로 살아남지만, 케냐의 카쿠마 수용소에 도착해서는 수용소의 비참함에 절망하고 근처 유엔 난민 지부의 위선적인 모습에 실망한다. 작품은 케냐의 나이로비에 있는 수녀원을 찾아간 포니가 수녀님에게 미국 대학에 입학할 수 있는 제도가 생겼음을 듣고 결국 미국에 도착하는 것으로 마무리된다.

흥미로운 사건은 포니가 미국으로 떠나기 전, 죽은 줄로만 알았던 엄마가 이집트 카이로에서 임종을 앞두고 있다는 소식을 듣는 것이다.

그러나 포니는 전화기 너머 엄마의 침묵에서 엄마가 원하는 소리를 읽어내고 엄마를 보러 가는 대신 미국행을 선택한다. 포니가 자신의 삶을 위해 가족을 떠나 새로운 여행에 오르는 것은 매우 중요한 의미다. 남수단에서 케냐로, 케냐에서 미국으로 계속 국경을 넘는 것은 제 운명에서 벗어나겠다는 의지이며, 삶을 결코 포기하지 않겠다는 결의다.

작품은 포니가 미국에 도착하는 장면에서 끝나지만 단순히 남수단 소녀가 미국 대학에 진학하는 성공담을 그리려는 의도는 아니다. 물론 미국 유학을 떠난 신생국 학생들이 친미 성향이 되는 경우를 본바, 또 다른 걱정이 남기는 하지만 작가는 작품 후기를 통해 이들이 미국 생활 중에도 전쟁 트라우마로 심리적 후유증을 겪고 새 생활에 대한 적응 스트레스도 심하다는 사실을 밝힌다. 삶은 어디에서나 고난의 연속이지만 그럼에도 우리는 걸어가야 한다.

여기서 주목할 점은 앞에서 언급했듯이 이러한 작품 대부분을 미국이나 독일 국적의 작가가 썼다는 것이다. 작가군과 장르가 다양한 해외의 경우, 제3세계 청소년에 관심을 둔 작가가 많다는 것이 의외의 일은 아니다. 또한 자본주의와 제국주의의 승자로서 식민 지배를 했던 나라에서는 탈식민주의 담론이 발전할 수밖에 없고, 빈곤국을 지속적으로 연구해온 역사도 있다. 긍정적이든 부정적이든, 때론 계몽적이고 때론 인권적이며 때론 문학적인 담론이 펼쳐지는 장소가 우리와는 사뭇 다른 넓이다.

반면 우리의 시선은 아직 우리 안에 머무는 경우가 많다. 물론 한국 현대사의 몇몇 굵직한 사건만 돌아봐도 아직 해야 할 작업이 차고 넘치기 때문일 것이다. 그럼에도 여기에만 머문다면 자칫 민족주의적 경직성에 갇힐 수 있다. 지난 몇 년, 우리와 함께 살고 있는 이주민들의 이야기가 한국에서의 적응이나 한국인으로의 동화를 강조하는 것으로 나타나는 경우를 볼 때 특히 이런 우려가 깊어진다. 그들을 우리 쪽으로 끌어당기기보다는 그들의 삶 자체를 보려는 노력이 필요하다.

최근 아시아 등지를 배경으로 우리의 눈으로 현지 아이들을 보는 작품이 등장하고 있다. 아직까지 여행자의 눈에 비친 피상적인 차원에서 현지인을 그리는 편인데, 앞으로 어떤 식으로 발전할지 그 방향은 상당히 중요하다. 가령 『어린이와문학』 2017년 5월호에 실린 이금이의 「머따라 호」는 네팔에서 지진을 겪은 소년 따라의 사연을 1인칭 시점으로 쓴 작품이다. 이 작품에는 따라의 마을을 방문한 한국인 중년 여성과 그의 아들 한별이 등장한다. 엄마 없는 따라는 두 번밖에 만나지 못했지만 '찬드라'라는 네팔 이름을 가진 한국인 여성에게 각별한 그리움을 느낀다. 그리움의 감정도, 한국인에 대한 호의도 현실적으로 가능하다고는 본다. 그러나 지진 잔해에 깔려 제일 먼저 떠오르는 사람이 찬드라라는 설정이나 한국인의 눈으로 네팔 소년 따라를 보는 몇 대목은 불편하다. 외국을 공간적 배경으로 한 작품에서 한국인의 시각이라는 렌즈를 통과하여 그 땅에 사는 사람을 그리는 것은 그만큼 어려운 문제다.

사실 제3세계 아이들이 사선과 같은 국경을 넘거나 빈곤에 시달리는 가장 큰 원인은 민족이나 종교의 배타성을 빌미로 '상상의 공동체'라는 견고한 벽을 쌓아 올리는 데에 있다. 국경은 아이러니한 모순의 '선線'이다. 국경으로 인해 빈곤이나 전쟁 등의 비극이 촉발된다. 북한의 사례만 봐도 알 수 있듯이 담장이 높을수록 탈출해야 하는 아이가 늘어난다. 이제 문학에서라도 국경은 낮아져야 하며, 국경 너머 사는 사람들이나 우리에게 온 사람들에 관해 쓰기 전에 먼저 그들의 삶을 읽어야 하지 않을까?

말한다는 것과 듣는다는 것

이번에 작품들을 읽으며 느낀 것은 이 글이 제기한 여러 문제가 우리 사회에서 당장 해결되기는 힘들다는 점이다. 동물에 관한 깊이 있는 작품이 나오기 위해서는 생태학이나 동물학을 바탕으로 동물을 관찰한 지식 책의 발전이 필요하다. 또한 국경을 넘어 우리와 관계를 맺는 청소년들을 바라보는 시선의 확장은 사회적 논의가 진지하게 열릴 때 가능하다.

그럼에도 우리에게는 해외의 다양한 작품을 통한 충격이 필요하다. 청소년에 대한 생각과 청소년소설이라는 장르는 우리의 과거와 이어지며 발전해나가지만, 우리나라의 상황에만 머무른다면 다른 차원에서 접근할 가능성을 놓칠 수 있다. 우선 우리 청소년소설에 드문 동물 이야기나 여성의 시각으로 바라본 사회, 자국의 이익이나 민족의 경계를 넘어서 지구를 하나의 공동체로 인식하는 관점부터 살펴보았다.

얼마 전 출간된 『언더그라운드 레일로드』(콜슨 화이트헤드, 은행나무, 2017)는 청소년소설은 아니지만 미국 남북전쟁 이전을 배경으로 한 흑인 노예 소녀 코라의 농장 탈출기다. 작품 곳곳에서 당시 노예들의 비참한 삶을 읽을 수 있다. 작품 배경에서 백 년이 훨씬 지나서야 미국에서 흑인 인권 운동이 생겨났고 지금까지 계속되고 있다. 물론 흑인에 대한 차별은 여전하지만 문학은 그런 비극이 조금이나마 줄어들도록 힘을 불어넣어왔다.

중심과 타자의 경계를 무너뜨리는 작업 곳곳에는 항상 좋은 문학이 있다. 다행히 근대 사회가 만들어낸 타자의 존재를 반성적으로 검토하고 그 울타리를 재고하는 움직임은 이미 오래전부터 시작되었다. 우리 청소년소설에서도 중심이 아닌 주변의 관점으로 세계를 보려는 노력이 절실한 때다. 그러려면 작가는 글을 쓰면서 동시에 어디선가 들리는 작은 소리에도 귀 기울여야 할 것이다. 한국 작가들에겐 잎새에 이는 바람 소리도, 돌멩이의 외침도 들었던 선배가 있지 않은가.

2부 청소년, 자기 서사의 주인공

아동청소년문학의
새로운 길을
보여주다

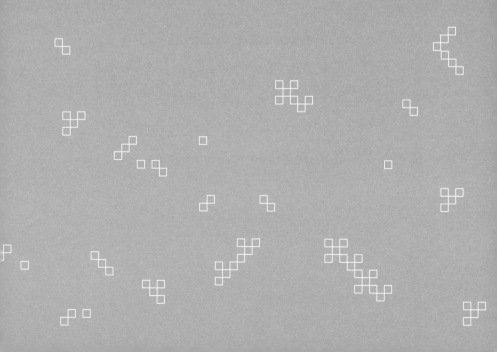

"내 감히 우주를 어지럽히랴"[1]
박지리의 작품 세계를 중심으로

---

1   "내 감히 우주를 어지럽히랴"는 『초콜릿 전쟁』(로버트 코마이어 지음, 안인희 옮김, 비룡소, 2004)에 나오는 문장이며 작가는 이 구절을 T. S. 엘리엇의 시 「J 알프레드 프루프록의 사랑 노래」에서 인용했다. 이 시는 현대 사회로부터 거리를 둔 화자를 빌려와 현대인의 소외와 고독을 이야기한다.

왜 박지리인가?

『어린이와문학』에서 평론 주제를 자유롭게 잡아도 된다고 했을 때 떠오른 몇 가지 테마 중 하나가 박지리 작품론이었다. 박지리는 청소년소설 작가로 청소년 인물을 빌려 '세상'과 정면대결을 시도하였으며 여러 작품에서 의도적으로 인물을 궁지에 몰아넣고 '세상이 어떤 곳인지' 파헤치려고 하였다. 그 결과 작품 면면에 문학을 비롯한 철학과 사회학적 담론이 고루 내재해 있으며 가장 정통적인 성장과 반성장을 함께 이야기한다.

박지리 작품에 관한 글을 써보고 싶다고 생각한 것은 오래전으로 『맨홀』(사계절, 2012)이 출간된 직후였다. 당시『맨홀』을 읽은 평론가라면 누구나 작품 주제나 작품 속 중요 공간인 '맨홀'의 의미를 짚는 데 매력을 느꼈을 것이다. 주인공의 마지막 독백 "하지만 여기 밤거리를 달리는 이 구멍은 무엇으로 막아야 할까."(272쪽)는 독자를 압도하는 명문이며 이 문장의 울림이 어디에서 연유하는지 그 막막한 감정의 실체를 규명하지 않고는 책을 덮기 힘들다. 내 컴퓨터에는『맨홀』을 분석한 완성되지 못한 논문 초고가 오래 남아 있었다.

평론은 한 작품만으로 글을 쓰는 경우가 많지 않은데, 박지리의 데뷔작『합체』(사계절, 2010)는 명랑 성장소설 계열이라『맨홀』과 함께 다루기에는 결이 달랐다. 당시『맨홀』만 단독으로 평론을 쓰기에는 애매하여 후속 작품을 기다렸으나 그다음 작품인『양춘단 대학 탐방기』(사계절, 2014) 출간 후 상황은 한층 복잡해졌다. 이 세 작품은 어떻게 엮어도 평론이 쉽지 않았다. 2016년에『다윈 영의 악의 기원』이 나왔고,『맨홀』과

『다윈 영의 악의 기원』(사계절)은 그야말로 하나의 주제가 어떻게 확장될 수 있는지 보여주기에 평론으로 엮기 가장 적절했다. 그러나『다윈 영의 악의 기원』이 출간된 직후 작가가 우리 곁을 떠났기에 그의 작품에 대한 심층적이고 객관적인 비평을 쓸 시기를 놓쳤다. 그의 작품들은 일정한 추모의 시간을 통과할 수밖에 없었다. 그 후『3차 면접에서 돌발 행동을 보인 MAN에 관하여』(사계절, 2017)와『번외』(사계절, 2018)가 유고작으로 출간되었다. 이 두 작품은 2012년의『맨홀』과 2016년의『다윈 영의 악의 기원』출간 사이에 출판사에 입고된 작품이라고 하며, 두 작품 모두 모더니티한 창작 방식으로 독자들이 읽어내기 쉽지 않지만 박지리의 작품세계를 이해할 몇 가지 중요한 단서가 담겨 있다. 이제 박지리 작품 전체에 담긴 의미를 짚어볼 적절한 시점이 아닌가 싶다.

박지리가 남긴 대표작의 중요한 키워드는 남성 청소년 주인공, 아버지, 가족 서사, 친구와의 어긋난 관계, 범죄와 연루된 사건들이다. 이 모든 조합은 청소년 인물이 아버지와 세상을 어떻게 바라보는지, 성장소설의 핵심적 키워드로 집약되는 동시에 청소년소설의 정체성에 관한 중요한 담론을 제공한다. 박지리가 세계를 바라보았던 비극적 시선이 청소년소설에 어떻게 스며들었는지 포착하는 것은 현재 청소년문학의 장에도 작은 도움이 되리라 생각한다.

『합체』에서『맨홀』까지, 아버지의 의미

박지리의 대표작들은 대부분 가족 서사의 형태를 띠고 있으며 모두 남성 청소년 인물이 주인공이다.『합체』,『맨홀』,『번외』,『다윈 영의 악의 기원』이 모두 그렇다. 여성 작가가 남성 인물의 목소리를 빌리는 것이 특이한 일은 아니지만 모든 남성 청소년 인물들이 아버지와의 관계에 천착해 있고 일반적인 성장소설의 도식에서 벗어나 있다면 그것은 충분히 주목할 가치가 있다.

일반적으로 소설 속 '아버지'들은 다양한 배경을 지닌, 천차만별의 개성을 부여받은 생생한 개인이지만 동시에 오랜 역사 속에서 자연스럽게 가부장제나 사회제도, 인간의 사회화, 법 등으로 대체되는 문학적 상징이기도 하다. 가령 청소년소설은 아니지만 최근 나온 동화『너의 운명은』(한윤섭, 푸른숲주니어, 2020)은 전통적인 아버지 찾기의 서사다. 서사물에서 '아버지의 부재'는 종종 '아버지의 현존'을 이야기한다. 아버지가 부재할 때 내 안의 아버지는 더욱 생생해진다. 많은 문학에서 아버지 찾기는 곧 나의 정체성 찾기다.『너의 운명은』은 부자가 되기 위해 못자리를 살피던 과거의 구습舊習을 넘어 비극이 될지라도 대의를 꿈꾸게 된 소년과 그 시간을 앞서 통과했던 아버지의 서사가 맞물리면서 비극적 미학을 획득하게 된다. 아버지의 삶에 아들의 삶을 포개놓는 서사를 통해 아버지가 추구했던 가치가 이어진다. 문학에서 아버지의 의미는 인물의 생생한 개성에서 출발하여 자연스럽게 문학적 은유로 확장된다. 그리고 박지리의 작품은 읽으면 읽을수록 '아버지'는 개인을 넘어선 '사회화'의 수문장 노릇을 하는 존재로 환원된다.

대부분의 성장 서사는 아버지가 추구했던 가치를 긍정적으로 이을 것인지 혹은 부정적 아버지와 어떻게 단절 또는 화해에 이를 것인지의 문제로 모아진다. 한국 청소년소설은 2000년대 중후반 남성 청소년 인물들이 좌충우돌 끝에 어른과의 화해를 통해 사회화에 이르는 작품이 많았다. 2010년 사계절문학상 공모 수상작인『합체』는 언뜻 당시 트렌드였던 명랑하게 갈등을 극복하는 청소년 주인공의 모습을 담은 작품으로 읽힌다. 이 작품은 잘 알려졌다시피 조세희의『난장이가 쏘아올린 작은 공』이 모티프가 된 작품으로『합체』의 아버지는 키가 매우 작았으며, 공을 다루는 기술로 생계를 유지하던 중 작은 키 때문에 트럭 운전사의 눈에 띄지 않아 교통사고로 사망한다. 죽은 아버지의 키를 물려받은 쌍둥이 형제 합과 체는 작은 키가 콤플렉스였던 차에 키가 클 수 있다는 계도사의 말을 듣고 계룡산으로 수련을 떠난다. 박지리는 첫 작품부터 소년과 아버지를 보이지 않는 DNA의 끈으로 이어놓았다.

『합체』가 명랑한 분위기로 쓰여 있는 반면『맨홀』은 매우 어둡다. 주인공의 아버지는 가족 내에서 폭력을 행사한다. 그러나 소방관인 아버지의 사고사 이후 사회에서 표창과 인정을 받아 선행 공로자가 되는 아이러니한 상황이 전개된다. 집에서는 폭력을 휘두르는 악인이지만 대외적으로는 선인이다. 또한 우연한 상황이지만 주인공 역시 외국인 노동자의 폭행에 가담하면서 그렇게 증오하던 아버지의 폭력이 자신의 내면에 도사리고 있었음을 발견한다. 최악인 것은 살인범인 자신 역시 아버지 덕분에 감형받게 되었다는 사실이다. 특히 이 작품에서 가정 폭력은 의처증에서 기인하기에 아버지와 아들뿐 아니라 가족 구성원 모두가 개입되는 가족 서사로 진행되는데,『합체』에서 합과 체가 좋은 형제 사이였던 것과 달리 함께 피해를 겪던 누나와 어머니조차 아버지를 수용하는 쪽으로 선회하여 주인공을 홀로 남겨둔다.『합체』에서 작은 키라는 가시적인 대물림은 위협적이지도, 극복 불가능한 것도 아니었으나 『맨홀』에서의 '폭력'의 대물림은 그렇지 못하다.

『맨홀』은 청소년기의 갈등을 겪으면서 아버지와의 최종 화해에 이르는 성장의 구도에서 살짝 벗어나 있다. 굴절되어 있다는 표현이 더 적절할 것이다. 이 작품에서 소년과 아버지의 관계는 정신분석학적 해석을 요구한다. 오래전 『맨홀』을 처음 읽었을 때는 자크 라캉이 많이 언급되던 시절이었는데, 『맨홀』이야말로 라캉의 해석이 퍼즐처럼 들어맞는 작품이다.

『맨홀』의 저변에 깔려 있는 주인공의 두려움은 폭력 자체가 아닌 아버지의 폭력성이 자신에게 발현될까 하는 불안함일지도 모른다. 또한 주인공은 실제로 아버지보다 더한 살인자가 되고 만다. 아버지의 폭력을 피하기 위한 도피의 공간이 자신의 범죄를 은닉한 공간이 되었고, '맨홀'은 지자체(법)에 의해 콘크리트로 단단히 막혀버렸지만 이미 소년은 세상 전체가 피할 수 없는 구멍 천지임을, 나아가 자신이 구멍 자체임을 깨닫게 된 것이다. 상징계에 진입하기를 거부했던 소년이 만난 실재계라고 표현하면 너무 진부한 비평일까? 자신이 나쁜 아버지와 이어져 있다는 주인공의 절망이 박지리 작품의 첫 번째 키워드다.

원종찬은 이 작품에 대해 "이 소설에서 아버지의 폭력을 문제의 근원으로 읽는다면 본질을 놓치는 것"이라고 말한다. 그것은 "단지 문제의 하나일 뿐, 삶의 부조리한 모순을 뜻하는 밑 모를 구멍으로서의 맨홀이

241
3부 아동청소년문학의 새로운 길을 보여주다

핵심"이라는 것이다.[2] 이러한 해석은 작품의 본질적 지점에 닿아 있지만 박지리 작품 전체를 놓고 볼 때 '아버지의 폭력'은 좀 더 확대해볼 필요가 있다.

청소년소설에는 다른 장르에 비해 '폭력'이라는 소재가 빈번하게 등장한다. 때로는 주인공의 분노를 표현하기 위해, 때로는 또래 집단의 위계와 권력 만들기 서사로, 또 때로는 이 작품에 등장하는 것처럼 부모나 성인이 만들어내는 폭력을 통한 기존 사회의 억압적 면모로 등장한다. 어떤 폭력 에피소드든 청소년소설에서 '폭력'이 소재가 될 때 작가들은 인물에게 폭력을 어떻게 허락할지, 이 폭력의 세계를 어떻게 그려낼지 고민해야 한다. 단순한 클리셰가 아니라면 폭력을 폭력으로 갚아주든, 폭력의 세계에 맞서든 아니 폭력에 무너질지라도 폭력을 유의미하게 다루어야 한다. 가장 좋지 않은 경우는 '폭력'과 흐지부지 화해하거나, 폭력이 슬그머니 사라지는 경우다.

『맨홀』에서 아버지의 폭력은 작가가 직시한 세계에 대한 인식이며 기본 전제다. 또한 이 작품에는 그런 폭력의 세계가 아버지를 통해 나와 불가피하게 이어져 있다는 두려움이 담겨 있다. 이는 『다윈 영의 악의 기원』의 서막인 셈이며, 폭력적 세계에 무방비하게 노출된 영혼을 그린 『번외』의 트라우마로도 이어진다.

---

2   원종찬, 「구멍에서 불어오는 바람의 소리를 듣다: 박지리 청소년소설 『맨홀』(사계절 2012)」, 『창비어린이』 2012년 겨울호, 268쪽.

『맨홀』에서 『번외』와
『3차 면접에서 돌발 행동을 보인 MAN에 관하여』로
– 폭력의 세계에서 훼손된 영혼들

인간은 사는 동안 크고 작은 사건과 부딪친다. 그 사건은 조금씩 인간의 내면을 흔들 수도 단 한 번에 온 우주를 무너뜨릴 수도 있다. 청소년소설을 읽는 성인들은 대체로 청소년 인물이 사건을 겪어나가며 어른이 된다고 믿는 듯하다. 성장소설에 대해 많은 이들이 아름답고 든든하던 가족이라는 울타리를 벗어나 더 크고 때론 어두운 세계를 목격하는 것이 청소년의 성장의 출발선이라고 말한다. 성장소설이자 교양소설의 대명사인 『데미안』의 "새는 알에서 나오려고 몸부림친다. 알은 세계다. 태어나려고 하는 자는 하나의 세계를 깨뜨려야 한다."[3]라는 유명한 문장으로 이를 요약할 수 있다.

그러나 미국의 청소년문학 연구자인 트라이츠Roberta Seelinger Trites에 따르면 낭만주의적 이데올로기의 소산인 교양소설과 달리 1960년대 이후 영미 청소년문학은 '주체는 사회의 결과물'이라는 후기 구조주의의 주요 이데올로기를 반영하는 장르라고 한다. 만약 청소년문학을 교양소설적인 성장으로 분류하면, 주인공의 성장을 둘러싼 권력과 역학의 미세한 관계를 간과할 수 있다는 것이다. 청소년문학에서 주인공이 겪는 권력과 억압, 그리고 저항의 갈등은 교양소설처럼 주인공이 성인의 나이에 도달하지 못하므로 남아 있는 경우가 많다. 따라서 청소년문학의 '성인

---

3   헤르만 헤세, 박종대 옮김, 『데미안』, 사계절, 2013, 135쪽.

되기'는 실제라기보다는 상징적 과제이며 이에 따른 갈등과 문제도 더 치열하게 형상화될 수밖에 없다는 것이다.⁴ 박지리 역시 작품 속 주인공들을 둘러싼 갈등과 억압의 세계를 자신만의 확대경으로 들여다보았다.

박지리는 작품의 주인공들을 자신의 인생을 흔들어놓을 만한 엄청난 사건으로 몰아넣는데 이는 모두 인간의 생명과 직결된 범죄들이다. 『맨홀』에서 주인공은 외국인 노동자를 과실치사로 죽인 뒤 맨홀에 유기하고 『다윈 영의 악의 기원』에서는 아버지의 범죄를 알고 괴로워하던 다윈 영이 아버지의 비밀을 지키고자 아버지가 저지른 범죄를 반복한다. 라캉이 에드거 앨런 포의 단편 「도둑맞은 편지」를 예로 들어 욕망의 실체와 경로를 밝혔는데, 『다윈 영의 악의 기원』 역시 3대에 걸친 범죄의 연유와 범죄의 동일한 반복성을 눈여겨볼 필요가 있다.

『번외』는 고등학교 총기 사건의 생존자를 주인공으로 삼은 작품이다. 이 작품에는 사건 이후 사회와 어른들이 희생자를 추모하는 과정에서 벌이는 위선 그리고 생존자를 바라보는 시선 등이 매우 핍진하게 그려져 있는데 작품 집필이 끝난 후 일어난 세월호를 떠올려볼 때 놀랍도록 일치하여 작가의 눈이 얼마나 날카로웠는지 보여준다. 『번외』에서 주인공은 생명의 가치가 완전히 소실된 세상에 던져진 채 트라우마를 안고 살게 된다. 폭력적이고 부조리한 사건을 겪으며 삶이 완전히 훼손된 후 삶과 죽음의 경계를 예민하고 강박적으로 느끼는 주인공은 사건의 유일한 생존자이며 사건의 범인은 바로 주인공의 가장 친한 친구다. 『번외』

---

4   유제분, 『영미 청소년문학 새로 읽기』, 부산대학교출판부, 2016, 65쪽 참조.

의 마지막 대목에 나오는 '공'처럼 우리의 삶은 어디로 튈지 모른다. 주인공의 충격적인 내면을 드러내기 위해 작가는 모더니즘적인 내면 독백이나 회상, 기억 등의 서술을 도입한다. 이 작품은 생과 사의 경계를 모티프로 하였지만 결국은 '그럼에도, 세상은 살 가치가 있는가?'라는 지점으로 모아진다. '그럼에도'는 큰 사건 이후를 말한다. 작품은 '세상이 부조리한 구멍과 예기치 못한 폭력으로 이루어져 있음'을 알게 된 이후에도 여전히 '세상은 살 만한가?'라는 질문을 던진다.

박지리는 단편 「세븐틴 세븐틴」(『세븐틴 세븐틴』, 사계절, 2015)에서 '세상이 살 가치가 있는가?'라는 질문을 한 번 던진 적이 있다. 이 단편에서 "세븐틴 생일을 축하받지 못한 사람은 평생 엉망이 될 수밖에 없어."(13쪽)라는 문장은 언뜻 보기엔 생일을 축하하는 말처럼 들리지만 잘 들여다보면 저주의 주문이다. 작품에서 이 저주에 걸린 사람은 반장과 '나'다. 그러나 반장은 자신이 저주에 걸린 것이 아니라 '변신'을 하고 있다고 말한다. "다시 맨 처음으로 돌아가서… 말하자면 막 태어났을 때의 서지도 걷지도 못하는 상태로 돌아가서 다시 시작하는 거야."(34쪽)라고 멋지게 말하며, '나'의 생일까지 축하해준다. 나는 이 작품을 읽을 때면 '작가가 정말 이 말이 하고 싶었을까?' 궁금해진다. 어쩌면 작가는 반장의 긍정적인 말에 주인공 '나'의 목소리로 '그것은 너의 희망사항일 뿐이며, 세상은 믿음이 아닌 무섭도록 냉정한 현실 논리에 의해 돌아간다'고 반박하고 싶었던 것은 아닐까?

그러나 작품 속 '나'는 자신을 둘러싸고 있는 사람들, "어쩌면 아빠도, 엄마도, 할머니 할아버지도 굴다리 속 아저씨도 그리고 여기, 차가운 눈빛으로 내 곁을 지나가는 거리 위 많은 사람들도 모두 다 세븐틴 생일을 축하받지 못했는지 모른다"(38~39쪽)며 세상 사람들을 연민한다. 그리고 "다들 겉으론 아닌 척해도 속으로는 여전히 다정한 축하를 받길 원하고 있는지 모른다고, 우리는 영원히 누군가를 기다리고 있는 세븐틴이라고"(39쪽) 생각한다. 박지리 작품 중에 가장 따뜻한 이 작품은 인간은 모두 불행의 운명을 타고 났지만 타인으로부터 귀한 축하를 받을 때 비로소 저주가 풀린다고 말한다. 이 작품은 박지리가 인간의 실존에 얼마나 깊이 천착했으며, 사람들을 진심으로 위로하고 싶었는지 말해준다.

『번외』가 세상의 폭력에 대한 트라우마를 보여주었다면 『3차 면접에서 돌발 행동을 보인 MAN에 관하여』는 모더니즘의 방식으로 '사회화'의 문턱에 선 존재의 강박증을 보여준다. 이 작품은 이십대 청년 MAN이 48번의 면접 끝에 대기업에 채용되어 신입사원 연수에 참가하는 이야기다. 이 작품의 형식은 매우 연극적인데, 이 형식과 작품 내용의 상관관계가 크다. 작품에서 우리는 '면접'의 내용이 아무리 중요해도 형식 이상일 수는 없음을 알게 된다. 현대인의 관계에서 '형식'은 내용에 앞선다. 사람들이 나누는 인사, 걱정, 안부의 알맹이가 빠질 때 얼마나 형식적이 되는가? 이 작품에서 '면접'의 연극성이 현대 사회의 은유이듯 연수는 당연히 사회화의 은유이고, 연수 과정의 면면은 현대 사회의 폭력적 사회화와 그 결과 강박증에 걸려버린 현대인의 모습을 풍자한다.

이 작품에서 MAN이 연수에 참여하여 우연히 평가일지를 보는 장면은 매우 흥미롭다. 1번부터 25번까지의 일련번호에 따라 매일 O, X 표시가 되어 있는 평가일지를 보고 주인공은 자신이 몇 번인지, 매번 X 표시 되어 있는 13번은 누구인지 궁금해한다. 주인공은 자신이 13번일지도 모른다는 강박으로 연수에 더욱 적극적으로 참여하지만 자신의 속내를 간파당했다고 생각하여 '회색 셔츠'라는 존재를 부담스러워하고 결국 자신이 그를 죽였다는 망상까지 하게 된다. 조직에 들어가기 위해 애쓰는 개인이라는 구도는 결국 '사회화'의 전 과정을 이야기하는 것이다. 그런데 평가일지는 사실 연수원 내 주방 청소구역 및 집기 점검 일지였음을, 이 모든 강박은 오해에서 비롯되었음이 밝혀지는 대목에서 독자는 단순한 웃음이 아닌 인간이 사회에서 버티기 위한 그 허튼 몸짓에 깊은 페이소스를 느끼게 된다. 마치 채플린 영화의 한 장면처럼 이 작품은 자본주의 사회에서 소외되어가는 개인을 그린다.

"자신을 둘러싼 세계 전체가 연기를 하고 있으며 자신을 시험한다고 생각할 때 인간은 종종 불안과 강박에 빠지며, 망상인지 사실인지 모를 머릿속 시나리오는 의구심을 증폭시키는 방향으로 치닫는다.(중략) MAN의 입사 실패는 이 세계에 어른답게 적응하는 데 실패했음을 의미한다. 또한 이 연극을 제대로 소화하지 못하고 사회의 가치를 철저히 내면화한 개인이 다다르는 길은 기꺼이 사회의 부품이 되어 생명력을 잃는 것 외에는 없다는 것을 보여준다."[5]는 작품해설처럼 MAN이 연수 중에 벌이는 강박적 행동은 자본의 시스템에서 인간 소외가 일으킨 부조리한 풍경이다. 또한 자본주의 사회에서 벌어지는 사회화의 폭력성과 이에 진

---

5   최희라, 「작품해설: 더 이상 연기할 수 없는 삶에 관하여」, 『3차 면접에서 돌발 행동을 보인 MAN에 관하여』, 사계절, 2017, 259~262쪽.

입하지 못하는 청년을 이야기한다는 점에서 박지리의 다른 작품과 맥락을 같이한다.

『맨홀』에서 『양춘단 대학 탐방기』, 『다윈 영의 악의 기원』으로
– 인간의 내면 파헤치기

『맨홀』이 아버지와 아들로 이어지는 2대에 걸친 우연한 폭력의 대물림이라면 『다윈 영의 악의 기원』은 세상의 메인 스트림으로 버티기 위해 3대로 이어지는 계획적인 폭력(살인)의 대물림을 다룬다. 두 작품 사이에 박지리의 세계 인식을 다시 한번 확인해주는 작품이 『양춘단 대학 탐방기』다. 나이 든 여성 춘단이 대학교 청소 노동자로 일하는 이야기로 대학 교정에서 벌어지는 청소 노동자 시위 과정 등이 블랙 코미디처럼 펼쳐진다. 그의 장편소설 등장인물 중 유일한 여성 주인공인 춘단은 학력은 낮아도 열심히 살아온 이력으로 자신의 생각을 가지고 살아가는 여성이다. 이 작품에서 시간강사 한도진의 자살이나 춘단의 큰 아들 종철(종철은 1987년 여름에 대학생의 신분으로 자살하는데 여러 설정상 '박종철 열사'를 떠올리도록 유도한다.)의 자살 그리고 손자인 삼수생 준영의 자살 시도 등을 통해 그의 작품 곳곳에 등장하는 인물들처럼 기존 사회에 진입하지 못하는 영원한 세븐틴들의 모습을 보여준다.

이 소설에서 『다윈 영의 악의 기원』으로 연결되는 박지리의 더 중요한 세계 인식은 바로 춘단의 생각을 통해 나타난다. 춘단은 여성학 강사의 '착취'라는 단어를 듣고 '자신이 정말 착취당했는가' 반문한다. 공장의 시위를 보며 '이상'이 무엇인지 고민한다. 이 작품은 사회학적인 추상명사들 사이에서 간단히 정리되어버리는 개인의 삶을 조명하고 대학 내 청소 노동자들의 파업의 의미를 짚으면서도 이에 동참하지 않는 춘단이 대학에서 도리어 칭송을 받는, 블랙 코미디적 상황을 연출한다. 마지막에 교내의 코끼리 동상을 조금씩 무너뜨리는 춘단의 행위 역시 사회의 상아탑을 고발하는 은유의 퍼포먼스다.

박지리가 주목한 것은 이념이나 집단 너머에 있는 사람이었다. 가족 이데올로기든 가부장제이든 대기업이든 집단과 조직의 이름에 귀속되어가는 자들을 애처롭게 보면서, 인간으로서의 아픔을 그리려 했다. 『양춘단 대학 탐방기』에서 춘단의 삶에서 자신이 '착취'당했음을 깨닫는 것 이상으로 소중했던 것은 시간 강사 한도진과 옥상에서 따뜻한 도시락을 나누어 먹던 정겨운 시간이다. 그는 『양춘단 대학 탐방기』의 후기를 빌려 다음과 같이 말한다.

양춘단은 실제 인물이다. 김영일, 양호익도 실제 인물이다. 한도진과 김종철, 서성환이라는 가명으로 숨어 산 장대열도 실제 인물이다. 이름 없이 성씨로만 불리는 김씨, 이씨, 박씨… 도시를 누비는 경찰 기동대, 파업 노동자들, 새벽일을 나가는 가방 군단, 도서관에서 밤늦게까지 행정학을 공부하는 학생들 그리고 여기서조차 언급되지 못한 수많은 이들까지, 모두 실제 인물이다.

분명 본 적 있을 거다. (386~387쪽)

이러한 인간 한 사람 한 사람에 대한 애정을 기초로 그는 인간이 품고 있는 모든 감정을 해부하려 하였다. 그런데 이 지점에서 박지리의 인물을 품는 방식은 독자에게 위로나 희망을 주는 방식으로 발전하지 않는다. 그는 어느 인간의 내면도 순진하게 그냥 넘어가지 못했으며 거의 강박적으로 모든 인간의 속내를 파헤쳤다. 박지리는 그것을 문학으로 할 수 있는 인간에 대한 태도라고 여겼던 것 같다.『다윈 영의 악의 기원』에서 다윈이 점점 악인의 대표가 되어갈 때 그를 견제할 레오 마샬과 그의 아버지 버드 마샬을 진보적 인물로 만들었으면서도 동시에 그들의 진보적이고 아웃사이더적인 성격이 형성된 콤플렉스를 보여주어 서사의 힘을 잃게 만든 것은 인간의 본성을 확대경으로 들여다보는 작업을 그만둘 수 없었던 까닭일 것이다. 러너 영 역시 저항군의 어린 리더였지만 이들을 이용하고 죽인 후 권력을 탈취하려는 어른들의 음모를 엿듣게 되어 살인을 하고 도주하였는데 그 결과 작품 속 혁명의 대의마저 상실된다. 인물이나 사건에 존재하는 작은 불순물까지 밝혀내는 과정에서 서사는 선과 악, 리얼리즘과 실존주의 사이를 왕래하며 아슬아슬한 줄타기를 하다 전혀 새로운 결말로 굴절된다.

　『다윈 영의 악의 기원』에서 작가는 각자도생의 세상을 만든다. 주인공 다윈 영은 아버지의 비밀을 지키기 위해 그리고 아버지 니스 영 역시 자신의 아버지 러너 영의 비밀을 지키기 위해 친구를 죽인다. '가족 지키기' 즉 가족의 비밀을 유지하는 것은 타인과 나누는 '우정'에 선행한다. 박지리는『맨홀』의 문제의식을 확장하되 작품을 의도적으로 장르서사의 모양새로 만들어 거리두기를 시도한다.『맨홀』의 주인공이 아버지와 적대적 관계라면 다윈과 아버지의 관계는 매우 친밀했다는 점에서 대조적이다. 이 작품은 어머니의 부재에 대한 다윈의 결핍이 전혀 나타나지 않으며 아버지 니스가 어머니와 아버지의 역할을 모두 맡고 있다. 이는 아버지와 아들로 이어지는 대물림을 효과적으로 단순화한다. 가족을 지키기 위해 가족 이외의 존재를 제거하는 이 작품은 극단적이고 이기적인 가부장제의 모순을 드러내지만 청소년의 성장 서사로 보면 한 치의 빈틈도 없는 사회화의 결말이다.

『다윈 영의 악의 기원』은 세상에 소속되기 위해서는 자신의 손에 피를 묻히는 것이 어른이라고 말한다. 만약 어른이 되는 것을 성장이라 한다면 박지리의 작품은 나쁜 성장을 이야기한다. 이전 작품까지 '반성장'을 이야기하던 박지리는 이 작품을 통해 '나쁜 성장'을 보여준다. 앞서 언급한 트라이츠는 그의 저서에서 성장은 일종의 은유라고 말한다.[6] 그렇다면 박지리가 작품을 통해 보여준 '나쁜 성장의 은유'를 어떻게 읽어내야 할까?

『다윈 영의 악의 기원』은 몇 가지 면에서 『초콜릿 전쟁』과 비교된다. 전성원은 일반적인 의미의 성장소설Bildungsroman에서 '성장'Bildung이란 한 인간의 자아가 갈등을 겪으며 성장해가는 것을 의미한다면 『초콜릿 전쟁』은 일반적인 성장소설의 범주에 들기 어려워 보인다고 말한다. 이 소설은 자아 형성의 문제보다는 어떻게 한 인간의 자아가 망가지는가를 냉정하게 살피고 있기 때문이라는 것이다. 또한 "물론 슬픈 일입니다.

---

6   Roberta Seelinger Trites, *Literary Conceptualizations of Growth : Metaphors and cognition in adolescent literatur*, John Benjamins Publishing Company, 2014.

현실과 마주한다는 것은. 하지만 그렇지 않으면 네버랜드에 살게 될 뿐입니다. 그곳은 성장도 승리의 가능성도 없습니다"라는 작가의 말을 빌려 절망적인 현실을 직시하는 것의 중요성을 강조한다.[7] 그러나 『초콜릿 전쟁』은 독자가 악한 세상에 우연히 맞서게 된 청소년 제리 르노의 행위를 이해하고 성찰할 수 있다는 점에서 청소년소설로의 충분한 정체성을 가지고 있다.

　　『다윈 영의 악의 기원』 또한 『초콜릿 전쟁』과 마찬가지로 세상을 그대로 직시하고 전달해야 한다는 작가의 세계 인식은 동일하다. 하지만 인물을 통해 제시하려던 바는 다르다. "다윈의 변화를 바라보는 작가의 시선도 파국과 마주한 것처럼 느껴지기에, 겉보기와 달리 결말은 더 한층 절망적이다. 만일 레오를 주인공으로 서술했다면, 설사 괴물이 된 다윈의 손에 그가 죽더라도 『초콜릿 전쟁』의 비극적 결말과 비슷한 효과를 낼 수도 있었을 것이다."라는 말[8]에 동의도 되고 나 역시 레오 마샬이 좀 더 서사에 중요한 역할을 해냈어야 한다고 보지만 박지리의 부조리한 세계 인식과 더불어 인물의 내면을 파헤쳐 선한 행동의 뒷면까지 의심하고 해체했던 창작 방식으로 볼 때 가능하지 않은 서사다.

문학의 역설, 역설의 문학

　　박지리의 작품은 남성 청소년을 주인공으로 삼고 아버지와의 관계

7　　전성원, 「초콜릿, 권력의 달콤한 유혹: 로버트 코마이어 소년소설 『초콜릿 전쟁』 비룡소, 2004」, 『창비어린이』 2004년 겨울호, 233~236쪽 참조.

8　　원종찬, 「깨어진 구슬: 박지리를 추모하며」, 『창비어린이』 2016년 겨울호, 124쪽.

에 천착한다는 점에서 전형적인 성장 서사의 모양새를 하고 있다. 이들은 대체로 사회화 이전 단계에서 방황에 처한 채 트라우마와 강박에 시달린다. 이를 반성장이라고 범주화할 수 있으나 반성장 역시 성장소설이라는 기준에서 출발한다고 볼 때 박지리 소설은 전통적 성장 서사의 구성이다. 그리고 마침내 『다윈 영의 악의 기원』에서 나쁜 성장을 통해 세상을 되짚었다. 박지리는 리얼리즘, 모더니즘, 영어덜트 서사를 관통하면서 세상과 인물을 뼛속까지 해부한 작가이며 동시에 실존주의자였다. 박지리가 첫 작품의 모티프로 『난장이가 쏘아올린 작은 공』을 가져온 이유가 짐작되는 대목이다.

이제 우리에게 한 가지 커다란 질문이 남았다. 청소년소설에서 '나쁜 현실'을 그대로 보여주면서 전망을 이야기할 수 있을까? 21세기, 우리 현실을 돌아보면 아름답다고 말하기 힘들다. 따라서 청소년소설에서 나쁜 현실과 벅찬 희망을 함께 보여주는 것은 쉽지 않다. 청소년소설에 항상 따라오는 '내일' '미래' '희망'의 단어는 과연 작품 속 세상과 어울릴 수 있을까? 리얼리즘 아동청소년소설 작가 김중미, 김해원, 진형민 등의 작품이 깊은 울림을 주는 이유도 현실과 전망 사이에서 균형 잡기가 얼마나 어려운지 알기 때문이다.[9] 최근 소수자나 동물의 문제로 소재가 다

---

9   나는 앞으로 청소년소설이 장르소설과의 경계를 허물며 현실을 새롭게 바라보는 경향이 지속될 수밖에 없다고 예상한다. 아동문학, 동화는 본래 판타지를 기초로 하고 있기에 청소년소설보다 어떤 면에서는 현실을 새롭게 보는 시선에 유리하다. 그러나 청소년소설은 '근대소설'의 세계 인식의 토대를 가지고 있기에 순문학적인 입장을 견지할 때 새로운 전망을 가지기 힘들다. 장르소설의 최대 장점은 '다른 현실을 볼 수 있는 눈'이다. 현실에 매몰되지 않고, 현실과 가상을 넘나들면서 현실을 무력화할 수 있는 방식 중에 하나가 장르적 창작 방식이다. 현실이 만만하려면 현실이 튼튼하

양해지는데 사회학적 담론이 소재화 될수록 고민은 커진다.

리얼리즘에서 루카치가 말한 '전망'을 제시하기 위해서는 중도적 인물과 함께 긍정적 인물이 등장해야 한다. 박지리의 세상에서는 '긍정적 인물'을 창조하기 어렵다. 현실에서 긍정적 인물을 제시하기 어려울 때 동화나 청소년소설이 흔히 쓰는 방법은 어린이, 청소년 대 어른의 구도를 만들어 어린 인물에서 긍정적 전망을 찾는 것이다. 그러나 청소년소설 중에 현실에 맞서 성장하는 이야기에는 긍정적 성인 모델이 꼭 필요하다. 리얼리즘 소설에서는 특히 문학의 바탕이 되는 현실에서 모델을 찾을 수 있어야 한다. 김태호의 단편동화 「바틀비」(『우리 여기에 있어!』, 김옥 외, 창비, 2019)의 마지막 대목처럼 "개가 아직 살아 있어. 누구 따뜻한 물과 수건 좀 주세요."(49쪽)라고 말할 수 있는 어른을 작가가 현실에서 만날 수 있을 때 비로소 현실의 반영물인 소설은 전망의 물꼬를 트게 된다. 문학의 역설은 그 전망이 현실에서 나온다는 점이다.

『초콜릿 전쟁』에는 "내 감히 우주를 어지럽히랴"라는 유명한 문장이 나온다. 이 작품의 주인공 제리 르노는 이 문장을 생각하며 자신의 힘겨운 싸움을 끝까지 가져갔다. 그 싸움의 승패는 중요하지 않다. 세상이 어두워도 인물의 자세는 다를 수 있다. 제리 르노는 세상과의 싸움에서 졌지만 자신과의 싸움에서는 이겼다. 박지리의 작품은 인물마저도 닫힌 세계에서 벗어날 수 없었다. 그렇다면 박지리의 세계는 '파국'인가? 나

지 못함을 상정해야 하는데, 리얼리티한 현실 접근은 어쩌면 강퍅하게 뿌리내린 현실을 더욱 공고하게 만들 수도 있다. '내 감히 우주를 어지럽히랴'라고 생각하는 왜소한 소년의 비극을 넘어 '내가 감히 우주를 어지럽히겠다'는 인물은 당분간 장르 서사에서 나오리라고 본다.

는 박지리 작품의 인물들의 '파국'은 '유의미한 파국'이었다고 생각한다. 누구에게 유의미한가? 그것은 바로 작품을 읽는 독자들이다. 우리는 이 인물들의 파국을 반어적이고 역설적인 독법으로 읽어 현실에 반영해야 한다. 이것이 문학이 주는 두 번째 역설이다.

박지리의 인물들은 "우주를 차마 어지럽히지 못한" 소년들이며 "영원한 세븐틴"이다. 그는 어른이 되지 못한 이들의 절망을 그리거나 '어른이 된 다윈'의 섬뜩한 모습을 보여주는 역설로 세상을 고발했다. 박지리가 만들어낸 유의미한 절망을 읽으며 청소년들이 만나는 세상, 어른이 만들어낸 세상이 어떤지 성찰하는 기회로 삼아야 한다. 박지리의 이야기는 끝났지만 '세상의 세븐틴'들에게 어떤 새로운 아버지와 세상을 만나게 해주어야 할지, 이야기는 이제 시작이다.

3부 아동청소년문학의 새로운 길을 보여주다

아동문학계의 조용한 모험가,
김이구 선생을 생각하다

끝이 아닌 출발

2017년 10월 아동문학 현장에서 책을 만들고 비평하는 일에 앞장서 왔던 김이구 선생의 영면 소식은 주위의 동료와 후배들을 슬픔에 빠뜨렸다. 나 또한 아동문학을 공부하며 가까운 자리에 있었기에, 특히 지난 한 해 모 출판사에서 만든 '책읽기 마중물' 시리즈를 함께 기획하던 중이었기에 갑작스러운 비보로 큰 충격을 받았다. 김이구 선생을 추모하는 자리에서 어떻게 김이구 선생을 쉽게 떠나보낼 수 있겠느냐는 하소연이 들린다. 그를 떠나보내기 힘든 심정과 실감이 나지 않는 마음을 토로하는 것이다. 나 역시 그 말에 공감한다. 그러므로 이 글은 그의 삶에 마침표를 찍는 추모사가 될 수 없다.

김이구 선생은 1984년 창작과비평사에 입사하여 편집자로 일하면서 1988년 『문학의 시대』 4집에 소설 「성금」을 게재하며 소설가로, 1993년 경향신문 신춘문예에 평론 「진정성의 세계, 방현석의 소설」이 당선되어 문학평론가로 등단했다. 1990년대부터는 창비아동문고의 책임자이자 어린이책 편집자로 아동문학 출간에 힘써왔으며 이때부터 어린이청소년책 평론가로 활동했다. 아동문학 평론집으로는 『어린이문학을 보는 시각』(창비, 2005)과 『해묵은 동시를 던져 버리자』(창비, 2014)가 있다. 특히 『해묵은 동시를 던져 버리자』로는 2015년 제4회 이재철 아동문학평론상을 수상하기도 하였다. 이외에도 저서로 평론집 『우리 소설의 세상 읽기』(작가, 2013), 소설집 『사랑으로 만든 집』(솔출판사, 1997), 꽁트집이자 본인이 잎새소설집으로 명명한 『첫날밤의 고백』(현대문학북스, 2002), 동화집 『궁금해서 못 참아』(꿈소담이, 2009), 말놀이그림책 『떽때굴』 『방굿방긋』『부릉부릉』『꿈틀꿈틀』(창비, 2016), 편서『한낙원과학소설 선집』
(현대문학, 2013) 등이 있다.

그의 활동과 저서를 대략 훑어봐도 그가 했던 작업을 한 번에 정리
하기는 쉽지 않고, 물론 그래서도 안 된다. 그럼에도 무엇보다도 첫 삽을
뜨는 일은 중요하니, 이 글은 김이구 선생을 보내는 자리에서 다시 시작
되는 '김이구 연구'의 출발점, 김이구 선생과의 만남이 될 것이다. 일단
이 글을 통해 김이구 선생(이하 존칭 생략)의 활동 중 우선 아동문학과 관
계된 일을 일괄해보고자 한다.

자연에서 책을 읽던 소년, 문청으로 성장하다

김이구는 1958년 6월 29일 충남 예산에서 출생했다.

2015년 10월부터 2017년 10월까지 한국일보에 격주로 연재한 「김
이구의 동시동심」에서 그는 종종 어린 시절 고향에서 겪은 추억을 들려
준다. "어릴 적, 두레박으로 우물물을 길어 올려 마음껏 마시고 개울에
서 물장구치며 놀던 때에는 돈을 주고 물을 사 먹는다는 것을 상상도 하
지 못했다"(2017년 3월 16일자), "어렸을 적 고향집 마당가에 하얗게, 붉게
피었던 봉숭아가 생각난다."(2016년 2월 5일자)와 같은 문장에서 아름다운
자연과 함께 자라던 소년의 모습이 그려진다. "집 뒤 야산을 개간하여 사
과농사를 짓는 아버지를 따라 사과나무의 가지치기를 하던"(2017년 2월
17일자), "어렸을 적 분주한 어른들 틈에서 볏단을 날라주거나 낟알을 털
어낸 볏짚을 옮겨 쌓아 올리던"(2015년 11월 13일자) 기억을 읽으면 본고
의 3장에서 언급할 '일하는 어린이 논쟁'에서 엿보이던 김이구의 단단한

시각이 어디에서부터 유래했는지 유추할 수 있다. 그의 각별한 고향 사랑은 자신이 소장하고 있던 책을 예산 군립도서관에 기증하려던 계획에서도 확인할 수 있다.[1]

김이구는 어린 시절 자신을 "초등학생 때 소심하고 숫기가 없어서 다른 사람에게 말 붙이기를 어려워했다."고, "아주 친한 친구가 아니면, 어쩔 수 없는 용건이 있는 경우가 아니면 입을 딱 봉하고 지냈"[2]던 아이였다고 회상한다. 말없이 농사일을 돕던 소년은 그 시절부터 책읽기에 몰두했다. 그는 초등학교 시절 도서부 담당이던 담임 선생님 덕분에 시골에서도 책을 읽을 수 있었고 오일장의 책을 팔던 노점에서 『새소년』을 사서 읽다가 결국 정기구독을 하게 되었다. 1960년대 후반에서 1970년대 초반에 걸쳐서는 『학원』의 독자로 오영민 작가의 명랑소설과 한낙원 작가의 과학소설을 즐겨 읽었다고 한다. 특히 오영민 작가의 작품을 읽고는 잡지사로 편지를 보내 답장까지 받았을 정도로 적극적인 팬이었다. 형이 구독하던 잡지 『학생과학』을 읽었다[3]는 회상도 있다.

책 읽던 어린이 김이구는 글 쓰는 소년 김이구가 되어 대전고등학교 재학 시절과 재수 시절에 애독하던 『학원』지 '독자문예'에 투고를 하였고 그의 작품은 여러 번 입선작과 우수작으로 뽑히기도 했다.[4] 1978년

---

1   장선애, 「책은 고향이 내게 준 선물」(김이구 인터뷰), 『예산 뉴스』, 2017년 8월 14일자.

2   김이구, 「김이구의 동시동심」, 『한국일보』, 2016년 10월 7일자.

3   장선애, 위의 글.

4   김이구가 『학원』지 독자문예란에 이름을 올린 작품은 다음과 같다.
「창, 모, 방패, 순」(산문), 입선, 1974년 10월 / 「한순간의 일」(산문), 입선, 1975년 4월 / 「피닉스와 타

서울대학교 국문학과에 입학하였고 문학 창작에 관심이 많았던 그는 각종 문예지나 평론집 등을 찾아서 읽기 했다. 대학 2학년 때는 서울대『대학신문』에 아동문학 평론 「소외와 부재 현상의 극복」을 발표했고 대학 3학년 때는 콩트 현상공모에 「전염병」이, 4학년 때는 대학문학상에 소설 「낯선 땅」이 당선되었다.[5] 이 중 김이구의 첫 아동문학 평론이라고 할 수 있는 「소외와 부재 현상의 극복」은 이후 '일하는 아이들 논쟁'에서 그의 발언의 뿌리를 엿볼 수 있는 중요한 글이다.

그는 1984년 창작과비평사에 입사하여 편집자로 일하였고, 1990년 대부터 창비아동문고 발행에 관여하면서 어린이청소년책 평론가로 활동을 시작했다. 또한 아동문학이 발전하기 위해서는 담론을 모으는 지면이 중요하다는 것을 깨닫고 2003년 계간『창비어린이』를 발간하여 초대 편집위원으로 활동하였으며 두 권의 아동문학 평론집을 출간했다. 이제부터 그가 했던 일을 좀 더 자세히 살펴보자.

아동문학의 방향을 감지하는 예민함

김이구의 첫 아동문학 평론집『어린이문학을 보는 시각』에서 대표 평론은 '일하는 아이들 논쟁'을 촉발한 1998년『아침햇살』여름호에 실

조」(산문, 동화), 입선, 1975년 11월 / 「거울」(산문), 입선, 1976년 4월 / 「콩트 피해자」(산문), 우수작, 1977년 7월, 심사위원 이제하 / 「콩트눈물」(산문), 우수작, 1977년 7월, 심사위원 이제하 / 「콩트 심경」(산문), 우수작 1977년 7월, 심사위원 이제하 / 「반역」(산문), 우수작, 1977년 12월 심사위원 이제하

5   이안, 김이구, 「이바구, 김이구 평론가에게 듣는다」, 『동시마중』21호, 2013년.

린 「아동문학을 보는 시각, '일하는 아이들' 이후의 길」이다. 요즘처럼 평론을 쉽게 찾아 읽을 수 있는 시절이 아니었고, 『아침햇살』이 시중 서점에서 쉽게 구할 수 있는 잡지가 아니었기에 김이구의 글을 읽고 이오덕이 「'일하는 아이들'은 버려야 할 관념인가」(『문학의 길 교육의 길』, 소년한길, 2002)라는 반론을 제기하기까지는 만 3년이 넘는 시간이 걸렸다. 또한 이오덕의 반론에 이은 이지호[6], 원종찬[7], 이성인[8], 이주영[9]이 각자의 견해를 피력했고, 김이구는 여러 사람의 의견을 읽고 두 번째 비평 「아동문학의 열린 논의를 위하여」(『창비어린이』 2003년 겨울호)를 발표했다. 이들 사이에 오고 간 '일하는 아이들' 논쟁은 기존 현실주의 아동문학에서 주축이 되었던 아동관이 변화하는 사회와 만나 충돌하면서 벌어진 담론이다.

김이구의 첫 번째 평론에 대한 반론 중에 중요한 것은 이오덕의 글이다. 이오덕은 150쪽이 넘는 반론을 통해 김이구가 자신의 '일하는 아이들'을 전혀 모르고 있다고 비판한다. 이오덕의 글에 대해서는 읽는 사람마다 견해차가 있을 것이다. 그러나 분명한 것은 이오덕이 김이구가 '현실주의 아동문학'과 '일하는 아이들'을 전혀 모르고 있다고 한 발언은 김이구의 삶을 돌아볼 때 오해의 여지가 있다는 점이다.

첫째 '일하는 아이들 이후의 길'이라는 새로운 담론을 제기한 김이

---

6   「『어린이책이야기』와 『문학의 길 교육의 길』에서 얻을 것과 남길 것」, 『어린이문학』 2002년 10월호.

7   「'일하는 아이들'과 '유희정신'을 넘어서」, 『창비어린이』 2003년 여름호.

8   「갈피를 잡아야 할 어린이문학평론」, 『어린이문학』 2003년 8월호.

9   「시정신과 유희정신을 왜곡하지 말자」, 『창비어린이』 2003년 가을호.

구의 생각의 뿌리는 1990년대 후반에 갑자기 만들어진 것이 아니다. 2장에서 언급한 대로 이것은 그가 대학 시절 대학신문에 실었던 평론 「소외와 부재 현상의 극복」에서 발견할 수 있다. 이 평론은 1979년 세계 아동의 해를 맞아 각종 아동관련 담론이 활발해지던 시기, 1979년 5월 2일부터 조선일보에 세 차례 실린 윤재근 시인과 이영호 아동문학가의 아동문학 논쟁을 읽고 쓴 비판 성격의 글이다. 그가 지적한 문제는 윤재근의 '동심'에 대한 개념 정의가 모호하고 관념적이라는 것이다. 김이구는 윤재근이 '빈 거울처럼 맑고 깨끗한 동심'에 근거를 두고 그것을 언어로써 형상화하고 있다면서 어린이는 그러한 관념 속의 미화된 동심만 갖고 있지 않다고 비판한다. 이는 당시 김이구가 이오덕의 『이 아이들을 어찌할 것인가』(청년사, 1977)를 감동적으로 읽으며 세워나간 논리이기도 하다.[10] 그러므로 1979년 대학생 김이구가 펼친 '동심이 관념적으로 미화되어서는 안 된다'는 동심론은 1998년의 평론 「아동문학을 보는 시각, '일하는 아이들' 이후의 길」의 초석이다.

둘째 1984년 창작과비평사에 입사하여 창비아동문고를 만드는 과정에서 1986년 초에 일어난 "아동도서에도 민중론" 기사 사건 이후 경희대 『대학주보』(1986년 5월 19일)에 발표한 김이구의 평론[11]을 보면 현실주의 아동문학에 대한 굳건한 지지와 믿음을 확인할 수 있다. 이 글에서 그는 권정생, 위기철, 이주영, 이오덕 등의 현실주의 계보의 작가, 이론가,

---

10   김이구, 「소외와 부재 현상의 극복」, 『어린이문학을 보는 시각』, 창비, 2005, 348~349쪽 참조.

11   김이구, 「어린이도 알 권리는 있다: 아동문학의 올바른 시각을 위하여」, 앞의 책, 340쪽 참조.

262

활동가의 작품과 견해를 소개하고 있다. 특히 최근 시인이자 동화작가였던 임길택 문학을 정리하던 필자는 임길택 시인을 발견하여 그에게 동화 써보기를 권유했던 이도 다름아닌 김이구임을 확인할 수 있었다. 김이구는 1987년 시집 『해바라기 얼굴』(창비)에 실린 임길택의 시를 읽고 그에게 동화를 써보라고 제안한다.

따라서 김이구가 1998년 평론에서 제기한 '이제 일하는 아이들 이후의 길을 만들어나가야 한다'는 주장은 1998년에 갑자기 형성된 것이 아니라 1970년대 말부터 아동문학을 깊이 성찰하면서 다져진 담론이다. 즉 김이구 역시 현실주의 아동문학의 토대에서 동심을 관념적이거나 추상적인 것이 아닌 아이들의 구체적 삶에 근거를 둔 것이 되어야 한다고 생각한 점은 이오덕의 견해와 일치한다. 그러나 김이구는 시대가 변화하고, 어린이의 삶이 변화했다면 '일하는 아이들 이후의 아이들의 삶'에도 관심을 기울여야 한다고 주장한 것이다. 김이구 평론의 논리는 '귀납의 방법'[12]이기에 1970년대에 만들어진 '일하는 아이들'과 1990년대 아이들이 사는 일상의 간극을 예사로이 넘길 수 없었을 것이다.

어쩌면 그는 창비아동문고를 직접 만들던 편집자로 1980년대 말부터 사회와 어린이 독자의 변화를 지켜봤고, 그에 따른 작품 갱신 요구의 현장에 있었기에 더욱 민감한 시각을 가지게 되었을 수도 있다. 당시 창비아동문고 자문역을 맡은 이들로부터 "농촌 정서 중심에다 해묵은 비슷

---

12   정유경은 김이구가 연역이 아닌 귀납의 방법을 주로 사용해 평론을 전개한다고 말한다. 현상으로부터 질문을 생성해 스스로 해답을 찾는 '현상-질문-해답'의 의식 절차를 취하고 있다는 것이다. 「참여하고 소통하는 동시 비평의 길을 넓히다」, 『아동문학평론』 40호, 2015, 178쪽 참조.

비슷한 이야기들이 많다는 불만사항"[13]이 이어졌다고 밝히고 있는 점에서 출판 현장 최전선에서 느낀 점도 있을 것이다. 물론 출판의 논리는 자본의 논리에서 벗어날 수 없다는 한계가 있다. 그럼에도 당대 어린이들에게 유효한, 참신하면서도 올바른 작품 방향을 제시하는 것 역시 평론가와 출판사가 동시에 감당해야 할 몫이다.

요약하자면 1998년 김이구는 시대의 흐름과 맥락을 담보한 가운데 어린이의 일상이 변하고 있다는 점을 포착하여 '일하는 아이들 이후'의 방향을 제시한다. 1958년 생으로 농촌에서 자랐던 어린 시절과 1970년대 현실주의 아동문학에 대한 깊은 지지를 토대로 하되, 1990년대 고도 자본주의 사회에서, 새로운 시대를 반영한 아동문학으로 나아가야 한다는 것을 예민하게 진단하고 용기 있게 주장하였던 것이다.

조용했던 동시단을 북적이는 동시마을로

김이구는 2000년대 중반부터 아동문학 비평 현장에서 비교적 사각지대에 놓였던 동시 장르에 관심을 기울인다. 2007년 「해묵은 동시를 던져 버리자」라는 제목의 평론을 발표했고 이 역시 반론을 받게 된다. 이는 조용하던 동시단에 관심을 불러일으키는 효과를 낳았다. 2014년에 이 평론을 포함해 그의 동시 작업을 묶어 발간된 『해묵은 동시를 던져 버리자』를 통해 우리는 2000년대 중반 이후 십여 년의 동시단의 흐름을 일별

---

13   김이구, 「창비아동문고가 걸어온 길」, 『창비아동문고 200. 201번 출간 기념자료집』, 창비, 2002, 92~93쪽.

할 수 있다.

2007년 『창비어린이』 세미나 발표문인 「해묵은 동시를 던져 버리자: 동시를 살리는 길」에서 저자는 동시 마을에 부족한 네 가지 현상을 지적했다. 시인들이 자신의 작품을 보는 감식안이 없고, 비평다운 비평이 없으며, 외부와의 소통이 부재하고, 시적 모험을 모색하는 시가 적다는 것이다. 그리고 그것을 극복하기 위해 먼저 소통이 막힌 동시 흐름의 물꼬를 터서 동시단의 지형을 넓혀야 한다고 제안한다. 저자는 동시로 창작 영역을 넓힌 시인 안도현, 함민복, 최승호, 김기택, 이기철 등의 작품을 동시의 눈으로 일별한다. 다음으로 2007년 당시 '기획 동시'라고 그 방식을 부정적으로 평가하던 '말놀이 동시'와 '한자 동시'에 대해 "기획 상품이 되어도 좋다"[14]라며 다소 도발적인 의견도 제시한다. '서사 동시'나 '다큐 동시'에 대한 주목 역시 곁들여진다. 이 발표에 대해 세미나 자리에서 개별 작품에 대한 견해 차이를 밝힌 이안의 토론문[15]이나 김종헌[16], 전병호[17] 등의 잇따른 반론은 조용하던 동시단에 활력을 만드는 견인차로 작용한다.

또한 이 평론집 1부에 실린 글들은 2010년 창간한 격월간지 『동시마중』에 「시 한 편 생각 한 뼘」이라는 제목으로 연재한 글을 모은 것이다. 시 한 편씩을 골라 동시의 소재, 가락, 발상, 시와 동시의 경계, 고정관

---

14   김이구, 『해묵은 동시를 던져 버리자』, 창비, 2014, 249쪽.

15   이안, 「우리 동시의 갱신을 기대하며」, 『창비어린이』 2007년 여름호.

16   「동심의 재발견으로 미의식의 회복을」, 『창비어린이』 2007년 가을호.

17   「동시는 '기획 상품'이 아니다」, 웹진 『동화읽는가족』 2007년 가을호.

넘 등 동시 창작의 핵심 키워드를 짚고 특히 시어의 반복에 대해 윤석중과 토론하는 가상 대담은 비슷한 고민에 놓였던 독자들에게 '깨알 같은' 재미와 공감을 안겨준다.[18] 시인 정유경 역시 김이구의 이 연재가 시어의 반복, 동시의 상투어 문제, 동시에서 참신한 발상의 기능과 한계, 동시의 길이, 현실 소재의 활용, 난해 동시의 이해 등 동시 창작과 관련해 생각해 볼 만한 문제들을 주제 중심의 짤막한 에세이로 담아내 높은 호응을 이끌어냈다고 평가하며 동시 창작에 도움을 받았음을 밝힌 바 있다.[19]

동시 평론집 발간 후 김이구는 2015년 10월부터 2017년 10월까지 한국일보에 「김이구의 동시동심」을 연재했다. 동시를 접할 기회가 없는 일반 대중들에게 동시를 소개하면서 시사적 상황을 연결해야 하는 일간지 지면의 한계에도 불구하고 윤석중, 윤동주, 권태응부터 신인 신민규까지 시대를 가로지르는 동시 감식안은 김이구가 아니면 감당할 수 없는 작업이었다.

마지막으로 그가 동시에 이어 청소년시 장르를 주목하고 개척했다는 점을 간과해서는 안 된다. 김이구는 시인이 창작한 청소년시 장르를 확대하기 위해 애써왔다. 창비교육에서 출간된 청소년시집 목록 및 해설을 보면 동시에 이어 청소년시에 대한 지평을 넓히고자 했던 엮은이의 의도를 읽을 수 있다.

---

18   이 글에서 『해묵은 동시를 던져 버리자』에 대한 부분은 필자가 「요즘 동시 마을이 북적이는 까닭은」(『창작과비평』 166호, 2014년 겨울호)에 쓴 내용을 부분적으로 발췌, 요약한 것임을 밝힌다.

19   정유경, 앞의 글, 170쪽.

어린이와 어른 사이의 점이지대에서 질풍노도의 시절을 보내는 청소년기에 걸맞은 문학으로 청소년소설이 있어야 한다면, 마찬가지로 청소년시가 있어야 하지 않을까? 박성우의 『난 빨강』을 비롯해서 청소년의 일상 경험과 정서를 다루며 청소년의 감수성에 호소하는 몇몇 시집이 청소년시의 가능성을 열어놓았지만 아직 청소년시의 자리는 제대로 마련되지 못했다.

이에 '창비청소년시선'은 청소년과 시, 시와 청소년이 만나는 청소년시의 자리를 본격적으로 마련해보고자 한다. (중략) 청소년시는 일차적으로 성장기 청소년의 삶의 갈피에서 길어 올린 생각과 느낌을 청소년의 목소리로 노래하는 시라는 장르적 성격을 갖는다. '창비청소년시선'은 그러한 시를 중심에 놓되 청소년기에 읽어 더 넓은 세계를 경험하고 정신이 고양될 수 있는 시, 청소년에게 말을 걸며 대화하는 시, 청소년의 마음속에서 들려오는 목소리에 귀를 기울이는 시들을 두루 수용하고자 한다.[20]

김이구를 포함하여 세 사람의 엮은이가 쓴 해설에는 청소년시를 세상에 알리려는 목적이 분명하게 담겨 있다. 아직까지 청소년시는 창작 주체에 대한 개념이 불분명하고, 청소년 자신이 스스로를 표현하는 시적 내용과 창작자 의식을 가지고 쓰는 청소년시의 미적 형식은 어떻게 변별되는지 그 논리가 구체화되지 못한 것도 사실이다. 그럼에도 이 해설과

---

20   김이구(박종호, 오연경), 「'창비청소년시선'을 시작하며」, 『의자를 신고 달리는』, 창비교육, 2015, 115~116쪽.

청소년시 발간 작업을 통해 청소년시라는 씨앗에 물을 주고 싹을 돋우려 한 김이구의 마음을 발견할 수 있다.

과학소설을 향한 오랜 사랑

앞에서 밝힌 바와 같이 그가 아동문학, 그중에서도 명랑소설과 과학소설에 관심을 가진 것은 어린 시절부터다. 그는 소년 시절 한낙원의 과학소설『금성 탐험대』를 흥미롭게 읽었던 경험[21]과 오영민의 명랑소설을 읽었던 추억을 가지고 있다.『금성 탐험대』는 어린시절 읽던 책을 지금까지 소장하고 있으며 오영민 작가의 작품『6학년 0반 아이들』,『2미터 선생님』을 인터넷 헌책방을 뒤져 구하기도 했다. 어린 시절을 농촌에서 '일하는 아이들'로 보냈으면서도 현실주의 동화보다는 장르적 성격이 강한 작품에 몰입했다는 사실로 우리는 그의 낯선 것, 새로운 것, 현실 너머의 것에 대한 문학적 호기심을 짐작할 수 있다.

어린 시절의 체험을 바탕으로 형성된 아동을 위한 장르문학을 부흥시켜야 한다는 그의 사명감은 2005년과 2006년에 잠시 만들어졌던 동아사이언스 주최 과학기술 창작문예 공모전에서 동화부문 심사위원을 맡아 쓴 심사평에서 찾아볼 수 있다.

한때 김성종 추리소설이 날개 돋친 듯 팔려나간 호시절이 있었고, 과학소설도 관련 잡지들에 활발하게 연재된 시기가 있지만 국내 추리소설과

---

21   김이구,『어린이문학을 보는 시각』, 74쪽.

과학소설이 대중의 관심 밖으로 밀려나고 문학계의 변두리에서 겨우 가냘픈 숨결만 유지하는 형세가 된 지는 이미 오래다. 왜 그런가? 이는 문학 사회학적으로 또 미학적으로 분석해볼 만한 일감이지만, 내가 보기에 이런 상황이 급속히 반전될 가능성은 별로 없어 보인다.[22]

명랑소설, 과학소설에 대한 애정을 가지고 있던 김이구는 어린 시절 팬레터를 보냈던 오영민 작가가 이미 타계했다는 소식을 듣고 안타까워하면서 한낙원 작가의 근황을 수소문한다. 마침내 작가와 연락이 닿아 편지로 약력도 확인하고 1950년대 신문에 연재한 과학소설 『잃어버린 소년』의 자료도 받는다. 아동문학에서 과학소설의 가능성을 탐색하는 평론을 쓰기 시작하면서 명랑소설과 과학소설은 우리 아동문학의 귀한 영역이라는 확신도 가지게 된다. 이에 대한 관심과 연구가 부족해 아동문학이 가난하고 옹색해졌다는 것이 김이구의 견해다. 그는 스스로 그러한 작업을 "평론가의 직업의식이거나 초등학생 때의 각인 때문"일 거라 추측한다. 어쨌든 오영민론과 한낙원론을 제대로 쓰는 것은 그의 큰 숙제가 되었고[23] 그 와중에 2007년 한낙원 작가마저 타계하게 된다.[24]

김이구는 한낙원이 우리 아동문학사에서 중요한 작가[25]라는 확신

---

22   김이구, 「과학소설엔 플러스 *a*가 있다」, 『우리 소설의 세상 읽기』, 작가, 2013, 114~115쪽.

23   김이구, 「책과 인생: 명랑·과학소설에 진 빚」, 『한국일보』, 2007년 8월 31일자.

24   한낙원의 타계 소식은 『아동문학평론』 32호, 2007년 가을호에 실려 있다.(한애경, 「사랑과 정이 많으시고 신실하셨던 아버지」 참조)

25   김이구 이전에 한낙원 작가를 주목한 아동문학인은 이재철이 유일하다. 「한낙원론」, 『한국아

269
3부 아동청소년문학의 새로운 길을 보여주다

을 가지고 한낙원을 제대로 자리매김하기 위해서는 원작 텍스트 확보와 재발간이 우선이라 판단하여 한낙원 과학소설을 묶는 대작업을 시작한다. 그의 편집인으로서의 활약이 돋보이는 대목이다. 이때의 고생은 「과학소설, "잃어버린 소년" 연재 시기 찾기 분투기」[26]라는 재미있는 제목의 글에서 엿볼 수 있다. 그리하여 단편과 장편이 골고루 수록된 『한낙원 과학소설 선집』을 발간한다. 참고로 선집에는 장편을 담을 수 없어 『금성 탐험대』의 일부를 실었고 『금성 탐험대』(창비, 2013) 전편은 창비청소년문학 시리즈로 출간한다.

한낙원은 과학소설 장으로 중단편과 장편에 걸쳐 두루 작품을 발표하였고, 독자 측면에서도 저학년 어린이 독자 대상의 어린이소설에서부터 청소년 독자 대상의 청소년소설에 이르기까지 폭넓게 작품을 발표하였다. 특히 1950년대에서 1970년대에 이르는 기간은 근대화와 경제 개발의 시대였기에 과학에 대한 관심이 높았고, 발전된 미래의 삶을 꿈꾸는 데 과학소설이 펼치는 상상의 세계는 매력적이고 매혹적인 것이었다. 한낙원이 과학소설을 창작하면서 어린이 청소년 독자를 의식하여 전문적으로 어린이 청소년 과학소설가로 방향을 잡은 것은 이러한 시대적 분위기와 미래 세대인 어린이에 희망을 건 작가적 판단이 작용했기 때문으로 생각

동문학작가론』(개문사, 1983),「한낙원」,『세계아동문학사전』(계몽사, 1989)

26 김이구,「과학소설, "잃어버린 소년" 연재 시기 찾기 분투기」,『어린이책이야기』 2012년 겨울호.

된다.[27]

이 글은 김이구가 쓴 『한낙원과학소설 선집』의 해설이다. 해설에서 과학소설의 출간은 어린이와 청소년 독자에게 보다 넓은 문학적 경험을 제공하는 것이며 동시에 문학 발전을 위한 길이기도 하다는 확신이 읽힌다. 또한 이 책의 출간은 김이구에게는 어린 시절의 자신과 만나는 순간이 되었을 것이다.

마지막으로 김이구는 앞서 언급한 동아 사이언스 주최 과학기술 창작문예 공모가 2회로 종료된 것을 안타까워하며 한낙원 선집 발간과 더불어 어린이청소년책을 대상으로 한 '한낙원과학소설상' 공모를 만든다.

매년 나오는 과학소설 작품의 숫자가 얼마 되지 않고, '어린이청소년 과학소설'의 범주에서 이루어지는 이론적, 비평적 논의 또한 찾아보기 어렵다. 이런 실정에서 창작자나 독자 모두 선뜻 걸음을 내딛기가 어려울 수밖에 없다. 어떻게 써야 할지, 어떤 작품을 찾아 읽어야 할지, 또 과학소설이 어떤 의의가 있고 가치가 있는 것인지 막연하게 느껴지기 십상이다. 한낙원과학소설상은 이러한 상황에 숨통을 틔우기 위해서 과학소설에 뜻을 둔 예비작가나 신인 작가들에게 마당을 활짝 열어놓고 있다. 일반 공모나 출판에서 과학소설이 배제되는 것은 아니지만 '어린이청소년 과학소설' 장르만을 공모하여 시상하는 것은 과학소설 창작에 집중할 수 있는 여건

---

27   한낙원 지음, 김이구 편집, 『한낙원과학소설 선집』, 현대문학, 2013, 545쪽.

을 마련한다는 점에서 의미가 깊다.[28]

김이구와 박상준 SF평론가가 중심이 되어 만든 한낙원과학소설상은 『어린이와문학』을 통해 공모하고 수상작과 우수 응모작을 모아 사계절출판사가 출간하고 있다. 2017년 현재 4회까지 진행되었으며 1회 수상작품집 『안녕, 베타』(2015), 2회 수상작품집 『하늘은 무섭지 않아』(2016), 3회 수상작품집 『세 개의 시간』(2017)이 출간되었다.[29]

새로운 모험에 나설 때

김이구의 활동을 정리해보면 그가 편집인, 비평가, 창작자라는 정체성을 두루 갖추고 있었음을 알 수 있다. 그의 장점은 작품을 꼼꼼하게 읽고 정리해나가는 성실함이다. 이것은 편집인으로서 그의 성격이 가장 잘 드러나는 부분이다.[30] 또한 각주에 인용한 것처럼 좋은 아동문학을 알

---

28   김이구, 「미래 상상과 현실 탐구가 만나는 이야기 세상」, 『안녕, 베타』, 사계절, 2015, 174쪽.

29   2017년 현재까지 한낙원과학소설상 수상자와 수상작은 1회 최영희의 「안녕, 베타」(2014), 2회 고호관의 「하늘은 무섭지 않아」(2015), 3회 윤여경의 「세 개의 시간」(2016), 4회 문이소의 「마지막 히치하이커」(2017)이다.

30   생산자로서의 작가와 소비자로서의 독자를 매개하는 편집자는 단순히 작품을 대량복제하는 기능적 존재가 아닙니다. 작가를 지속적인 생산자 혹은 의미 있는 생산자가 되도록 하는 능동적 존재이고, 소비자를 새로운 생산자-작가로 계발시키는 간접적 교육자이기도 합니다. (중략) 오늘의 편집자의 상황은 정치적 긴장 속에 놓이기보다는 상업주의와의 긴장을 스스로 첨예화해야 하는 책무를 지고 있습니다. 자본주의적 대량생산과 상업적 유통망이 전일화한 시점에서 "명성이 판매 부수와 전혀 무관한 작가들, 판매 부수가 아주 제한되어 있는 작가들, 그렇지만 지적 대중들에게 잘 알려져 있고 그로 인해 하나의 역할을 가진 작가들"(모리스 나도)의 설 자리는 점점 좁아지고 있습니다. 이

려야 하는 의무와 책이 유통되는 자본 논리와 공생해야 하는 출판 편집자의 위치에 대한 깊은 고민이 바로 그를 평론가의 길로 이끌었을 것이다. 평론가 김이구가 가진 것은 아동문학의 흐름에서 새로운 방향을 제시하는 안목과 그것을 설득력 있게 제시하는 논리와 용기다. 마지막으로 그의 글에 내재하는 유머와 참신함, 그의 글에 종종 나타나는 명랑한 문체는 평론가나 편집자이기 이전에 그가 창작자였다는 점을 상기시킨다. 그의 창작이 평론에 견주어 묵직한 위치를 점하고 있다고 보기는 힘들다. 하지만 그가 창작한 콩트나 에세이에 비치는 개성 있는 시선과 어휘 선택에서는 어른이 되어도 사라지지 않은 그만의 발랄한 어린이 기질이 읽힌다.

마지막으로 그가 2015년 이재철아동문학평론상을 수상한 후 발표한 수상 소감을 인용하며 글을 마치려 한다.

평론집의 제목을 『해묵은 동시를 던져 버리자』로 정할 때, 최근 5, 6년 사이에 참신하고 단단한 동시집이 꽤 나왔는데, '해묵은 동시의 갱신'을 내세우는 것이 해묵은 이야기가 되지 않을까도 생각했다. 그렇지만 그 글에서 제기했던 '어린이 인식'의 문제, 그와 연결된 '관습적인 동시 창작'의 문

러한 작가들의 가치를 보호하고 그러한 문학이 풍부해질 수 있도록 지원하는 것이 상업주의와 공생하면서 투쟁해야 하는 편집자의 임무일 것입니다. 그러나 만연한 상업주의 혹은 시장의 우상과의 싸움은 쉽지 않습니다. (중략) 따라서 편집자가 자본에 복속되지 않는 것은 매우 중요합니다. 김이구, 「매개 지식인으로서의 편집자의 즐거움과 괴로움」, 『우리 소설의 세상 읽기』, 작가, 2013, 282~283쪽.

제들은 여전히 현재진행형인 문제들이다. 이는 동시의 변화 발전과 함께 새로운 차원으로 질문해야 할 문제이기도 하다. 또한 '시적 모험'과 '타자와의 소통'은 잠시 필요한 것이 아니라, 어느 때이든 멈추지 않고 견지해야 할 태도 아닌가.[31]

이 글을 다시 읽으니 김이구 선생이 나를 포함한 아동문학인에게 들려주는 마지막 편지로 읽혀 슬프다. 그럼에도 서로에 대한 소통을 전제로, 과감하게 아동문학의 발전을 위해 모험을 나서자는 간곡한 마음을 우리는 받아 안아야 한다. 이제 그가 우리에게 남긴 유산을 안고 아동문학을 위한 새로운 모험을 떠날 때다.

---

31 김이구, 『아동문학평론』, 2015, 180쪽.

1부 새로운 청소년문학이 온다

- 관계의 정동과 고백의 의미, 퀴어 청소년소설 『어린이와문학』 2021년 가을호.
- 인간다움의 재해석, 포스트휴먼과 청소년소설 『작가마당』(대전·충남작가회의) 2021년 겨울호.
- 청소년소설다움을 넘어서 『창비어린이』 2020년 여름호.
- 해시태그로 문학을 이야기할 수 있을까? 『창비어린이』 2021년 봄호.

2부 청소년, 자기 서사의 주인공

- 독서들로부터: 페미니즘과 청소년 독서 교육 현장 『문학동네』 2021년 봄호 좌담.
- 인간과 비인간을 교차하는 존재: 아동과 청소년에 대하여 『다시 개벽』 2021년 여름호.
- 청소년소설 속 아이들은, 자기 서사의 주인공이고 싶다 『어린이와문학』 2016년 7월호.
- 퀴어링을 위한 출발선, 아동청소년문학 무지개책갈피 주최, 『퀴어문학 포럼』 발표문, 성공회대학교, 2019.11.9.
- 타자의 이야기를 듣다: 최근 출간된 해외 청소년소설 살피기 『창비어린이』 2017년 겨울호.

3부 아동청소년문학의 새로운 길을 보여주다

- "내 감히 우주를 어지럽히라" 박지리의 작품 세계를 중심으로 『어린이와문학』 2020년 겨울호.
- 아동문학계의 조용한 모험가, 김이구 선생을 생각하다 『아동문학평론』 2017년 12월호.

찾아보기

기묘하고 아름다운 청소년문학의 세계

2021년 12월 28일 1판 1쇄
2022년 6월 20일 1판 2쇄

지은이 오세란

편집 김태희, 장슬기, 이은, 김아름, 이효진 디자인 김효진
제작 박흥기 마케팅 이병규, 양현범, 이장열 홍보 조민희, 강효원

인쇄 천일문화사 제책 J&D바인텍

펴낸이 강맑실
펴낸곳 (주)사계절출판사 등록 제406-2003-034호
주소 (우)10881 경기도 파주시 회동길 252 전화 031)955-8588, 8558
전송 마케팅부 031)955-8595 편집부 031)955-8596
홈페이지 www.sakyejul.net 전자우편 literature@sakyejul.com
블로그 blog.naver.com/skjmail 페이스북 facebook.com/sakyejul
인스타그램 instagram.com/sakyejul

ⓒ 오세란 2021

ISBN 979-11-6094-895-0 03810